UNA VENDETTA AMARA

LE INDAGINI DELLA DETECTIVE KAY HUNTER

RACHEL AMPHLETT

CAPITOLO 1

Martin Terry bevve un sorso di Heineken, si leccò le labbra e lanciò lo sguardo all'interno malconcio e angusto del pub isolato.

Le dieci e mezza, un mercoledì sera e, a parte un gruppo di persone che non conosceva di vista, il resto della clientela comprendeva i soliti sospetti. Era normale per quel periodo dell'anno, l'estate portava i turisti, che sciamavano attraverso i villaggi del Kent e intasavano le strette stradine, lasciandosi alle spalle disordine e spazzatura.

Qui, ora, nel più fresco scenario di fine settembre che avvolgeva le North Downs, un'atmosfera più tranquilla era calata sul paesino e sulle case circostanti.

Martin appoggiò il gomito sul bancone di legno rugoso, poi arricciò il naso e allontanò la manica della camicia dalla chiazza appiccicosa di bevanda versata che si allargava sulla superficie.

I vassoi di raccolta sotto i rubinetti della birra davanti a lui puzzavano, un odore acre e amaro di birra stantia che si mescolava con l'aroma delle patatine al formaggio e cipolla di qualcuno al tavolo dietro di lui, facendogli rivoltare lo stomaco.

Sullo sfondo, una slot machine suonava e strepitava mentre una coppia di donne sui vent'anni ridacchiava e inseriva monete, il tintinnio delle monetine sovrastava le voci basse intorno a lui.

Le conversazioni erano sommesse, con una rispettosa distanza mantenuta tra i diversi gruppi riuniti nello spazio angusto.

Parlare qui poteva significare qualsiasi cosa, dal chiedere un favore al coprire qualcuno, e mentre Martin osservava con noncuranza il gruppo di quattro anziani pensionati vestiti con colori sobri all'estremità opposta del bancone, pensava che almeno uno di loro fosse il bracconiere che si diceva avesse distrutto la recinzione di filo spinato alla proprietà dei Parry la settimana precedente.

C'erano voluti due giorni per ritrovare il pony Shetland della loro figlia, e tutto perché qualcuno aveva deciso di trascinare una carcassa di cervo attraverso un campo per evitare di farsi catturare.

Nessuno aveva detto nulla al pub, però.

I clienti abituali erano abituati a chiudere un occhio, e gli estranei che si avventuravano occasionalmente all'interno raramente tornavano, tale era l'atmosfera chiusa che avvolgeva il posto.

Il proprietario, Len, gli fece un cenno di saluto al passaggio, e Martin sollevò il suo bicchiere mezzo vuoto in segno di saluto prima di osservare l'uomo aprire con uno strattone una porta bassa dietro il bancone e scomparire in fretta giù per i gradini della cantina.

Il sessantenne era abile nel mantenere felici i suoi clienti e la polizia locale sotto controllo, un'abilità affinata nell'esercito.

Così si diceva, comunque.

Martin sapeva che era meglio non chiedere.

Una corrente d'aria fresca gli spazzò le caviglie mentre la solida porta di quercia si apriva verso l'esterno. Come sempre, i clienti abituali interruppero le loro conversazioni per vedere chi entrava, poi si rilassarono quando una familiare coppia di fumatori si avvicinò al bancone puzzando di nicotina, il loro vizio momentaneamente soddisfatto.

Lydia gli passò accanto sfiorandolo, i capelli scuri legati in uno chignon e il viso arrossato mentre si precipitava verso una coppia di mezza età con due pinte di birra.

«Perché tutto finisce nello stesso momento?» sibilò a bassa voce.

«Ti evita di annoiarti» rispose lui, sorridendo quando sua moglie alzò gli occhi al cielo.

«È quello che le dico anch'io, ma non mi ascolta» brontolò Len, emergendo dalla cantina e asciugandosi le mani con lo strofinaccio appoggiato sulla spalla.

«Era ora, Len» disse uno dei pensionati all'estremità del bancone, con un boccale vuoto teso in segno di speranza. «Sto morendo di sete qui».

«Magari fossi così fortunato, Geoff» ribatté il proprietario, sogghignando mentre gli amici del vecchio lo rimproveravano. «Ho quasi finito. Lasciami solo controllare prima».

Martin osservò l'uomo allungarsi verso gli scaffali sospesi sopra il bancone del quindicesimo secolo e selezionare un bicchiere da mezza pinta, avvolgere la mano attorno alla spina e tirarla indietro con delicatezza.

La familiare tonalità dorata della birra prodotta localmente fluì nel bicchiere, sbattendo contro i lati e formando una sottile schiuma.

Tenendolo contro la luce, ne bevve poi un sorso, assaporando i sapori.

Quando si voltò, Geoff Abbott e i suoi tre amici lo stavano fissando, in procinto di salivare.

«Non sono sicuro» disse Len, abbassando il bicchiere e aggrottando le sopracciglia. «Il fusto potrebbe essere andato a male».

«Cosa?» Geoff spalancò la bocca, le sopracciglia cespugliose schizzarono verso l'alto. «Stai scherzando».

Len sorrise. «Quattro pinte, giusto?»

«Bastardo. Sbrigati a versarle prima di suonare la campanella per gli ultimi ordini».

Martin sorrise al familiare scambio di battute, grato che per una volta il posto fosse tranquillo.

Troppe volte Lydia era tornata a casa raccontandogli storie di scazzottate nel parcheggio, minacce che potevano essere state messe in atto o meno, e altro ancora.

L'unica cosa che Len non tollerava erano le droghe, quindi almeno quelle non c'erano.

Era per questo che, per la maggior parte delle volte, la polizia non veniva mai chiamata, o meglio ancora, non si presentava all'improvviso e senza invito.

Non c'era molto che il proprietario non potesse risolvere da solo, nonostante la sua età.

Le cicatrici che attraversavano i suoi lineamenti danneggiati dal sole testimoniavano il numero di volte in cui Len si era gettato in mezzo a una rissa, spesso dando il bentornato nel pub alle stesse persone dopo solo una settimana di espulsione.

Era così che funzionava qui dentro.

Per quanto riguardava Len, diceva Lydia, se alla gente non piaceva poteva andare a bere nel posto elegante più giù lungo la strada e pagare di più per le proprie bevande.

Ecco perché questo posto rimaneva popolare tra i fedeli frequentatori. Era economico, e i turisti davano un'occhiata all'esterno malconcio mentre passavano in auto, poi proseguivano.

Martin scosse la testa e si girò sul sedile per allungare le gambe, grato per la possibilità di rilassarsi dopo un turno di nove ore a riempire scaffali.

C'erano circa dodici persone sparse ai tavoli distribuiti in tutto il pub, più i quattro pensionati che stavano ancorati al bancone.

Due tavoli separati erano occupati da coppie, le teste chine sulle loro bevande mentre parlavano a bassa voce, con l'occasionale risatina di una delle donne che arrivava fino a dove si trovava lui.

Fece scorrere lo sguardo su due uomini seduti accanto al focolare in pietra, la grata riempita con una composizione di fiori secchi che Lydia aveva preparato come punto focale durante i mesi estivi, ora per lo più sparsa intorno alla base del vaso, con rami residui che sporgevano verso l'alto in segno di sfida.

Aggrottò le sopracciglia.

Qualunque cosa stessero discutendo i due uomini stava risultando problematica, con il più giovane che agitava il dito contro l'altro. Il suo viso era in ombra, e l'altro uomo gli dava le spalle quindi non poteva capire se lo conoscesse.

Distolse lo sguardo, controllò il resto della sala per individuare eventuali problemi, poi incrociò lo sguardo di Lydia e le fece cenno di avvicinarsi da dove stava in piedi vicino alla cassa sorseggiando una limonata.

«Conosci quei due tizi vicino al caminetto?» mormorò.

Lei finì la sua bevanda, attraversò il locale verso la lavastoviglie sotto il bancone alla sua sinistra e poi tornò, scuotendo la testa.

«Non ho mai visto nessuno dei due prima d'ora» disse. «Problemi?»

Lui arricciò il naso. «Conversazione accesa.»

«Avviserò Len.» Lanciò un'occhiata all'orologio sulla parete. «Comunque è ora di chiusura. Non saranno più un nostro problema tra poco.»

Il suono della grande campana di ottone sopra la cassa fu seguito poco dopo dalla voce baritonale di Len che si alzava sopra le teste di quelli al bancone, annunciando gli ultimi ordini, e Martin osservò un flusso costante di bevitori dirigersi verso Lydia per una pinta finale.

Non era proprio la calca del venerdì sera, ma c'era abbastanza movimento e i dieci minuti successivi furono riempiti dal suono di ultimi accordi, mormorii di intese che non sarebbero mai state pronunciate al di fuori delle quattro mura del bar e, sotto tutto questo, il suono della cassa che registrava il contante che passava tra le dita di Len.

Ventunesimo secolo o meno, il proprietario si rifiutava ancora di accettare la plastica e la relativa scia di documentazione che ne derivava.

Alla fine, le sedie furono spostate e la porta d'ingresso oscillò sui cardini mentre il pub si svuotava e la gente tornava a casa.

All'altro capo del bancone, Geoff finì l'ultima goccia della sua pinta, sbatté il bicchiere vuoto su un sottobicchiere di cartone inzuppato e tirò un berretto di lana blu scuro sui suoi capelli diradati, nonostante la serata calda all'esterno. Sorrise a Len, puntò il pollice verso uno dei suoi compagni, e tirò fuori una pipa dalla tasca della giacca.

«Ho un passaggio per tornare a casa, quindi ci vediamo domani sera.»

«Grazie, Geoff.» Len abbassò la parte anteriore della lavastoviglie e agitò l'aria con uno strofinaccio mentre il vapore si alzava. «Vai piano.»

Allungò la mano per prendere il primo dei bicchieri, spostandosi di lato quando Lydia si unì a lui, e imprecò ad alta voce quando la superficie bollente gli scottò le dita.

Mentre loro due lavoravano, Martin esaminò la stanza, notando che i due uomini che stavano litigando ora si dirigevano verso l'uscita.

«Grazie, signori. Buon ritorno a casa,» chiamò Len.

Nessuno dei due diede peso alle sue parole.

Il più anziano dei due diede una spinta alla porta d'ingresso, senza aspettare per tenerla aperta all'uomo più giovane che si affrettò dietro di lui, con un tono di voce alto.

«Mi chiedo di cosa si trattasse,» disse Lydia, alzando le braccia per appendere i bicchieri da vino per lo stelo mentre li asciugava.

«Non ne ho idea,» disse Len, imperturbabile. «A che ora sono entrati?»

«Subito dopo che sei salito al piano di sopra per prendere altri soldi per la cassa. Hanno ordinato un paio di pinte di IPA, non hanno detto molto, e poi si sono spostati a quel tavolo.»

Len scrollò le spalle. «Probabilmente volevano un posto privato per parlare, piuttosto che il loro locale abituale. Sai come funziona.»

Si mise lo strofinaccio sulla spalla e poi rivolse la sua attenzione alla cassa, programmando la sequenza di chiusura del giorno e rimuovendo il vassoio delle monete per portarlo di sopra all'ufficio dopo aver chiuso. «Vuoi fare il turno del pranzo domenicale? Rose ha sua figlia e la sua famiglia in visita, quindi ha chiesto un giorno libero.»

«Va bene?» Lydia si girò e alzò un sopracciglio verso Martin. «Potremmo aver bisogno dei soldi, dopotutto.»

«D'accordo allora. Solo il turno di pranzo, però. Abbiamo promesso a tua madre che avremmo…»

Quando il primo sparo echeggiò attraverso le pareti, gli occhi di Lydia si allargarono come quelli di una volpe sorpresa dai fari.

«Ma che cazzo?» Martin si girò di scatto verso la porta, mentre lo sgabello del bar cadeva a terra.

«Cosa sta succedendo?» disse Lydia, avvicinandosi al suo fianco, tremante.

Len si allontanò dal bancone. «Colpi di arma da fuoco. A terra.»

Dopo aver dato un'occhiata al volto dell'altro uomo, Martin fece come gli era stato detto, trascinando Lydia con sé.

«Martin...» gemette lei.

«Stai ferma.»

Un secondo sparo esplose nella notte, il rumore gli riempì le orecchie e gli rivoltò lo stomaco. Si rannicchiò ancora di più sul pavimento, chiedendosi se potesse raggiungere la porta per chiuderla a chiave prima che il tiratore rivolgesse la sua attenzione a quelli rimasti all'interno, poi vide Len scuotere la testa, con i lineamenti pallidi.

«Resta dove sei,» sibilò, prima di alzare una mano.

Martin tese le orecchie, desiderando che il suo battito cardiaco cessasse di martellare così da poter sentire se qualcuno si stesse avvicinando, ma non c'era nulla.

Nulla se non un silenzio attonito.

CAPITOLO 2

L'Ispettrice Kay Hunter fermò lentamente la sua auto
dietro un furgone grigio sbiadito, sgranando gli occhi
davanti alla scena oltre il parabrezza.

Le luci blu lampeggianti striavano il cielo notturno,
provenienti da tre veicoli della polizia del Kent sparsi sulla
ghiaia; i loro LED sul tetto si riflettevano sui rami di un
ippocastano che si inclinava ad un angolo precario in un
angolo del parcheggio, per poi filtrare attraverso la facciata
del pub fatiscente.

Le ombre si fondevano in una sola tra le luci; figure
ingombranti in tute protettive stavano con le teste chine al
perimetro della proprietà, e sagome più alte si muovevano
tra loro impugnando fucili d'assalto.

La radio agganciata al supporto di plastica sul
cruscotto accanto a Kay crepitava di attività mentre
venivano impartiti ordini avanti e indietro, privi di ogni
emozione, mentre i suoi superiori coordinavano la caccia
all'uomo dal loro quartier generale di Northfleet.

L'accesso lungo il vicolo dietro di lei era stato bloccato

da agenti in uniforme e mentre scendeva dall'auto, un agente tattico in armatura integrale attraversò verso il punto in cui un veicolo blindato della polizia era stato abbandonato in fretta.

I suoi colleghi uscirono dall'ombra e si diressero verso un cordone interno, il nastro bianco e blu teso attraverso il parcheggio che separava i veicoli dalla porta d'ingresso del pub consumata dalle intemperie.

La luce si diffondeva dall'apertura, e le persone che si aggiravano all'interno erano visibili attraverso i vetri coperti dalla sporcizia.

Le mani guantate dell'agente tattico reggevano il fucile semiautomatico con una disinvoltura che smentiva la presenza degli agenti in uniforme intorno a lei, e lui annuì in segno di riconoscimento mentre lei allentava un elastico di cotone sul suo orologio da polso e si raccoglieva i capelli.

«Buonasera, capo.»

«Posso procedere?»

«Abbiamo dichiarato la scena sicura venti minuti fa e abbiamo permesso alla scientifica l'accesso al corpo. Abbiamo finito qui. Lo sparatore è fuggito, e il tizio se l'è beccata non andrà da nessuna parte. Non più.»

Lei trattenne una smorfia. «Quanto è brutto?»

«Diciamo che non vincerà nessun concorso di bellezza.»

«Quali sono le ultime notizie sullo sparatore?»

«Stanno allestendo posti di blocco su tutte le principali vie di comunicazione, ma questo è tutto quello che so al momento. Abbiamo controllato l'area circostante e confermato che non è da nessuna parte.

Tutti gli edifici esterni e le case vicine sono stati controllati.»

«Chi è responsabile della scena qui?»

Indicò con la testa verso il cordone. «Paul Disher. È il tipo alto in piedi laggiù accanto al patologo.»

«Grazie.»

Alzando la mano per proteggersi gli occhi dal bagliore delle luci stroboscopiche, Kay si affrettò attraverso la ghiaia irregolare, non volendo perdere un altro secondo.

Si fermò quando raggiunse il primo cordone.

Una forma accasciata giaceva oltre il nastro di plastica, il corpo di un uomo steso sullo stomaco nel terreno e sulle pietre con il viso rivolto lontano da lei, le braccia distese come se stesse cercando di attutire la caduta.

Mentre le luci di emergenza pulsavano attorno a lui, i suoi vestiti scuri che alternavano tonalità, le domande cominciavano già a formarsi nella sua mente.

«Ispettrice Capo Hunter?»

Kay distolse l'attenzione dalla vittima per vedere un alto agente sulla quarantina dirigersi verso di lei. «Lei deve essere Paul Disher.»

Lui annuì in risposta, la massa del suo giubbotto antiproiettile che nascondeva l'uniforme. «Sono a capo della squadra tattica. Il suo collega è arrivato un momento fa: è andato direttamente dentro il pub.»

«Sembra proprio Barnes.» Kay fece un lieve sorriso, poi accennò con il mento verso l'uomo sfracellato a terra. «Cosa può dirmi finora?»

Disher prese una tuta protettiva da un agente subalterno prima di passarla a Kay, tendendo la mano per stabilizzarla mentre lei si infilava i copriscarpe abbinati.

«Il proprietario, Len Simpson, ha detto che questo tizio e uno più anziano erano nel pub prima della sparatoria», spiegò, sollevando il cordone mentre lei si abbassava per passare sotto. «Dice che non ha mai visto nessuno dei due prima d'ora, e che stavano litigando. Non ad alta voce, ma abbastanza perché chiunque fosse vicino potesse vedere che non era una conversazione amichevole.»

«C'è stata una rissa?» Kay si mise al passo accanto a Disher e lo seguì fino a dove giaceva il corpo dell'uomo.

«Non all'interno del pub. Simpson ha detto che i due uomini sono stati tra gli ultimi ad andarsene, insieme a un gruppo di quattro dei suoi clienti abituali e una coppia del posto. Con Simpson in quel momento c'erano Lydia Terry, che lavora per lui, e suo marito Martin. Il primo sparo è stato esploso tra cinque e dieci minuti dopo che tutti i clienti se n'erano andati.»

Kay girò intorno all'uomo morto, lo sguardo che passava sulle unghie, mangiate fino all'osso e incrostate di sporco, le suole delle scarpe consumate, e poi…

«Gesù.»

Sbatté le palpebre, poi si costrinse ad avvicinarsi.

Quello che restava del volto dell'uomo era poco più che un paio di sopracciglia che sembravano sorprese di trovare il resto dei suoi lineamenti mancanti.

Una massa sanguinolenta sostituiva quelli che erano stati occhi, una bocca e un naso, e quando abbassò lo sguardo sul suo petto, un'altra ferita spalancata brillava nella luce fioca.

«Non chiedere quale sia stata la prima, non lo saprò con certezza finché non lo porto da me.»

Si raddrizzò sentendo la voce del patologo forense Lucas Anderson che tornava al cordone, con il volto tetro.

«Basti dire che stava cercando di scappare quando è stato colpito, quelle che stai guardando sono le ferite d'uscita», aggiunse.

Una coppia di uomini più giovani aprì una barella e la sistemò da un lato, fuori dal passaggio, in attesa di ulteriori ordini.

«Uno alla colonna vertebrale per fermarlo, il colpo alla testa dopo?» suggerì lei.

Lucas agitò un dito guantato verso di lei. «Possibile, ma questo è tutto quello che otterrai da me al momento. Ti farò l'autopsia entro le prossime quarantotto ore.»

Lei gli fece un cenno brusco con la testa, poi si voltò di nuovo verso il sergente.

«Qualche documento d'identità?»

«Non c'era nulla nelle sue tasche, ma c'è un orologio dall'aspetto economico sul suo polso sinistro. Non indossa nemmeno una fede nuziale.»

«Non c'è segno che siano stati rimossi anelli dalle sue dita», disse Lucas, accovacciandosi accanto al morto e passando la torcia sulle sue mani.

«E i vestiti?» disse Kay. «Corrispondono a quelli che indossava il tizio più giovane che Len Simpson ha visto prima?»

«Barnes gli ha mostrato alcune foto sul suo telefono, e lui crede che sia lo stesso tizio», disse Disher.

Kay si raddrizzò, diede una pacca sulla schiena a Lucas prima che lui si girasse verso i suoi due assistenti, poi camminò con il sergente fino al cordone.

«Va bene, grazie Paul. Ottimo lavoro nel tenere sotto

controllo la situazione stasera. Prenderò io il comando della scena adesso così lei può raggiungere il resto della sua squadra nel caso il tiratore venga localizzato. Pensa che potrebbe partecipare al briefing domani? Vorrei che fosse presente per aiutarmi a coordinare qualsiasi arresto una volta identificato chi è il tiratore.»

«Lo farò, capo.»

«Grazie.»

Togliendosi la tuta protettiva, ansimando in cerca di aria fresca mentre strappava via il cappuccio dai capelli, Kay accartocciò il tutto e lo spinse in un contenitore per rifiuti biologici allestito dagli investigatori forensi sul perimetro, poi si voltò a un grido familiare.

Il sergente detective Ian Barnes si affrettò verso di lei, con la giacca del completo che svolazzava sotto le braccia mentre aggirava una coppia di agenti per raggiungerla.

«Buonasera, capo». Arricciò il naso quando guardò oltre la sua spalla. «Hai dato un'occhiata?»

«Sì, l'ho fatto. Non è un bello spettacolo, vero?»

«Non ricordo l'ultima volta che abbiamo avuto a che fare con una sparatoria».

«È passato un po'». Volgendo l'attenzione al pub, vide tre volti pallidi a una delle finestre inferiori, i loro lineamenti sfocati dallo sporco sui vetri. «E suppongo che nessuno abbia visto niente?»

Il suo sergente riuscì a fare un debole sorriso. «Comunque, sono sicuro che vorrai dire una parola».

Kay raddrizzò le spalle, poi annuì. «Puoi scommetterci».

CAPITOLO 3

La prima impressione di Kay su Len Simpson fu che era solo a una manciata di sigarette dall'infarto.

L'uomo si sosteneva contro la superficie liscia e consumata del bancone con una pancia considerevole, mentre strati di pelle sotto i suoi occhi tremolavano mentre osservava ciò che stava accadendo oltre le sue finestre.

Si stuzzicava distrattamente un'unghia irregolare mentre gli agenti andavano avanti e indietro dal bar, le sue labbra carnose rivolte verso il basso in perenne disappunto, la fronte corrugata come se stesse cercando di capire come avrebbe salvato la sua reputazione dopo gli eventi della notte.

Il suo pub sembrava aggrapparsi agli affari con la stessa cupa determinazione del suo proprietario.

Tutt'intorno a lei c'erano i segni rivelatori di un'attività in declino, senza dubbio favorita da una clientela che apprezzava la privacy piuttosto che le ultime tendenze culinarie.

La polvere copriva la superficie di ogni mensola,

ragnatele abbracciavano i soprammobili che ingombravano gli spazi tra lampade tremolanti, e un camino sporco alla destra di Kay sembrava non essere stato pulito dall'inverno precedente.

«Signor Simpson, questa è l'Ispettrice Capo Kay Hunter», disse Barnes.

Simpson si tolse uno stuzzicadenti dalle labbra e le rivolse un'occhiata lasciva, con una mano molle tesa in segno di saluto. «Beh, lei è un miglioramento almeno».

Kay ignorò la sua mano, e mantenne lo sguardo impassibile mentre esaminava la coppia di mezza età rannicchiata all'estremità del bancone. «Possiamo fare una chiacchierata in privato, signor Simpson?»

«Ho già dato la mia dichiarazione al suo amichetto qui».

Barnes alzò un sopracciglio al modo di esprimersi dell'uomo, ma non disse nulla.

«Sono sicura che l'abbia fatto», disse Kay, poi gli fece cenno. «Andiamo. Non ci vorrà molto».

Guidò il cammino sul pavimento in parquet polveroso fino a un tavolo rettangolare di quercia con quattro sedie attorno, e ne trascinò una all'estremità per Simpson, accomodandosi su un'altra il più lontano possibile dal proprietario del locale. Appoggiò il gomito sul tavolo, poi fece una smorfia e lo sollevò di nuovo, la sua manica che si staccava con un lieve rumore di risucchio mentre vecchie macchie di bevande rinunciavano alla loro presa.

Alla sua sinistra, una coppia di tecnici investigatori forensi stava esaminando un tavolo rotondo di quercia apparecchiato per due persone, e lei annuì in quella direzione mentre Simpson si sistemava al suo posto con un sospiro malcelato.

«È lì che si trovavano i due uomini stasera?» chiese. «Compresa la vittima?»

«Sì. Avevamo appena iniziato a sparecchiare i tavoli dopo l'ultimo giro quando è partito il primo colpo di pistola».

«E i bicchieri che stavano usando? Li ha conservati?»

Fece una smorfia. «Mi spiace: sono passati in lavastoviglie poco prima che tutto scoppiasse».

Kay trattenne la prima parola che minacciava di sfuggirle dalle labbra, e sospirò. «Ok. Torniamo a quando sono arrivati. A che ora è stato?»

«Non lo so». Simpson si tirò il lobo dell'orecchio. «Verso le nove e mezza, forse le dieci meno un quarto. Tardi. Non sono rimasti a lungo prima della chiusura».

«Chi ha ordinato da bere?»

«Il più anziano dei due. Non parlava molto».

«Lo ha servito lei, o...?»

«Lo ha servito Lydia. Due pinte di birra».

«Solo un giro?»

«Sì». Arricciò il labbro superiore. «Meno male che non sono clienti abituali. Gli ci è voluta più di un'ora per bere quella».

«Li aveva mai visti prima?»

«No».

«E per quanto riguarda gli accenti? Sembravano del posto?»

Si strinse nelle spalle. «Da qualche parte a sud dell'estuario».

«Lei ha detto al mio collega che stavano litigando. Ha sentito di cosa si trattava?»

«No. Troppo occupato a servire».

«Cosa è successo quando sono usciti?»

«Si sono alzati e sono usciti dopo che ho suonato la campana per gli ultimi ordini. Gli ho detto di passare una buona serata, ma nessuno dei due mi ha prestato attenzione». Simpson passò una mano grassa sui suoi menti. «Un gruppo di clienti abituali è uscito un paio di minuti dopo e ho sentito avviarsi uno o due motori. Io e Lydia stavamo per iniziare a pulire i tavoli quando abbiamo sentito il primo sparo. Ci siamo tutti buttati a terra».

Kay si appoggiò allo schienale e guardò oltre Simpson dove Barnes aspettava accanto al bancone, con la testa china mentre ascoltava uno dei tecnici investigatori forensi alle sue spalle. Gli fece cenno di avvicinarsi.

«Signor Simpson, a che ora ritiene di aver sentito il primo sparo?»

«Non lo so. Il pub era vuoto, quindi forse le undici e dieci, qualcosa del genere?»

«E il successivo?»

«Entro pochi secondi dal primo».

Kay alzò lo sguardo verso Barnes. «A che ora è stata ricevuta la chiamata al numero di emergenza»

«Le undici e quaranta, capo».

Quando riportò la sua attenzione sul proprietario, lui si stava mordendo il labbro, con gli occhi che guizzavano avanti e indietro sulla superficie del tavolo.

«C'è qualcosa che non mi sta dicendo, signor Simpson?»

Il suo sguardo scattò verso di lei. «No».

«È sicuro? Sembra nervoso».

«Un tizio si è appena fatto saltare il cervello nel mio parcheggio». La fissò con aria torva. «Quindi, mi scusi se sembro turbato».

«Lo capisco. Quello che non capisco è perché avete aspettato così tanto per chiamare il numero di emergenza». Indicò dove Lydia Terry stava in piedi accanto a suo marito, picchiettando sul suo telefono cellulare. «Cosa stavate facendo tutti quanti?»

«Tenevamo la testa bassa, dannazione. Cosa pensa che stessimo facendo?»

«Avremo bisogno di un elenco di tutti quelli che erano qui stasera, sia prima che arrivassero quei due uomini sia dopo. Nomi, numeri di telefono...»

«Sì, immaginavo». Indicò con il pollice oltre la sua spalla. «Io e Lydia abbiamo iniziato a scriverli prima che lei arrivasse».

«Bene». Kay spinse indietro la sedia. «Per favore, lo dia al mio collega quando avrete finito».

Ignorò lo sbuffo amaro che emanò dall'uomo e condusse Barnes verso una porta interna che dal bar portava a una piccola cucina a forma di scatola.

Dando le spalle alle superfici di acciaio inossidabile unte di grasso dei piani di lavoro e del fornello a gas, incrociò le braccia.

«Cosa ne pensi, Ian?»

«È preoccupato per qualcosa». Il suo collega infilò il taccuino nella tasca della giacca. «L'ho pensato quando sono arrivato e ho parlato con lui la prima volta».

«Cosa avevano da dire Lydia e suo marito?»

«Martin, il marito, conferma quello che hai appena sentito da Simpson. Lydia è ovviamente scossa, quindi non sono riuscito a ottenere molto da lei. Stavo per suggerire di parlare di nuovo con entrambi domani mattina. A casa loro, piuttosto che qui».

«Lontano da Simpson, intendi?»

«Esattamente».

«E quella lista di persone che erano qui prima?»

«Ha i numeri di telefono di alcuni di loro, quindi farò controllare quelli a Laura». Controllò alle sue spalle prima di abbassare la voce. «Ho riconosciuto un paio di nomi, ma dovremo far passare anche gli altri nel sistema».

«Intendi che hanno precedenti penali?»

Annuì. «Sembra che questo posto stia mantenendo fede alla sua reputazione».

«Pensavo di aver riconosciuto il nome quando ho ricevuto la chiamata prima». Kay si diresse nuovamente verso il bar. «Non è che vincerà il premio Pub dell'Anno tanto presto, vero?»

«Non quest'anno, questo è certo».

CAPITOLO 4

Dopo aver organizzato una visita a Lydia Terry e a suo marito per la mattina seguente, Kay permise alla coppia di lasciare il pub e rivolse la sua attenzione a un gruppo di tecnici investigatori forensi che lavoravano nell'area del parcheggio delimitata dal nastro.

Con le teste chine, le loro tute protettive spiccavano contro le luci temporanee che erano state installate intorno a loro; si muovevano metodicamente da un lato all'altro, con un'andatura tranquilla.

Abbassò lo sguardo quando il suo cellulare iniziò a squillare, con un nome familiare visualizzato sullo schermo.

Gavin Piper era stato un membro fisso della sua squadra affiatata per diversi anni ormai, e possedeva un sesto senso quando si trattava di anticipare le sue necessità.

«Gav, altre novità sul tiratore?» disse mentre osservava la squadra degli investigatori forensi.

«Ancora niente, capo», fu la risposta. «Nessuno che guidava in modo sospetto è stato avvistato su alcuna telecamera di sorveglianza nella zona circostante, e non ci sono state segnalazioni di attività insolite intorno a case o fattorie.»

«D'accordo, beh, la squadra tattica ci ha appena passato la scena, quindi ti farò sapere se troviamo qualcosa che possa aiutarti. Hai squadre pronte per l'arresto?»

«Sì, e la tua richiesta di personale aggiuntivo è stata inoltrata con priorità. Ti terrò aggiornata al riguardo, capo.»

Chiuse la chiamata e si voltò verso Barnes. «Non sarà facile, vero?»

«Lydia e Martin dicono di non ricordare di aver sentito un'auto allontanarsi, quindi anche se abbiamo piazzato dei blocchi stradali, esiste anche la possibilità che il tiratore sia fuggito a piedi». Scorse un nuovo messaggio di testo, lo schermo del telefono illuminava la sua mascella contratta. «Gli agenti in uniforme stanno facendo il porta a porta per avvertire le persone nelle immediate vicinanze, ma siamo fregati senza una descrizione migliore dell'uomo più anziano che, secondo loro, era con la vittima poco prima.»

«Cristo». Kay aggrottò la fronte e osservò tre veicoli parcheggiati ai margini dell'area ghiaiata. «Di chi sono quelli, allora?»

«Il vecchio fuoristrada appartiene a Len Simpson, l'utilitaria verde è di Martin Terry, e gli altri due appartengono a gente del posto che ha bevuto troppo stasera e ha deciso di tornare a casa a piedi.»

«Hai preso nota dei loro nomi?»

«Sì, e degli indirizzi. Li passerò agli agenti in uniforme quando lascerò questo posto in modo che possano interrogarli e assicurarsi che non siano ancora sopra il limite quando torneranno a prendere le loro auto domani.»

«Hai trovato qualcosa nel sistema su Len Simpson?»

«Gestisce pub da quando è stato congedato con disonore dall'esercito quasi trent'anni fa. Non riesco a trovare nulla che dica il motivo per cui ha lasciato, stavo per suggerirti di fare due chiacchiere con Sharp per vedere se può scoprire qualcosa per noi.»

L'Ispettore capo investigativo Devon Sharp era stato nella polizia militare per diversi anni prima di entrare nella polizia civile del Kent, e manteneva ancora i contatti con molti dei suoi vecchi colleghi.

«Prenderò nota di parlare con lui dopo il briefing di domani. Non appena è arrivata la chiamata prima, è andato al quartier generale per coordinare da là. Con un po' di fortuna, avremo anche più personale entro domattina», disse, poi osservò mentre gli assistenti di Lucas trasportavano la loro barella ormai carica verso il furgone grigio, il corpo dell'uomo morto racchiuso in un sacco per cadaveri.

Barnes alzò la mano per ripararsi gli occhi dai fari di una delle auto di pattuglia che usciva dal parcheggio nella scia del furgone. «Ci sono state molte lamentele su questo posto nel corso degli anni, per non parlare delle voci su ciò che succede qui, ma non è mai stato abbastanza per portare Simpson davanti a un tribunale. In qualche modo, è sempre riuscito a evitarlo.»

«Da quanto tempo è il gestore qui?»

«Da sei anni ormai. È un pub indipendente, quindi è probabilmente per questo che è rimasto qui così a lungo: non deve preoccuparsi di ciò che una sede centrale potrebbe pensare del modo in cui gestisce il posto come dovrebbe fare se fosse di proprietà di una catena.»

«Sarà interessante sentire cosa ha da dire Lydia Terry su tutto questo quando parleremo con lei domani, lontano dalle orecchie di lui». Si girò allontanandosi dal pub, con l'attenzione che tornava alla meticolosa ricerca intrapresa dai tecnici investigatori forensi riuniti. «Vediamo se possono dirci qualcosa ora, così almeno potremo aggiornare la squadra durante il briefing.»

Una figura familiare abbassò una mascherina dal viso e si affrettò verso di loro mentre raggiungevano il cordone, togliendosi il cappuccio. I suoi occhi verdi erano attenti.

Kay alzò il nastro per farla passare. «Harriet, non sapevo che fossi tornata dalle vacanze.»

L'altra donna fece un sorriso cupo, la sua tuta protettiva scricchiolò mentre spostava un tablet nella sua mano. «Siamo tornati da Cancún ieri. Devo ammettere che vorrei già essere di nuovo in spiaggia...»

«La tua squadra è riuscita a trovare qualcosa che ci dia un vantaggio iniziale con questo caso?»

«Non c'erano né portafoglio né cellulare su di lui, e attualmente ho alcuni membri della mia squadra che stanno perlustrando la zona con l'aiuto degli agenti in uniforme per cercare di trovarli. Abbiamo preso le impronte digitali e sono state inviate per l'elaborazione», disse Harriet. «E abbiamo i due bossoli che sono stati sparati.»

Fece cenno a uno dei suoi assistenti, che si affrettò a porgere una busta per prove. La responsabile degli investigatori forensi la aprì, e Barnes illuminò il contenuto con lo schermo del suo telefono.

All'interno, sistemato in un contenitore di plastica per tamponi e imballato con polietilene per impedirgli di muoversi durante il trasporto, Kay vide un bossolo di ottone lucente e rabbrividì involontariamente. «È più grande di quanto pensassi.»

«Farò confermare il calibro dal mio esperto di balistica». Harriet chiuse la busta e la restituì. «Non prometto nulla, ma ovviamente testeremo entrambi per tracce di DNA. Attualmente stiamo cercando i resti dei proiettili che hanno attraversato la vittima, il che si sta rivelando maledettamente difficile con questa luce.»

«Quindi un fucile, piuttosto che un fucile a canne mozze?»

«Esattamente.»

«Quelli non sono rimasti conficcati dentro di lui?» disse Barnes.

«Non possiamo presumere nulla finché Lucas non avrà fatto l'autopsia», spiegò Harriet. «Visto lo stato in cui si trova, si direbbe che siano passati da parte a parte, ma dobbiamo comunque esaminare l'area. Ti avverto fin d'ora, però… saremo qui fino all'alba.»

Kay si morse il labbro. «Il secondo colpo alla vittima… perché spararlo? Voglio dire, quel colpo alla schiena era sufficiente per ucciderlo.»

«Per cattiveria, forse?»

«O non voleva che potessimo identificarlo facilmente.» Harriet guardò oltre la sua spalla mentre uno dei membri della sua squadra si avvicinava al cordone e le faceva cenno. «Mi vogliono. Vi lascio scoprire perché è successo questo. Nel frattempo, mi assicurerò che riceviate il mio rapporto su *come* è successo, il prima possibile.»

«Grazie», disse Kay, e sospirò mentre osservava la responsabile degli investigatori forensi allontanarsi.

«Va bene, Ian, da qui in poi me ne occupo io. Vai a casa e ci vediamo domani alle sette.»

«Sei sicura, capo? Non mi dispiace restare se resti anche tu.»

Riuscì a sorridere. «Grazie, ma avrai già abbastanza da fare. Sarà meglio che ti riposi qualche ora.»

«Cosa farai tu?»

Kay passò lo sguardo sulla scena davanti a lei, poi controllò l'orologio da polso.

Quasi l'una.

«Mi assicurerò che Gavin abbia qualcuno che processi quelle impronte digitali della vittima, e poi credo che dovrò rischiare di scoprire com'è il caffè di Len Simpson.»

CAPITOLO 5

Con gli occhi ancora assonnati e i capelli ancora umidi per una doccia frettolosa prima di salire di corsa le scale verso la sala operativa, Kay osservò la folla di agenti che si aggirava per lo spazio.

Il pendolarismo mattutino era già in corso oltre le finestre che si affacciavano su Palace Avenue, il clacson e la spinta del traffico incolonnato creavano un costante rumore di fondo sotto le concitate conversazioni che riempivano la stanza mentre lei rivolgeva l'attenzione all'ordine del giorno che aveva in mano.

Una cacofonia di telefoni squillanti ronzava intorno a loro mentre Kay effettuava l'accesso al computer e fissava con occhio torvo la pila di fascicoli già traboccante dal vassoio della posta in arrivo nell'angolo della sua scrivania.

Alzò la voce sopra la confusione.

«Debbie? Quali di questi sono urgenti e quali possono aspettare un giorno o due?»

Un'agente in uniforme si fece largo a gomitate tra due

sergenti che la sovrastavano e passò in rassegna i fascicoli con occhio esperto. «Quei tre sopra sono le autorizzazioni di cui ho bisogno per gli straordinari, gli accordi interdipartimentali e le programmazioni di budget», disse, porgendoglieli. «Il resto puoi ignorarlo, ma solo fino a lunedì. Dopo, verrò a stanarti».

«Affare fatto, grazie». Kay firmò la documentazione nei punti indicati con un gesto deciso e restituì tutto prima di dirigersi verso il punto in cui Gavin Piper si trovava all'estremità della stanza. «Gavin? Che supporto amministrativo ci hanno dato?»

Il detective si allontanò dalla lavagna, esaminando gli appunti che aveva scritto per l'imminente riunione, i suoi capelli normalmente a punta ora domati da un taglio recente e cerchi scuri sotto gli occhi per aver lavorato tutta la notte.

«Dieci», disse, e puntò la penna verso il fondo della stanza. «Inoltre ci hanno detto di aspettarci quattro agenti tirocinanti per aiutare con il lavoro sul campo. Li metteremo nella sala conferenze accanto. Sharp è arrivato venti minuti fa, l'ho sistemato nel suo vecchio ufficio. Credo stia parlando con il quartier generale in questo momento, ma ha preso in mano la parte delle ricerche e degli arresti così io posso supportarti qui».

«Va bene, ottimo». Kay scorse con il pollice l'elenco degli elementi generati dal database HOLMES2, sollevata che il suo vecchio mentore fosse a disposizione.

L'Ispettore Capo Investigativo Sharp era stato di stanza a Northfleet negli ultimi due anni e solo ora si rendeva conto di quanto le fossero mancati i suoi consigli e il suo sostegno.

Con un comunicato stampa inviato via email a tutti i giornalisti locali nell'ultima mezz'ora, la sua squadra si era ampliata per accogliere aiuti aggiuntivi da altre centrali della divisione e ora tutti quei volti si rivolgevano verso di lei mentre chiedeva la loro attenzione.

«Quei telefoni dietro di voi inizieranno a squillare nei prossimi trenta minuti, quindi cominciamo», disse, indicando la lavagna mentre Gavin si spostava su una sedia libera in prima fila. «Data la natura dell'omicidio di ieri sera, aspettatevi che riceveremo molta attenzione sia dal quartier generale che dal pubblico, che vorranno tutti un risultato rapido. La maggior parte di voi ha già lavorato su un incidente grave, quindi non perderò tempo questa mattina sulle procedure. Vi darò i vostri contatti di riferimento e potrete coordinarvi con loro anziché con me per la durata di questa indagine. Ian? Puoi iniziare con un riepilogo di dove siamo arrivati riguardo alla nostra vittima?»

Si fece da parte mentre Barnes si univa a lei, con un'espressione cupa.

«Bene, per coloro che non hanno ancora avuto la possibilità di leggere le note informative, abbiamo una vittima maschio caucasica, età stimata sui vent'anni, che è stata colpita al petto e alla testa mentre cercava di sfuggire al suo assassino. Il pub dove è avvenuto l'incidente, il White Hart, ha una reputazione per personaggi poco raccomandabili, ma finora non abbiamo avuto crimini gravi lì». Barnes incrociò le braccia mentre esaminava le fotografie della scena del crimine che Gavin aveva appuntato alla lavagna. «L'assassino è fuggito, e il proprietario e l'unico membro del personale presente ieri sera ci dicono che non avevano mai visto nessuno dei due uomini prima. Prima della sparatoria, entrambi gli uomini erano stati visti litigare nel pub, ma nessuno ha potuto sentire cosa si stessero dicendo. Questa mattina, la Stradale ha segnalato il ritrovamento di un'utilitaria argento di dodici anni bruciata in una zona boschiva a sei chilometri e mezzo dal White Hart. Gli investigatori forensi sono attualmente là per verificare se ci siano prove che suggeriscano che appartenesse all'assassino».

«Al momento, manteniamo aperte le possibilità sia che l'assassino sia fuggito in auto che a piedi», aggiunse Kay, annuendo in segno di ringraziamento a Barnes mentre riprendeva posto. «Nessuno nel pub in quel momento ricorda di aver sentito un veicolo allontanarsi, e il proprietario non ha telecamere di sorveglianza. Gavin, a che punto siete con l'identificazione delle impronte digitali della vittima?»

«I risultati sono arrivati proprio adesso, capo», disse il detective, scorrendo un'email sul suo telefono. «Non lo abbiamo nel sistema per nulla. È pulito come un giglio».

Kay socchiuse gli occhi. «Nessuno è così pulito. Quindi, non abbiamo ancora un'identificazione per nessuno dei due uomini. Speriamo che Lucas abbia più fortuna con le impronte dentali quando farà l'autopsia. Immagino che a questo punto abbiate tutti sentito che Len Simpson ha distrutto l'unica prova che avevamo in relazione all'assassino lavando il bicchiere che aveva usato?»

«Ho parlato con Harriet prima di lasciare la scena ieri sera, capo», disse Barnes. «Hanno prelevato quattordici diverse impronte parziali dal tavolo dove si trovavano i due uomini, e la squadra in uniforme le sta attualmente elaborando per vedere se questo ci aiuta».

«Va bene, grazie. Immagino che dovremmo essere contenti che la pulizia del pub non sia una priorità per Simpson, anche se i bicchieri lo sono. Debbie, puoi darmi quell'elenco dei responsabili dei compiti?»

L'agente in uniforme si fece strada tra gli agenti riuniti che affollavano un lato della stanza e consegnò un elenco. «Include anche il personale che dovrebbe presentarsi domani, capo».

«Grazie. Bene, Ian sarà il mio vice responsabile delle indagini e non voglio che nessuno parli con i media eccetto me, è chiaro?»

Un mormorio di assenso accompagnò le sue parole, e allungò il collo per vedere oltre la folla riunita. «C'è Daniel qui?»

«Capo».

Attese mentre un sergente sui trent'anni con i capelli color sabbia si faceva strada verso la lavagna, e poi si girò per affrontare il resto della squadra.

«Per quelli di voi che non l'hanno ancora conosciuto, Daniel Westland è uno dei nostri agenti addetti alle indagini sulle armi da fuoco», disse. «Daniel è stato distaccato all'indagine per aiutarci ad accedere al database nazionale di gestione delle licenze di porto d'armi così da poter identificare e interrogare i titolari di porto d'armi all'interno dell'area della divisione».

Una mano si alzò dal fondo della stanza, e Kay si fermò mentre la Detective Laura Hanway si schiariva la gola. «Sì?»

«E per quanto riguarda i possessori di licenza per fucili da caccia, capo?»

«Le prime indicazioni degli investigatori forensi che hanno lavorato sulla scena ieri sera indicano che la ferita è stata causata da un'arma semiautomatica o simile, piuttosto che da un fucile da caccia, data la natura delle ferite e le dichiarazioni dei testimoni riguardo alla vicinanza dei due colpi», spiegò. «Tuttavia, non escluderemo completamente i fucili da caccia. Mantenete una mentalità aperta, come sempre. Daniel, vorrei che lavorassi con Laura per sviluppare una strategia di interrogatorio per quei titolari di licenza e che iniziassi a fare ricerche su chi sono queste persone stamattina».

Fece una pausa quando una figura alta emerse dall'ufficio all'altra estremità della sala operativa e Sharp si affrettò a raggiungerla.

Nonostante fosse stato chiamato a mezzanotte nel suo giorno di riposo, l'espressione dell'Ispettore capo investigativo non mostrava alcun segno di turbamento per gli eventi che si stavano svolgendo dalla sparatoria.

Invece, da lui emanava una cupa determinazione, che serviva come balsamo per l'atmosfera tesa intorno a lei.

«Felice di vederla, capo», disse, incapace di nascondere il sollievo nella sua voce. «Vorrebbe aggiornare la squadra sugli ultimi sviluppi della ricerca del nostro sospetto?»

«Grazie, Kay». Sharp rivolse i suoi penetranti occhi grigi agli agenti. «Ho appena parlato con il quartier generale e non ci sono stati altri incidenti segnalati che coinvolgono armi da fuoco nell'area della divisione dalla notte dell'omicidio. Stiamo conducendo interviste con tutti i negozi aperti 24 ore su 24 e le stazioni di servizio nel raggio di sei chilometri e mezzo dal pub e stiamo esaminando le telecamere di sorveglianza appartenenti a proprietà private e aziende su percorsi secondari vicino alla posizione del pub nel caso riuscissimo a individuare il nostro uomo che passa a piedi. Il comunicato stampa appena diffuso su tutti i media sta dicendo al pubblico di non avvicinarsi a chiunque sia visto portare un'arma da fuoco o agire in modo sospetto, bensì di chiamare immediatamente la nostra linea diretta. Il personale amministrativo qualificato del quartier generale elaborerà queste chiamate per eliminare qualsiasi perditempo prima di passare il resto a voi qui per il seguito. Dividerò il mio tempo tra qui e il quartier generale fino a quando il sospetto non sarà arrestato».

Annuì ringraziandola e si spostò di lato.

Kay guardò oltre lui fino a vedere un imponente agente in uniforme ai margini del gruppo. Aaron Stewart si era dimostrato una risorsa preziosa all'interno della sua squadra in passato, e non aveva dubbi che fosse capace del compito che stava per affidargli.

«Aaron, ho bisogno che tu prepari un profilo di base per la vittima man mano che riceviamo informazioni da tutte le interviste condotte ieri sera e che colleghi questo con i nuovi dettagli nel corso della giornata. Una volta che sapremo chi è, vorrei che tu assumessi il ruolo di coordinamento con la famiglia per favore, data la tua competenza in quell'area. Chiamami se scopri qualcosa che debba essere affrontato immediatamente».

L'agente annuì, abbassando lo sguardo sul suo taccuino mentre continuava a copiare le note dalla lavagna.

«Ian, vorrei che tu lavorassi con me per proseguire con gli avventori abituali del pub questa mattina, oltre a parlare con Lydia e Martin Terry. Harry, vorrei che tu guidassi le indagini casa per casa oggi», continuò Kay. «Le pattuglie in uniforme hanno parlato con i residenti nella zona immediata ieri sera, ma l'attenzione era sulla loro sicurezza in quel momento piuttosto che raccogliere informazioni sulla sparatoria. Dobbiamo accertare se il nostro assassino ha gettato la sua arma nel giardino di qualcuno, quindi assicurati che vengano controllati anche le parti esterne».

«Lo farò, capo». Il sergente Harry Davis si raddrizzò un po'. «Mi metterò in contatto anche con Laura e Gavin nel caso venissimo a conoscenza di qualcuno che era nel pub, ma che non era nella lista dei nomi che ci è stata fornita».

«In realtà», disse Sharp, guardando Kay, «vorrei che Gavin tornasse a Northfleet con me e facesse da collegamento tra le due indagini, la ricerca e l'arresto, e i vostri sforzi per identificare la vittima. Ti va bene?»

«Se pensa che possiamo fare a meno del personale, capo. Tuttavia, abbiamo appena iniziato e avremo molte nuove informazioni da setacciare una volta che verranno rilasciate le dichiarazioni ai media».

«Sono sicuro che gli agenti qui se la caveranno, e avrai più personale amministrativo che arriverà in mattinata. Sarà prudente avere qualcuno in grado di coordinare tra noi con l'autorità di intervenire su qualsiasi questione urgente che debba essere affrontata».

Il cuore di Kay sprofondò. «Va bene, capo. Gavin, hai sentito. Sei con l'Ispettore capo investigativo Sharp, quindi ti suggerisco di prendere accordi con Debbie e Laura per passare loro qualsiasi questione in sospeso prima di partire per Northfleet».

«Grazie, capo». Gavin cercò e fallì clamorosamente nel trattenere un largo sorriso. «Mi assicurerò di fornirti aggiornamenti regolari».

«Assicurati di farlo. Ok, infine, Lucas Anderson ha programmato l'autopsia per le nove di domani mattina, e ha organizzato la presenza di un esperto di balistica per assistere. Ho intenzione di andarci, e vi riferirò qualsiasi cosa che possa chiarire ciò che la squadra di Harriet inizierà a elaborare con il laboratorio forense».

Alzò lo sguardo mentre uno dopo l'altro i telefoni iniziavano a squillare in tutta la sala operativa.

«E a questo proposito, è meglio che rispondiate. Ci riuniremo di nuovo alle quattro di questo pomeriggio a meno che non ci sia una svolta sostanziale. Congedati».

CAPITOLO 6

«Daniel, grazie di essere arrivato in tempo per il briefing», disse Kay, seguendo Laura e l'agente per le indagini sulle armi da fuoco nella sala conferenze. «Avremo bisogno di tutto l'aiuto possibile con questo caso».

«Nessun problema. Sto aspettando notizie da due membri della mia squadra per vedere se possiamo rafforzare i numeri che avete qui», disse lui, districando i cavi che pendevano dietro una scrivania laminata consumata vicino al fondo della stanza e collegando il suo laptop. «Non dubito delle capacità dei suoi agenti, ma i miei hanno più familiarità con il database delle licenze per porto d'armi. Date le circostanze, dobbiamo procedere il più rapidamente possibile».

Laura tirò fuori un proiettore da un armadio effetto quercia sotto una finestra, lo posò sul tavolo accanto a Daniel e poi puntò un telecomando verso uno schermo che emerse dal suo alloggiamento tra le piastrelle del soffitto.

«Suggerisco di dividere la nostra squadra in due»,

continuò. «Così Laura potrà passarle qualsiasi pista concreta man mano che procediamo».

«Mi sembra un buon piano». Kay si diresse verso la porta mentre il personale assegnato iniziava ad arrivare, e li indirizzò verso lo schermo.

Pochi istanti dopo, un semicerchio di dodici agenti stava fissando le immagini proiettate, con espressioni cupe mentre ascoltavano l'agente delle armi da fuoco.

«Il Sistema Nazionale di Gestione delle licenze di porto d'armi è quello che utilizziamo ogni volta che riceviamo una richiesta da qualcuno che desidera fare domanda per un certificato di fucile a canna liscia o armi da fuoco», iniziò Daniel. «In teoria, nessuno dovrebbe essere in possesso di un fucile a canna liscia, arma da fuoco o munizioni senza un certificato valido. E prima che lo chiediate, anche le armi stampate in 3D rientrano nella legislazione».

Mentre parlava, scorreva tra le diverse sezioni del database. «La maggior parte delle informazioni di cui avrete bisogno per questo processo di revisione iniziale si trova qui. Ogni persona che fa domanda deve essere in grado di presentare una buona ragione per aver bisogno di un'arma da fuoco o di un fucile a canna liscia. Questo significa un motivo legittimo di lavoro, come essere un guardiacaccia o un dipendente della Commissione Forestale, sport o qualcosa come collezioni museali. Una buona ragione potrebbe includere anche rievocazioni storiche, collezionisti di armi antiche o club di tiro al bersaglio».

Kay si appoggiò a una scrivania libera mentre ascoltava, rapita quanto i suoi colleghi.

«Il sistema registra anche i nomi delle persone i cui certificati sono stati revocati, così come le domande rifiutate, quindi sono elementi che esaminerete insieme ai proprietari legittimi», disse Daniel.

«Che tipo di motivi potrebbero causare la revoca di un certificato?»

Kay si girò per vedere Phillip Parker che aggrottava la fronte, penna sospesa sopra il suo taccuino, e fece un leggero cenno di assenso.

Era una buona domanda.

«Qualsiasi denuncia che coinvolga abusi domestici, un'accusa di guida in stato di ebbrezza, problemi medici, segnalazioni di un titolare di certificato che perde la calma, fondamentalmente qualsiasi cosa che ci dia motivo di preoccupazione e ci dia una ragione valida per sospettare che quella persona non dovrebbe essere responsabile di un'arma da fuoco di qualsiasi tipo», disse Daniel. Premette con il dito sulla tastiera del laptop e l'immagine cambiò. «Vi verrà dato accesso temporaneo al database e quando arriverete alle vostre scrivanie, l'ufficio informatico dovrebbe avervi inviato via email i vostri dati di accesso così che possiate configurarlo sui vostri computer e iniziare. Capo, come vuole dividere il carico di lavoro?»

«Penso che se lo dividiamo alfabeticamente in gruppi di lettere, avremo maggiori possibilità di esaminare tutto questo», disse Kay dopo un momento di riflessione. «Il vostro database riflette i decessi recenti e i casi in cui le persone vi hanno comunicato di aver venduto le loro armi da fuoco?»

«Sì. Abbiamo effettuato una pulizia completa del

sistema questa mattina presto, quindi sappiamo di aver registrato tutto fino alle informazioni di ieri».

«Bene, se potesse assicurarsi che ogni persona sappia come filtrare quelle persone dalla propria ricerca, risparmieremmo tempo. Quanti titolari di certificati per armi da fuoco ci sono nel Kent?»

«A memoria, oltre 17.000 persone sono titolari», disse Daniel, riconoscendo i fischi sorpresi che si diffondevano nel gruppo. «E questo non include i certificati per fucili a canna liscia. Se considerassimo anche quelli, il numero si avvicinerebbe a 70.000».

Un silenzio scioccato accolse le sue parole, e le spalle di Kay si abbassarono alla consapevolezza che non ci sarebbe stato un risultato rapido.

Passò lo sguardo sulla squadra. «So che alcuni di voi si staranno chiedendo perché siano stati assegnati a questo compito e alcuni di voi si sentiranno esclusi dalle altre indagini che stiamo gestendo come parte di questa indagine per omicidio. Lasciatemi dire ora che le informazioni di cui abbiamo bisogno da questo database sono fondamentali per scoprire chi è il nostro assassino, quindi non sottovalutate l'importanza di ciò che ci si aspetta da voi. Per quanto tempo ci voglia, abbiamo bisogno che queste informazioni siano controllate. È chiaro?»

Alcuni degli agenti più anziani vicino al fondo si raddrizzarono un po' mentre un mormorio di acquiescenza la investì, e poi annuì a Laura.

«Sono tutti tuoi».

Uscì nel corridoio quando il suo telefono iniziò a

squillare, e rispose non appena vide il nome visualizzato sullo schermo.

«Harriet? Come sta andando?»

«Stiamo appena finendo al pub», disse la responsabile degli investigatori forensi. «Ho avuto due delle mie squadre che hanno fatto da corrieri durante la notte per portare le prove al laboratorio, e grazie a Sharp che ha chiamato per chiedere un paio di favori e, considerata la natura di questo caso, stanno già lavorando su ciò che hanno ottenuto».

«Grazie a Dio», disse Kay, passandosi una mano tra i capelli mentre guardava dalla finestra la strada sottostante.

Laggiù, i pedoni si muovevano avanti e indietro sul marciapiede ignari dell'attività frenetica all'interno della centrale di polizia, e lei guardò mentre una donna si fermava a parlare con un'altra, i loro volti animati mentre chiacchieravano.

Era tutto così normale, così lontano dalla scena che aveva affrontato la notte precedente, che poteva immaginare due mondi separati che si incrociavano senza sapere che l'altro esisteva.

«Kay?»

«Scusa, Harriet, ho un milione di attività da svolgere che mi passano per la testa al momento, e ho perso un membro chiave della squadra che è andato al quartier generale. Cosa hai detto?»

«Sono riuscita a prendere in prestito un esperto di balistica dalla Polizia Metropolitana, è qualcuno con cui andavo all'università e uno dei migliori esperti nel raggio di ottanta chilometri da qui».

«È un'ottima notizia; quanto presto può...»

«Sarà qui entro le tre di questo pomeriggio, non appena avrà finito di testimoniare all'Old Bailey». La voce di Harriet divenne ovattata, e Kay sentì qualcun altro parlare in sottofondo prima che la responsabile degli investigatori forensi tornasse. «Ti farò un'altra chiamata non appena avremo altre notizie, ma devo andare… abbiamo gli ultimi tamponi da registrare come prove, e devo iniziare il mio rapporto iniziale per te».

«Grazie, Harriet. Ti devo un favore».

Kay abbassò il telefono, poi si sporse in avanti e appoggiò la fronte contro la freschezza del vetro oscurato del finestrino.

«Sono completamente fuori dalla mia portata con questo caso» mormorò.

CAPITOLO 7

Ian Barnes ripose gli occhiali da lettura nel taschino della giacca, si allungò attraverso la console centrale e aprì la portiera del passeggero pronto per Kay mentre usciva dalla porta posteriore della centrale di polizia e si affrettava verso l'auto.

Lei gettò una cartellina di cartoncino e la sua borsa nel vano piedi e salì in macchina, allacciandosi la cintura di sicurezza mentre lui si immetteva nel traffico a doppia corsia.

Si permise un'occhiata di lato.

Sembrava stanca, il che era comprensibile data la notte che avevano passato tutti, ma c'era una stanchezza di fondo nella sua postura, come se la tensione dell'incidente della sparatoria e il carico di lavoro senza precedenti stessero già prendendo il loro tributo.

Specialmente ora che Gavin era in viaggio verso Northfleet con Sharp.

Affrontando il tortuoso sistema a senso unico, tornando indietro lungo la tangenziale, la macchina finalmente sfrecciò lungo la A20 verso Bearsted dietro un autobus a piano singolo vuoto, determinato a superare ogni semaforo rosso fuori città.

Abbassò il finestrino di un po', lasciando che l'aria calda gli solleticasse il collo e disperdendo parte dell'aria viziata dall'interno del veicolo, che era sicuro fosse stato usato per sorveglianza in incognito in qualche momento della settimana precedente, se il persistente odore di cibo da asporto era un'indicazione.

«Laura è pronta, allora?» si azzardò, con gli occhi che viaggiavano verso il GPS sul cruscotto.

«Sì.»

La singola parola uscì in un sospiro, e poi la sua collega rise sommessamente.

«Scusa, sono stata un po' preoccupata questa mattina. Come stai dopo ieri sera? Tutto bene?»

Lui scrollò le spalle, poi svoltò a sinistra dopo aver superato un recinto pieno di attrezzature per gare equestri. «È difficile da affrontare, capo. Il caso più grande su cui abbiamo lavorato insieme finora, non è vero? E il fatto che abbiamo un uomo armato ancora a piede libero è preoccupante.»

«Lo è. Grazie a Dio Sharp era disponibile per assumere il ruolo di comandante *gold*. Non mi piacerebbe gestire questo con qualcuno che non conoscevo. Voglio dire, abbiamo tutte le procedure da seguire, ma fa una tale differenza lavorare con una squadra che ti è familiare.» Lei scrutò il GPS mentre la voce dolce del computer gli indicava di prendere la prossima a destra. «Dove abitano Lydia Terry e suo marito rispetto alla posizione del pub?»

«Circa cinque chilometri a est. È così piccolo che non

ha nemmeno un nome di località, solo il nome della strada dove si trova la loro casa. Dovremmo essere lì in cinque minuti.»

«Dato che li hai interrogati entrambi ieri sera prima che arrivassi, vuoi guidare tu questo colloquio? Almeno ci sarà un po' di continuità.»

«Nessun problema.» Tamburellò con le dita sul volante. «So che ieri sera erano entrambi sotto shock, Lydia in particolare, ma sono interessato a scoprire quanto più disponibile potrebbe essere oggi.»

Kay sbuffò. «Sono sicura che Len Simpson sia stato coinvolto in parecchi affari loschi nella sua vita. Suppongo dipenda se Lydia e Martin abbiano mai beneficiato di alcuni di questi.»

«È un bel salto da rubare qualche fagiano qua e là a uccidere un povero tizio, non credi?» Rallentò, prevedendo il cottage dei Terry nei prossimi cento metri. «E dato che Lydia ha avuto qualche ora per pensarci, e tempo per parlarne con suo marito, forse decideranno che è il momento di dire qualcosa.»

«Forse.» Kay si raddrizzò e indicò attraverso il parabrezza. «È quello il posto?»

Barnes rallentò fino a fermarsi accanto a una fila di cinque cottage per braccianti agricoli, la cui rozza muratura era stata battuta e maltrattata dagli elementi.

Tegole di ardesia coprivano il tetto, e ogni proprietà aveva un portico di legno in vari stati di deterioramento che forniva un minimo di protezione dagli elementi in caso di maltempo.

«Bella vista,» disse.

Di fronte alle case, il ciglio della strada lasciava il

posto a un panorama di colline ondulate, orzo dorato che ondeggiava e si muoveva mentre una brezza increspava il paesaggio in dolci onde. A meno di un chilometro di distanza, un trattore verde scuro trascinava un rimorchio attraverso un campo dietro una mietitrebbiatrice, con una nuvola di polvere che si alzava nell'aria mentre le macchine lavoravano.

«Aspetta l'inverno, quando il vento soffia direttamente qui e fin dentro il tuo soggiorno,» disse Kay. «Spero che siano ben isolate.»

«Ci hanno visti.» Barnes osservò una tenda che si muoveva alla finestra del piano terra di Weavers Cottage. «Andiamo?»

Nel momento in cui raggiunsero la porta d'ingresso, Martin Terry era in piedi sulla soglia, con la fronte corrugata.

«Non l'avete ancora catturato, allora?» disse.

«È solo questione di tempo,» disse Barnes, con voce neutra. «Come state entrambi?»

Terry scrollò le spalle. «Il meglio possibile date le circostanze. Lydia è in soggiorno. Insiste nel guardare i notiziari, anche se continuo a dirle che non è una buona idea.»

«Ho bisogno di sapere.» Una voce giunse da una porta alla sinistra dell'ingresso, e poi apparve Lydia.

Con il trucco rimosso dalla sera precedente, il suo viso pallido era quasi traslucido contro i capelli scuri, e Barnes poteva percepire lo stress che emanava da lei.

«Non occuperemo troppo del vostro tempo,» disse. «Dobbiamo solo fare qualche altra domanda.»

«Venite.» Lydia girò sui tacchi, prese il telecomando

della televisione da un tavolino basso accanto a una poltrona e mise muto il commento del giornalista.

Barnes notò le stesse immagini che si ripetevano sullo schermo, quelle che erano state trasmesse sulle reti locali e nazionali sin da quando era stato diffuso il comunicato stampa, e represse la crescente frustrazione per la quantità di speculazioni imposte a una popolazione locale già preoccupata.

«Volete accomodarvi?»

Distolse lo sguardo dalla televisione alla voce di Martin per vedere l'uomo che indicava un divano color fungo sotto la finestra anteriore, e attese che Kay si fosse seduta prima di appoggiarsi sul bracciolo e sbottonare la giacca.

Sfogliando i suoi appunti mentre la coppia si sistemava in poltrone abbinate, si guardò intorno nella stanza.

Rispetto al White Hart, la loro casa era pulita e ordinata, con scaffali per libri ai lati della televisione e un'eclettica collezione di ninnoli e ricordi incastrati tra i libri rilegati.

Le pareti sembravano essere state dipinte di recente, un colore vivace che compensava l'esposizione a nord e accentuava le stampe incorniciate sopra un camino in pietra.

Quando rivolse la sua attenzione a Lydia, lei lo stava osservando attentamente.

«Cosa vuole sapere, detective? Le ho già rilasciato la mia dichiarazione ieri sera.»

«E lo apprezzo», rispose lui. «Quello che vorrei fare ora è rivedere ciò che è successo, semplicemente perché sono sicuro che eravate sconvolti dagli eventi nel pub.

Spesso accade che, una volta avuta la possibilità di decomprimerci dopo un incontro stressante, ricordiamo dettagli aggiuntivi, e quei dettagli potrebbero essere fondamentali per la nostra indagine.»

Lydia annuì, incrociando le mani in grembo. «Va bene. Ha senso.»

«Prima di iniziare, come state oggi, tutti e due?»

«Abbastanza bene, suppongo.» Lydia guardò suo marito, che fece un leggero cenno con la testa. «Non siamo andati a letto fino a quasi le tre di questa mattina...»

Si interruppe mentre un elicottero passava rumorosamente sopra di loro, facendo tremare le finestre. Dopo che fu passato, gli rivolse un sorriso amaro. «Inutile dire che è stato quasi impossibile dormire.»

«Posso immaginarlo. A parte questo?»

«Come ha detto lei, stiamo bene», disse Martin, allungando la mano verso quella di sua moglie e stringendola. «Ne parlavamo questa mattina, e a condizione che prendiate chi l'ha fatto, andrà tutto bene, no?»

«Bene.» Barnes sorrise. «Ma parlate con il vostro medico di famiglia se ne avete bisogno. Possono mettervi in contatto con le persone giuste se vi sentite sopraffatti. Dunque, torniamo a ieri sera. Lydia, a che ora sono entrati i due uomini nel pub?»

La donna strinse le labbra. «Ero occupata a servire all'altro capo del bancone e davo le spalle alla porta d'ingresso, quindi all'inizio non li ho davvero notati. Hanno preso solo un drink ciascuno. Quelli li ho serviti io, ma dopo non ho prestato molta attenzione a loro finché

Martin non ha menzionato che stavano litigando per qualcosa.»

«È riuscito a sentire qualcosa di quello che dicevano, Martin?»

L'uomo si fermò un momento, fissando la moquette. Poi, «Ho cercato di ricordare. Stavano facendo del loro meglio per tenere la voce bassa, ma credo di aver sentito frammenti della conversazione. Qualche parola qua e là, capisce? Ho avuto l'impressione che fossero venuti al pub solo per avere quella discussione.»

«Cosa glielo fa pensare?»

«Uno di loro ha detto qualcosa del tipo "nessuno ci conosce", o qualcosa del genere.» Alzò lo sguardo, con un'espressione imbarazzata sul volto. «Ho cercato di ascoltare dopo. Ha stuzzicato il mio interesse per qualche motivo.»

«Perché?»

«Non ne sono sicuro. Forse perché non li avevo mai visti prima e, beh, non è un segreto che il locale di Len abbia la reputazione di essere un posto problematico, no?» Martin rivolse la sua attenzione alla moglie. «Non mi è mai piaciuto che Lydia lavorasse lì. Sono sempre preoccupato che possa restare coinvolta in qualcosa e farsi male. È per questo che cerco di passare a trovarla quando finisco il lavoro, solo per tenerla d'occhio.»

«Oh, tesoro...» Lydia si asciugò le lacrime e si sforzò di sorridere prima di rivolgersi a Barnes. «Non ho mai avuto problemi con la clientela locale prima d'ora, e Len mi tiene sempre d'occhio...»

«Ma ha detto che i due uomini che erano lì ieri sera non erano del posto?» disse Kay, sporgendosi in avanti.

«No. Beh, non abitualmente nel pub.» Lydia si strinse nelle spalle. «Voglio dire, potrebbero essere di queste parti, ma non li ho mai visti bere all'Hart prima.»

«Dato che uno degli uomini è stato assassinato ieri sera, riuscireste a riconoscere l'altro se lo vedeste di nuovo?» chiese Barnes.

La coppia si guardò per un momento, poi Lydia parlò.

«Non credo.»

«Io forse sì», disse Martin. «Voglio dire, cercavo di non essere evidente, ma poiché avevo l'impressione che stesse per iniziare una discussione, ho dato un'occhiata quando ho pensato di poterlo fare senza farmi notare.»

«Qualcuno di loro l'ha notata?»

L'uomo scosse la testa. «Di qualunque cosa stessero discutendo, non erano interessati a nessun altro lì dentro. Ogni tanto uno di loro guardava dietro di sé solo per assicurarsi che nessuno stesse ascoltando, ma mi sono assicurato che non si accorgessero di me.»

«Gli spari che avete sentito. Cosa ricordate di quelli?»

«Quando ho sentito il primo, non ero sicura di cosa stessi sentendo», disse Lydia, con la voce tremante. «Voglio dire, qui in zona si sentono fucili da caccia in continuazione, gente che va a caccia di conigli o fagiani. Era semplicemente così diverso provenendo dal parcheggio, e così vicino.»

«Len è stato il primo a reagire», aggiunse Martin. «È quasi come se sapesse immediatamente cosa stesse succedendo. Ci ha detto di buttarci a terra, e una frazione di secondo dopo abbiamo sentito il secondo sparo.»

«Quanto tempo è passato tra i due spari?»

«Erano molto vicini», disse Lydia. «Ieri sera, mi è

sembrato che il tempo rallentasse dopo aver sentito il primo sparo, ma suppongo fosse solo lo shock di averlo sentito.»

«Sì, erano decisamente vicini», disse Martin. «Forse un secondo o due tra uno e l'altro.»

«Cosa è successo dopo aver sentito il secondo sparo?»

«Siamo rimasti a terra.» Lydia rabbrividì. «Ero così spaventata che potesse tornare dentro e ucciderci.»

«Cosa stava facendo Len in quel momento?»

«Si è trascinato dietro il bancone ed è scomparso sul retro per un po'», disse Martin.

«Cosa stava facendo?»

«Non ne sono sicuro... ho supposto che stesse chiudendo a chiave la porta della cucina in modo che nessuno potesse entrare da lì.»

«Il fatto è che non riusciamo a capire perché abbia aspettato così tanto per chiamare il numero di emergenza», disse Kay. «Considerando che c'era un uomo armato nel suo parcheggio, erano stati sparati due colpi e probabilmente c'era un uomo ferito o morente là fuori, non ha telefonato che dopo altri trenta minuti. E nemmeno voi. Perché?»

«Len ci ha detto di stare fermi e non muoverci, quindi l'abbiamo fatto», disse Martin. Sporse il mento. «Il mio telefono era nella giacca, appesa a un gancio sotto il bancone, e quello di Lydia era nella sua borsetta dietro la cassa. Non potevamo prenderli senza alzare la testa...»

«E non avevo alcuna intenzione di farlo mentre pensavo ci fosse ancora un uomo armato che girava là fuori», disse Lydia.

«Quando è tornato Len al bancone?»

«Non lo so, sembrava fosse passato un po' di tempo. Non riuscivo a sentire cosa stesse facendo.»

«Era ancora in cucina?»

«Mi è sembrato di sentirlo salire di sopra» disse Martin. «Ho pensato che stesse dando un'occhiata dalla finestra lassù per vedere cosa stesse succedendo. Credo sia rientrato circa venti minuti dopo...»

«Questa volta non accucciato?»

«No, ed è per questo che ho pensato che chiunque fosse là fuori se ne fosse andato. Len ha preso il cellulare da dove l'aveva lasciato sul bancone e ha chiamato i vostri.»

«Non ha portato il telefono con sé quando è andato in cucina?»

«Immagino fosse più preoccupato di assicurarsi che la porta sul retro fosse chiusa a chiave.»

«Ok, comprensibile.» Barnes si alzò in piedi. «Organizzeremo perché uno dei nostri disegnatori venga più tardi oggi, mentre i suoi ricordi sono ancora freschi. Le sarei grato se collaborasse con loro per descrivere entrambi gli uomini il meglio possibile, sarebbe molto utile per la nostra indagine.»

«Certamente.» Martin strinse ancora una volta la mano di sua moglie, poi accompagnò i due detective fuori dalla stanza, richiudendo delicatamente la porta. Arrivati alla porta d'ingresso, abbassò la voce mentre si rivolgeva a Barnes.

«Non ho ancora detto nulla a Lydia, ma chiederò in giro per vedere se posso trovarle un lavoro da qualche altra parte» mormorò. «Non so cosa avrei fatto se le fosse successo qualcosa ieri sera. Continuo a pensarci...»

«Cerchi di non preoccuparsi, signor Terry» disse Barnes. «È al sicuro adesso, e qui con lei.»

Strinse la mano tesa dell'uomo, la presa era decisa.

«Si assicuri solo di catturare chiunque abbia ucciso quell'uomo» disse Martin. «Solo allora saprò che siamo al sicuro.»

CAPITOLO 8

Nonostante fosse alto solo quattro piani, l'edificio in cemento e vetro scuro del quartier generale della polizia del Kent a Gravesend proiettava una lunga ombra su Gavin mentre attraversava il piazzale dal parcheggio insieme a Sharp.

Dietro di loro, un flusso costante di veicoli con logo della polizia si dirigeva verso la superstrada, le sirene che iniziavano a suonare non appena incontravano il traffico che scorreva oltre il parco industriale.

I paletti d'acciaio su entrambi i lati delle lastre di pavimentazione smaltate creavano una sorta di guardia d'onore, luccicando sotto il bagliore del sole e costringendolo a socchiudere gli occhi contro la luce intensa.

Il suo zaino nero di tela sbatteva contro la spalla destra, la borsa era carica di diverse cartelle in cartoncino contenenti documenti informativi e il suo laptop. Aprì la cerniera di una tasca laterale quando si avvicinarono, estrasse il suo tesserino di sicurezza di

Northfleet e lo agganciò alla cintura mentre Sharp passava il proprio su un pannello di sicurezza alla destra della porta.

Non appena seguì l'Ispettore capo investigativo nell'atrio, sospirò profondamente.

L'aria condizionata fresca eliminò l'umidità dalla nuca, e lui si raddrizzò la cravatta.

«A che piano siamo, capo?» disse, seguendo Sharp verso i due ascensori accanto a un distributore automatico e cercando di ignorare le invitanti lattine di bibite dietro il vetro.

«Al terzo.» Sharp entrò nell'ascensore vuoto e premette il pulsante. «Il Commissario Capo Greensmith sarà presente, così come il comandante di zona della Divisione Est.»

Gavin deglutì, il pensiero di così tanti ufficiali superiori in una stanza gli faceva palpitare il cuore. Guardò di traverso Sharp, che lo stava osservando attentamente.

L'Ispettore capo investigativo DCI gli fece l'occhiolino. «Non preoccuparti. Se qualcuno si prenderà un calcio nel sedere per questa faccenda, sarò io. Tu assicurati solo di avere a portata di mano le informazioni di cui ho bisogno quando mi verranno chieste, e andrà tutto bene. Questa sarà comunque una bella esperienza per te.»

Sforzandosi di abbozzare un debole sorriso, Gavin osservò i numeri sopra le porte dell'ascensore lampeggiare da sinistra a destra mentre salivano. «Cercherò di ricordarmelo, capo.»

Ci fu un leggero sobbalzo quando l'ascensore si fermò, e poi si ritrovò a seguire l'Ispettore capo investigativo oltre file di scrivanie separate da divisorie, ognuna occupata da un agente dall'aspetto affannato.

I telefoni squillavano, le voci si chiamavano da una parte all'altra della stanza. Mentre si avvicinavano all'ultima fila prima di una serie di uffici privati, vide che l'enorme schermo sulla parete più vicina mostrava una vista aerea in diretta del pub.

Il volume era stato disattivato, ma sembrava che l'elicottero della polizia stesse volando lungo un percorso circolare che comprendeva la campagna a nord della M20 tra Maidstone e Lenham, il suo avanzamento era sistematico.

«Uff... Guarda dove vai.»

Inciampò, riportando l'attenzione a dove stava camminando. «Mi dispiace tantissimo.»

Accovacciandosi per raccogliere i documenti che ora coprivano le piastrelle della moquette come coriandoli economici, con le guance rosse per l'imbarazzo, alzò lo sguardo verso la donna con la quale si era scontrato.

Indossava un'uniforme che sembrava essere stata stirata fino allo stremo, e quando si rialzò in piedi il cuore gli sprofondò alla vista dei gradi sulle spalline.

«Detective Piper, Le presento il Vice-Commissario Capo Tess Bainbridge», disse Sharp. «Il Vice-Commissario sta fungendo da comandante delle operazioni armate in questo caso, data la sua esperienza nelle operazioni di antiterrorismo.»

Gavin restituì i documenti, sicuro che il volume delle conversazioni nella stanza fosse diminuito intorno a lui mentre tutti lo fissavano. «Mi scusi, signora.»

Lei inarcò un sopracciglio perfettamente curato in

risposta. «Ha fretta di arrivare alla nostra riunione, Detective Piper?»

«Io... sì, infatti.» Indicò con un cenno lo schermo. «È una ripresa in diretta?»

«Lo è. Abbiamo fatto volare l'elicottero a intervalli regolari utilizzando apparecchiature a scansione termica da quando è arrivata la chiamata ieri sera.» Le labbra della Bainbridge si assottigliarono. «Ancora nessun risultato, ma il Commissario Capo della polizia ha approvato il budget, quindi continueremo a cercare.»

Lui guardò dietro di sé mentre il brusio nella stanza aumentava. «Tutte queste persone stanno ricevendo chiamate dal pubblico, o...?»

«No. Questo è il nostro centro di comando tattico, esclusivamente per gestire la ricerca e l'arresto. Abbiamo un'altra squadra al piano di sotto che gestisce le telefonate dal pubblico e dai media, appositamente addestrati per il ruolo.» I suoi occhi si addolcirono. «Forse un'altra volta le farò fare un tour completo, ma data la situazione attuale...»

«Prego, faccia strada», disse Sharp.

Il cuore di Gavin sprofondò quando l'Ispettore capo investigativo scosse leggermente la testa prima di mettersi al passo con la Bainbridge.

I due agenti di grado superiore si allontanarono in fretta, le teste chine in conversazione.

«Bel colpo, Piper», mormorò. «A questo ritmo, Laura diventerà sergente prima di te.»

Tre porte oltre la zona open space, entrò in una grande sala conferenze piena di agenti di grado superiore.

Un tavolo ovale color cenere occupava il centro della stanza, con dodici sedie disposte intorno a intervalli regolari e uno schermo più piccolo sulla parete accanto alla porta che mostrava le stesse riprese aeree che aveva visto un momento prima.

Questa volta, però, il sonoro era attivato e dopo essersi seduto accanto a Sharp con le spalle alla finestra, la sua attenzione tornò al commento in corso.

«Il pilota è del Servizio Aereo Nazionale di Polizia. Lui e l'equipaggio stanno parlando con un'altra squadra al piano di sotto», mormorò l'Ispettore capo investigativo. «Rimarranno in volo per tre o quattro ore, si fermeranno per rifornirsi e torneranno sul posto.»

«I membri dell'equipaggio si alternano, capo?»

«Sì.» Sharp controllò l'orologio. «Penso che questo sia il secondo equipaggio in volo ora se l'aeromobile è stato utilizzato tutta la notte.»

Tess Bainbridge si allontanò dal gruppo di agenti di grado superiore con cui stava parlando e alzò la voce. «Bene, se potete prendere tutti posto per favore, inizieremo. Il Commissario Capo vuole rilasciare una dichiarazione entro mezzogiorno fornendo un aggiornamento, quindi è meglio assicurarsi che abbia qualcosa da dire. Qualcuno può togliere il volume allo schermo?»

Poco dopo, la porta fu chiusa e calò il silenzio tra gli agenti riuniti.

«Se potessi iniziare con un aggiornamento da parte tua, Devon?» disse la Bainbridge, aprendo un taccuino rilegato in pelle. «Procederemo prima lungo la catena di comando, e poi con ciò che deve essere fatto per catturare questo sospetto.»

Sharp si schiarì la gola. «Al momento, abbiamo agenti che stanno conducendo indagini porta a porta nelle immediate vicinanze del White Hart. Ciò include tutte le proprietà nel raggio di un chilometro e mezzo, comprese quelle che sono case vacanza. Stiamo lavorando sul presupposto che, sebbene ieri sera abbiamo parlato con molti proprietari, è stato impossibile condurre perquisizioni approfondite di parti esterne e terreni privati fino all'alba. Paul Disher sta gestendo la nostra squadra tattica di armi da fuoco locale ed è in standby nel caso scoprissimo attività sospette».

«Paul è un ottimo agente», disse Bainbridge, annuendo mentre prendeva appunti. «Ho lavorato con lui in un paio di operazioni in passato ed è la persona giusta da avere accanto quando la situazione precipita».

«Buono a sapersi, signora. Da quanto mi ha riferito l'Ispettrice Hunter ieri sera sulla sua gestione della situazione, non ho dubbi che sia una risorsa preziosa per la nostra indagine».

«Kay Hunter è il comandante *silver* in questa operazione?»

«Sì, e il Detective Ian Barnes è il suo vice responsabile delle indagini».

«Qual è il loro attuale incarico?»

«Stanno lavorando con la loro squadra per interrogare tutti quelli che erano nel pub ieri sera prima della sparatoria, e sono stato informato che un disegnatore lavorerà con il marito della donna che lavora lì per fornire immagini sia della vittima che del sospettato entro questo pomeriggio. Abbiamo anche fatto progressi nella compilazione di un elenco dei possessori di porto d'armi nella zona e inizieremo gli interrogatori questo pomeriggio».

«Ottimi progressi considerato il tempo a disposizione, Devon. Grazie». Bainbridge si rivolse a Susan Greensmith. «Si tratta di un numero significativo di persone da raggiungere in poco tempo. Come gestiamo il personale?»

«Le visite iniziali saranno più brevi per coloro che vivono più lontano dalla scena del crimine», spiegò il Commissario Capo. «Ai possessori di porto d'armi verrà chiesto dei loro spostamenti della notte scorsa, e sarà effettuato un breve controllo relativo alla sicurezza delle loro armi mentre gli agenti sono sul posto. Per i possessori di armi più vicini al pub, saranno eseguiti gli stessi controlli, ma parleremo anche con gli alibi».

«Bene, grazie». Bainbridge osservò attentamente il grande schermo sulla parete e si avvicinò al telefono in conferenza al centro del tavolo. «Agente Woods, può aggiornarci sulla situazione aerea, per favore?»

Sharp si avvicinò e mormorò all'orecchio di Gavin. «È Erin Woods, una degli agenti di volo tattici a bordo. È di stanza all'NPAS, il Servizio di Aviazione della Polizia Nazionale, nella base di Redhill».

Annuì in risposta, poi ascoltò mentre la voce della donna risuonava attraverso gli altoparlanti.

«Signora, stiamo continuando a monitorare tutte le rotte principali che passano vicino alla scena del crimine e a coordinarci con la Stradale sulle strade secondarie», disse. «L'infrarosso non ha rilevato nulla di sospetto nelle aree boschive intorno al White Hart, e un caso che abbiamo avuto questa mattina di qualcuno che attraversava un campo è stato confermato dagli agenti sul terreno come un locale che faceva jogging».

«Veicoli abbandonati o attività sospette nel raggio di otto chilometri dal pub?»

Guardando la diretta mentre l'Agente di Volo Tattico forniva il suo aggiornamento, lo stomaco di Gavin si contrasse quando l'elicottero virò e iniziò il successivo giro sull'area.

«Negativo, signora», disse Erin, alzando la voce sopra il fragore dei rotori dell'elicottero. «L'auto bruciata che è stata avvistata questa mattina presto è stata eliminata dalle indagini e il suo proprietario è stato localizzato. Continueremo a fornire aggiornamenti regolari durante il giorno».

«Grazie, agente».

Gavin ascoltò mentre la Vice-Commissario Capo continuava a interpellare le persone attorno al tavolo, fornendo suggerimenti ai suoi ufficiali e ascoltando senza interruzioni mentre ciascuno parlava.

Finalmente, dopo l'ultimo aggiornamento fornito da un Ispettore capo investigativo più anziano della Divisione Est che confermava l'assenza di attività sospette in quella parte della contea, Bainbridge riordinò i documenti davanti a sé e osservò le persone riunite attorno al tavolo.

«Devo concordare con quanto ho sentito questa mattina, ovvero che l'opinione generale è che questo episodio di sparatoria non sia stato un attacco casuale, ma che la vittima fosse l'unica persona che l'assassino aveva in mente. Dato che non sono stati sparati colpi verso o all'interno del pub, e non ci sono state segnalazioni di comportamenti minacciosi nella zona, dobbiamo presumere che il pubblico in generale non sia in pericolo rispetto a quanto si pensava inizialmente». La Vice-Commissario Capo inserì la documentazione nella cartella di pelle e la chiuse con la cerniera. «Vorrei quindi abbassare l'attuale livello di minaccia, emettere un comunicato stampa aggiornato informando il pubblico che riteniamo questo un incidente isolato, e poi concentrare i nostri sforzi sull'area immediata intorno al pub White Hart».

Spinse indietro la sua sedia, concentrando la sua attenzione su Sharp. «Devon, vorrei che continuasse a fungere da comandante *gold* per la ricerca e l'arresto dell'assassino. Mi aspetto aggiornamenti regolari, e ricordi alla sua squadra di non correre rischi. Una morte questa settimana è sufficiente»

Gavin si alzò in piedi accanto all'Ispettore Capo investigativo mentre Bainbridge lasciava la stanza senza aggiungere altro, con le mani tremanti mentre raccoglieva i suoi appunti.

Quando si voltò verso Sharp, il volto dell'uomo era cupo.

«Hai sentito, Piper», mormorò. «Assicuriamoci che tutti quelli nella sala operativa tornino a casa sani e salvi una volta che tutto questo sarà finito».

CAPITOLO 9

Rispetto alla casa ordinata dei Terry, la fatiscente casa di Geoff Abbott sembrava una baracca mangiata dalle tarme.

Posizionata esattamente al centro di un appezzamento di terra che un tempo potrebbe essere stato un prato ma ora era un groviglio attorcigliato di erbacce, la minuscola abitazione sembrava potesse crollare da un momento all'altro.

Querce e faggi affollavano l'aria sopra di essa, e un inquietante rumore bianco riempiva la radura eliminando ogni suono proveniente dalla strada al di là.

Il muschio copriva le tegole che non mancavano, e una striscia di telone verde scuro copriva un'estremità sopra una grondaia che gocciolava costantemente sul terreno sottostante, nonostante non piovesse da più di una settimana.

L'intonaco si staccava dalla muratura anemica su entrambi i lati della porta d'ingresso malconcia, e mentre Kay percorreva un sentiero di mattoni crepato e irregolare, cercò di capire quale colore avesse un tempo caratterizzato le pareti tra le travi scure che attraversavano l'edificio.

«Porca miseria, capo», mormorò Barnes. «Avremmo dovuto portare i caschi».

Kay osservò l'auto utilitaria marcia puntellata su dei mattoni alla destra del sentiero, con il finestrino lato guida frantumato e una muffa verde brillante visibile sul volante e sulla tappezzeria, poi si girò e bussò con le nocche alla porta.

Una zaffata di fumo fetido di sigaretta fuoriuscì dallo spiraglio quando si aprì, e poi Geoff Abbott emerse, socchiudendo gli occhi contro la luce del sole che penetrava attraverso i rami degli alberi.

Macchie di nicotina coloravano i suoi capelli grigi di un giallo sporco, e lesioni punteggiavano il suo naso e le guance.

«Siete della polizia?» disse, con le dita artritiche che reggevano i resti di un mozzicone.

Kay mostrò il suo tesserino e presentò Barnes. «Vorremmo parlare con lei dell'incidente di ieri sera al White Hart. Possiamo entrare?»

«Suppongo di sì». Abbott indietreggiò, aprendo maggiormente la porta per farli passare, e indicò il retro della casa. «Meglio andare in cucina. Il soggiorno è un po' in disordine».

Mentre osservava le balle di giornali impilate contro il muro dell'ingresso e le chiazze di umidità che trasudavano attraverso la carta da parati sbiadita, Kay represse un brivido.

La cucina non era molto meglio, ma almeno una grande finestra sopra un lavandino ingombro lasciava entrare abbastanza luce per compensare l'oscurità degli alberi.

Un anziano Golden Retriever si alzò barcollando dal suo letto logoro accanto a una stufa, attraversò traballando fino a dove Kay stava in piedi vicino a un tavolo in formica scheggiato e bucherellato, e prontamente si appoggiò a lei.

Mentre i suoi occhi marroni scuri la fissavano, lei gemette, rimpiangendo la scelta dei pantaloni neri quella mattina mentre i peli del cane si spargevano sul tessuto. Poi abbassò la mano e strofinò il pelo morbido tra le orecchie del cane.

«Come si chiama?» chiese.

«Bernard». La voce di Abbott si addolcì. «Ha tredici anni ormai, quindi non si muove quanto una volta. Gli manca anche andare al pub».

Le orecchie del cane si drizzarono e Kay ridacchiò.

«Riconosce ancora la parola però, vero?»

«Proprio così». L'anziano indicò quattro sedie traballanti attorno al tavolo. «Le offrirei qualcosa di caldo, ma ho finito il latte e...»

«Nessun problema, signor Abbott. Abbiamo solo alcune domande da farle e poi ce ne andremo».

Placato, l'uomo annuì e prese posto accanto a Barnes mentre il detective estraeva il suo taccuino dalla giacca.

«Ci racconti cosa è successo al White Hart ieri sera», disse Kay. «Con chi era?»

«Tre amici». Abbott scrollò le spalle. «Tutti del posto. Di solito andiamo quattro o cinque volte a settimana. Immagino che vorrete i loro nomi?»

«Sì».

«Trevor Shadwell, Barry Peters e Malcolm Cross».

«Ha i loro numeri di telefono e indirizzi?»

Kay attese mentre Abbott li elencava a Barnes, notando il modo in cui l'anziano tamburellava e picchiettava sullo schermo del suo vecchio cellulare, con la fronte aggrottata per la concentrazione.

Riconobbe i nomi dalla lista che Len Simpson aveva fornito loro la sera prima, ma avere i dettagli verificati e chiariti era essenziale.

«Da quanto tempo li conosce?» chiese quando lui mise via il telefono.

«Io e Barry ci conosciamo da trenta anni o più. Lavoravamo insieme alla ferrovia a Sittingbourne. Trevor è del posto, vive in fondo alla strada da circa dodici anni. Prima non frequentava il pub Hart, ma sua moglie è morta quattro anni fa. È stato Malcolm a presentarmelo, non ricordo da dove si conoscono, ma è da un po'».

«Ha notato i due uomini che stavano litigando ieri sera?»

«Se stavano litigando, non potevo sentirli da dove ero seduto». Abbott tirò su col naso. «Sono sordo da un orecchio, quindi devo concentrarmi quando sono al pub per sentire cosa dicono i ragazzi, anche quando è più tranquillo. Li ho visti alzarsi per andarsene però».

«Li ha guardati bene?»

Abbott si grattò il lobo dell'orecchio. «Uno era più alto dell'altro. Quello più vecchio. Quello più giovane sembrava un po' un topo».

«Oh? In che senso?»

«Losco. I suoi occhi guardavano dappertutto. Teneva le

mani nelle tasche del cappotto e sembrava non avesse dormito per alcuni giorni».

«E riguardo alle loro età?»

«Non lo so. È più difficile indovinare l'età di qualcuno più si invecchia». Abbott le lanciò un timido sorriso. «Ormai tutti mi sembrano sui vent'anni».

«Una stima approssimativa, allora».

«Suppongo che il giovane potesse avere tra i venticinque e i trent'anni. Non di più. L'uomo più anziano... sulla fine dei quaranta, forse cinquanta. Solo un po' di grigio nei capelli, capisce».

Barnes sfogliò i suoi appunti. «Quando è uscito dal pub, ha notato qualcosa di insolito riguardo a uno qualsiasi di loro?»

«No... sono uscito prima di loro, capisce. Come ho detto, Trevor abita in fondo alla strada qui, quindi mi ha offerto un passaggio. Quella strada ha troppe curve e svolte per rischiare di percorrerla a piedi di notte». Abbott scrollò le spalle. «Non mi dispiace in estate, ma non ora che le notti cominciano ad accorciarsi».

«Li ha sentiti uscire dal pub dopo di lei?» lo incalzò Kay. «O li ha visti quando è andato nel parcheggio?»

«Non proprio. Io e Trev abbiamo parlato per tutto il tragitto fino alla macchina, e poi una volta entrati abbiamo continuato ancora, prendendo accordi per stasera». Fece una pausa, corrugando la fronte. «Credo di averli visti uscire dalla porta... sa, ho visto la luce filtrare quando sono usciti. Ma non ho visto nient'altro dopo. Trevor non perde tempo, capisce?»

«Ci sono stati problemi tra proprietari di armi da fuoco qui in zona?»

«Non in quel senso, no. Voglio dire, si sente di gente che spara a cose nel bosco qui intorno, ma niente di grosso come quello. Fucili da caccia, per lo più».

Kay trattenne un sospiro, fece cenno a Barnes che l'intervista era finita e spostò delicatamente il cane per potersi alzare.

«Grazie per il suo tempo», disse, porgendogli un biglietto da visita. «La contatteremo se avremo altre domande, ma se le viene in mente qualcosa nel frattempo che potrebbe aiutarci, o se sente qualcosa, potrebbe chiamarmi?»

«Lo farò, ragazza». Prese il biglietto e lo tenne vicino al viso, scrutando il testo. «Prima trovate chi è responsabile di quell'omicidio, meglio dormirò la notte».

«Sia lei che io, signor Abbott».

CAPITOLO 10

Un'energia frenetica permeava la sala operativa più tardi quel giorno, con un tramonto viola e oro che macchiava il cielo oltre le finestre mentre la squadra di Kay prendeva posto.

Il dolciastro fetore delle lattine di energy drink riempiva lo spazio intorno alla lavagna, e lei osservò i ritardatari mentre sorseggiava un caffè forte, notando i cerchi scuri sotto i loro occhi.

Se non faceva attenzione, si sarebbero esauriti prima che l'indagine fosse davvero iniziata, cosa che non poteva permettersi in un momento così critico.

Si raddrizzò quando l'ultimo agente prese posto in fondo alla piccola folla, posando la sua tazza sul tavolo accanto a sé.

«Grazie a tutti. Cerchiamo di sbrigarci così quelli di voi che sono di turno domani mattina potranno andare a casa a riposarsi.» Si fermò per esaminare l'elenco delle azioni in cima all'ultimo rapporto che aveva stampato dal database HOLMES2, e controllò l'orologio. «Bene, innanzitutto posso confermare che la Vice-Commissario Capo e il Comandante *gold* hanno comunicato che la minaccia immediata per il pubblico è diminuita, e che questa sparatoria viene trattata come un incidente isolato piuttosto che terrorismo o altro. In questo momento, i media locali stanno trasmettendo queste informazioni a seguito di una conferenza stampa che si è tenuta al quartier generale nel primo pomeriggio. Questo dovrebbe far diminuire un po' le telefonate, e speriamo che quelle che riceveremo d'ora in poi siano più utili. Lucas Anderson ha confermato che effettuerà l'autopsia della vittima domani mattina presto, e se siamo fortunati avremo alcune risposte su chi sia prima del weekend. Posso avere un aggiornamento sulle indagini di casa in casa?»

Harry Davis la raggiunse vicino alla lavagna e alzò la voce in modo che i colleghi in fondo al gruppo potessero sentire.

«Abbiamo parlato con tutte le abitazioni tranne sei nel raggio di un chilometro e mezzo dal White Hart», disse. «Due di queste proprietà sono case vacanze, e successivamente abbiamo condotto perquisizioni con l'aiuto delle agenzie che le gestiscono. Gli altri quattro proprietari sono attualmente all'estero o in viaggio d'affari, e abbiamo ottenuto il permesso da tutti loro per perquisire i giardini e gli eventuali annessi in loro assenza. In sintesi, non c'era alcun segno di armi da fuoco nascoste nelle proprietà, né segnalazioni di persone che agivano in modo sospetto ieri sera dopo la sparatoria al pub. Anche le quattro proprietà attualmente vuote non avevano segni di effrazione.»

«Viene da chiedersi se il nostro assassino sia

semplicemente tornato a casa dopo», disse Barnes, tamburellando la penna sul suo taccuino. «Se non sembrava in preda al panico, non avrebbe attirato l'attenzione su di sé.»

«Cristo, che sangue freddo.» Kay espirò. «Ma è possibile. Il che significa che è del tutto plausibile che uno di noi abbia parlato con l'assassino oggi senza rendersene conto.»

Un silenzio scioccato seguì le sue parole, e lei scosse leggermente la testa per concentrarsi di nuovo.

«Non sono ancora soddisfatta della dichiarazione di Len Simpson su perché ci abbia messo così tanto a chiamare il numero di emergenza», continuò, camminando sulle piastrelle di moquette sottile. «Per non parlare del fatto che ha lavato il bicchiere da pinta usato dal nostro sospetto. Cos'altro sappiamo di Simpson? Qualcuno?»

Laura fece un passo avanti, estraendo una pagina dalla pila di cartelle tra le sue braccia. «Capo, sono riuscita a scoprire qualcosa in più sul congedo dall'esercito. Mi è stato detto in via confidenziale, ma secondo il caporale in pensione con cui ho parlato, Simpson aveva un brutto carattere e durante una rissa colpì qualcuno alla testa così forte che il tizio finì in ospedale con una grave commozione cerebrale. Ha rischiato di non farcela.»

«Di cosa trattava la rissa? Il tuo contatto lo sapeva?»

«Solo un disaccordo da ubriachi degenerato, secondo lui. Simpson ha fatto sei mesi nella prigione militare di Colchester, poi è stato espulso.» Laura aggrottò la fronte. «Ho avuto l'impressione che ci fosse di più nella storia rispetto a quanto mi è stato detto, soprattutto perché il caporale mi ha detto che non si trattò tanto di un congedo, quanto piuttosto di un argomento persuasivo che convinse Simpson che non era più il benvenuto nel suo vecchio reggimento, né altrove nell'esercito.»

«Va bene, bel lavoro. Grazie.» Kay si voltò verso la lavagna e aggiornò le note sotto la fotografia di Len Simpson. «Parlerò con Sharp e vedrò se può scoprire qualcos'altro dalle sue vecchie fonti della polizia militare. Ma questo non risponde ancora alla domanda su cosa stesse facendo nei trenta minuti tra l'ultimo sparo e la telefonata a noi.»

«Pensa che stesse nascondendo qualcosa, capo?» chiese Gavin.

«È la prima cosa che mi è venuta in mente, sì. Voglio dire, non appena ha fatto quella chiamata, avrebbe saputo che avremmo setacciato quel posto per le successive ventiquattro ore.» Kay si voltò verso gli agenti riuniti, con un'espressione pensierosa. «Ma il sospetto non è sufficiente per ottenere un mandato di perquisizione, soprattutto quando non sappiamo nemmeno cosa stiamo cercando, o se ha qualche collegamento con ciò che è accaduto lì ieri sera. Abbiamo i risultati della squadra di Harriet sulle impronte digitali prese dal tavolo che la vittima e il suo assassino stavano usando ieri sera?»

Phillip Parker alzò la mano. «Patrick ha chiamato dal laboratorio poco prima che iniziassimo il briefing, capo. Abbiamo esaminato ciò che avevano, e abbiamo già trovato due nomi già presenti nel sistema. Le altre impronte erano troppo confuse per essere utili.»

«Chi sono i due nomi?» disse Kay, con il battito cardiaco che accelerava.

«Il primo è Clive Workman, che vive vicino a

Thurnham… è stato arrestato per aggressione quattro anni fa, ma ha ricevuto una condanna con la condizionale...» Phillip fece una pausa per lasciare che i gemiti collettivi si esaurissero «...e poi c'è Mark Redding. Fermato per guida in stato di ebbrezza due anni fa e ha perso la patente. Nessuno dei due era incluso nell'elenco di nomi fornitoci da Simpson ieri sera.»

Daniel Westland alzò la mano per attirare la sua attenzione. «Quando li ho incrociati con il database delle licenze per armi da fuoco, entrambi risultano avere licenze revocate qualche tempo fa.»

Kay piegò l'ordine del giorno. «Bene, ottimo lavoro entrambi, grazie. Puoi inviarmi via e-mail entrambi i loro fascicoli, Phillip?»

«Lo farò, capo.»

«Grazie. Io e Barnes interrogheremo Mark Redding. Laura e Phillip, voglio che parliate con Clive Workman. Il resto di voi, so che è già stata una lunga giornata, ma continuate. Sono pronta a scommettere che chiunque abbia fatto questo non aveva intenzione di uccidere la nostra vittima. Qualcosa è andato storto quando hanno lasciato il pub e quella discussione è degenerata. Chiunque sia, sarà nel panico e commetterà un errore.» Kay guardò ciascuno dei suoi agenti mentre parlava. «Dobbiamo solo assicurarci di essere lì quando lo farà per poterlo arrestare.»

CAPITOLO 11

Laura bevve un sorso di energy drink tiepido e fece una smorfia prima di infilare la lattina mezza vuota in un porta bevande sotto le bocchette del cruscotto.

«Non so come fai a bere quella roba», brontolò. «È disgustosa».

«Eppure rubi sempre la mia». Phillip sorrise, guidando l'auto con destrezza attraverso una chicane progettata come misura di contenimento del traffico dal consiglio comunale, mentre i fari illuminavano un gatto longilineo prima che si tuffasse sotto un furgone parcheggiato. «Comunque, è migliore quando è appena uscita dal frigorifero».

Passandosi la lingua sui denti, chiedendosi quanta parte dello smalto fosse stata appena corrosa dalla bibita dolce, Laura controllò il suo taccuino per l'indirizzo che Phillip aveva trovato.

«La casa di Clive Workman dovrebbe essere nella prossima strada dopo questa fermata dell'autobus sulla sinistra», disse. «Secondo i suoi social media, lavora per un'azienda locale di cornici. Single, a quanto pare mai sposato, e non ha pubblicato nulla da marzo. A parte la condanna con sospensione della pena di quattro anni fa, non c'è stato nient'altro».

«C'è qualcosa nel suo fascicolo sul perché ha aggredito l'altro uomo?»

«Ubriaco, a quanto pare. Ha iniziato una rissa fuori da una delle discoteche di Maidstone, e la situazione è degenerata. L'altro ragazzo è finito in ospedale e Workman ha avuto bisogno di dodici punti alla testa».

«Quanti anni aveva quando è stato accusato di aggressione?»

Attese mentre Phillip negoziava la svolta e trovava un posto auto qualche metro dopo l'alloggio in affitto di Workman, poi esaminò di nuovo i suoi appunti alla luce del telefono. «Quasi trentatré. Il mese scorso ne ha compiuti trentasette».

«Forse è maturato da quell'incidente, allora?»

Laura ridacchiò mentre slacciava la cintura di sicurezza e apriva la portiera. «C'è un solo modo per scoprirlo».

Seguì il collega lungo un marciapiede incrinato e irregolare, stando attenta a rimanere nel mezzo per paura di calpestare gli escrementi di cane che poteva annusare vicino alle siepi sporgenti dei giardini e ai lampioni.

La casa di Clive Workman era una stretta casa a schiera in mattoni rossi schiacciata tra quattro vicini, il prato trasformato in cemento e una porta in PVC graffiata appollaiata sopra una lastra di pietra che fungeva da gradino d'ingresso.

Scrutò il cartello scritto a mano che era stato appuntato

sulla cassetta delle lettere per tenere lontana la pubblicità e i visitatori indesiderati, e quando Phillip allungò la mano per premere il campanello sporco notò che usava la nocca dell'indice.

Un debole suono risuonò da qualche parte all'interno della proprietà, seguito poco dopo dall'accensione di una fioca luce nell'ingresso e da un'ombra che cadeva sul pannello di vetro smerigliato nella parte superiore della porta.

«Gesù, quanto è alto questo tizio?» mormorò, poi allungò il collo mentre la porta si apriva verso l'interno.

L'uomo che li fulminò con lo sguardo torreggiava su di lei, le sue spalle larghe occupavano lo spazio nel telaio della porta mentre incrociava le braccia sul petto, con i bicipiti che si gonfiavano.

«Cosa volete?»

«Una parola», disse Laura, mostrando il suo tesserino, con un atteggiamento imperturbabile. «Presumo che lei sia Clive Workman».

«Non ho fatto niente di male».

Laura vide un lampo di confusione attraversare gli occhi dell'uomo, il mento che sporgeva in segno d'indignazione.

«Se potessimo entrare, signor Workman», disse con disinvoltura. «Sono sicura che non ci vorrà molto».

Lui alzò gli occhi al cielo, ma si fece da parte per lasciarli passare. «Mi devo alzare presto. Non poteva aspettare fino a domani?»

«Dov'era ieri sera tra le otto e trenta e le undici?» chiese Laura mentre la porta sbatteva contro il telaio.

Workman si girò verso di loro, con un ringhio sulle labbra prima di ricordarsi con chi stava parlando.

Laura lo osservò mentre si sforzava di assumere una posizione rilassata, appoggiandosi all'intonaco graffiato dell'ingresso e infilando le mani sotto le ascelle.

«Ero al pub con un paio di colleghi. C'era una partita di biliardo».

«Quale pub?»

Workman glielo disse, e lei guardò Phillip annotarlo prima di dare un'occhiata alla pila di bollette accumulate su uno dei gradini ricoperti di moquette.

Non c'era nulla di strano tra i loghi che riusciva a vedere spuntare, uno appartenente a una banca nazionale e l'altro a una compagnia di assicurazioni.

Quando si voltò, l'uomo la stava osservando con interesse.

Abbassò le braccia lungo i fianchi. «Si tratta di quella sparatoria a nord di Bearsted?»

«Possiede un'arma da fuoco, signor Workman?» chiese.

«No, maledizione».

«Conosce qualcuno che possiede un'arma da fuoco?»

«Senta, che sta succedendo?» Gli occhi di Workman si spostarono da Phillip a Laura, poi tornarono indietro. «Le ho appena detto che non possiedo una pistola. Ho venduto la mia dopo aver perso la licenza».

«Ma lei è stato recentemente al White Hart». Fece un passo avanti. «Quando esattamente?»

Workman sbatté le palpebre. «Qualche settimana fa. Solo per bere qualcosa».

«Con chi?» disse Phillip, penna in mano.

«Matty Oakland. Ci frequentavamo a scuola». Apparve un leggero sorriso. «Non che nessuno di noi sia invecchiato bene da allora».

«Avremo bisogno di un nome e un numero di telefono», disse Laura.

«Sì, certo». Workman tirò fuori il telefono dalla tasca, toccò lo schermo e poi lo girò e lo tenne in alto verso Phillip. «Ecco qua. Vive dalle parti di Folkestone adesso».

«E la data in cui è stato al White Hart?» disse lui. «Non l'ha detto».

L'uomo aggrottò la fronte. «Cristo, non lo so... non è che me lo segno sul diario o altro. Matty mi ha chiamato all'improvviso e ha detto che era in zona, e mi ha chiesto se volessi bere qualcosa».

Phillip non disse nulla, seguendo l'esempio di Laura, che aspettò pazientemente mentre i secondi passavano.

«Dev'essere stato tre settimane fa», disse infine Workman. «Sì. Un martedì sera, quindi ho bevuto solo un paio di birre leggere. Sa, guidavo». Il suo sorriso si allargò. «Ho cambiato le mie abitudini».

Phillip chiuse di scatto il suo taccuino mentre Laura si girava verso la porta.

«Grazie per il suo tempo, signor Workman. La contatteremo se avremo altre domande».

L'uomo esitò un attimo sulla soglia, poi gridò prima che raggiungessero l'estremità del giardino cementato.

«Ehi, non direte niente al mio capo della vostra visita, vero?»

Laura sbirciò dietro di sé, con il viso in ombra per via del lampione soprastante. «Non a meno che non la sospettiamo di essere coinvolto, signor Workman».

«Va bene».

Lanciò un'occhiata al collega mentre il rumore della porta di Workman che sbatteva echeggiava tra le auto circostanti. «Chiamerò questo Matty Oakland, ma non ho avuto l'impressione che Clive sia il nostro assassino, e tu?»

Arricciando il naso, Phillip puntò il telecomando verso la loro auto.

«Ad essere sincero, sto ancora cercando di superare il fatto che Len Simpson non abbia pulito quei tavoli per più di tre settimane».

Lei rise, e tirò fuori il cellulare.

«Immagino che dovremo escludere il White Hart dalle potenziali sedi per la nostra festa di Natale, allora».

CAPITOLO 12

Kay alzò lo sguardo mentre il tetto a due spioventi della casa tardo georgiana di Mark Redding appariva alla vista, e poi imprecò quando l'ultima barra di ricezione del segnale scomparve dallo schermo del suo telefono.

L'intera proprietà era circondata da una fitta vegetazione. Conifere mature riempivano il confine lungo il sentiero che li aveva condotti lì, cedendo il posto ad antichi ippocastani e frassini che proiettavano un'ombra sulla loro auto mentre Barnes la guidava lungo il vialetto tortuoso verso la casa.

La ghiaia si allargava in una grande area di parcheggio che circondava una fontana ornata nel mezzo, con gli effetti acquatici illuminati da faretti che proiettavano ombre sulle ninfe di pietra scolpita che giocavano al centro.

Vide un prato ben curato oltre i fari dell'auto mentre Barnes frenava fino a fermarsi all'estremità più lontana dell'edificio, poi notò la griglia lucente di un'auto sportiva di alta gamma all'estremità di un secondo vialetto che correva lungo il lato della casa.

«Come diavolo fa a gestire un'attività da casa se non riesce a prendere un maledetto segnale telefonico?» mormorò.

Barnes estrasse le chiavi dal quadro. Indicò oltre i faretti fissati con maestria alle pareti di malta di calce tra l'edera scura che si attorcigliava intorno alle finestre.

Una scatola di derivazione sporgeva da sotto la grondaia, collegandosi a un cavo telefonico che oscillava tra la casa e un pilone di legno più avanti lungo il vialetto.

«Dio solo lo sa. Forse qui deve affidarsi al telefono fisso.»

Ficcando il telefono di nuovo nella borsa prima di gettarsela sulla spalla, Kay uscì e lo seguì verso la porta d'ingresso, con le scarpe che affondavano nella ghiaia spessa.

Una luce di sicurezza accecante si accese sopra la porta quando erano ancora a pochi metri di distanza, e lei si coprì gli occhi con la mano per proteggerli dal bagliore prima di guardare dietro di sé.

«Se vivessi qui, anch'io avrei le luci di sicurezza», disse Barnes sottovoce mentre si avvicinavano.

Allungò la mano verso un pulsante sotto un pannello di sicurezza accanto alla porta, e un forte ronzio emerse dall'altoparlante al di sopra.

Un secondo dopo, un cane iniziò ad abbaiare, il rumore iniziò a crescere finché Kay non poté sentire il raspare di artigli su un pavimento di legno e un respiro pesante dall'altro lato della porta.

«Accidenti, è il mastino dei Baskerville», disse Barnes.

Poi ci fu un rumore dall'altra parte, e la voce di una donna filtrò fuori.

«Chi è?»

«Detective Ian Barnes e Ispettrice Kay Hunter. Vorremmo parlare con Mark Redding.»

«Avete un appuntamento?»

«No. Stiamo conducendo un'indagine urgente e il suo nome ci è stato segnalato come persona d'interesse.»

«Un momento.»

Un rumore seguì le sue parole, poi lei scomparve.

Il cane continuava ad abbaiare.

Kay inarcò un sopracciglio verso il collega. «Pensi che ci farà entrare?»

«Come potrebbe resistere al mio fascino e alla mia arguzia?» Ammiccò.

«Molto divertente. Cosa fa Redding nella vita, comunque?»

«Phillip dice che è il direttore di un'azienda di corsi di formazione online. Da quello che ha potuto capire, Redding affida il lavoro a diversi freelance per scrivere e realizzare i corsi video, ma fa tutto il marketing e il networking da solo da casa. Non c'erano tracce di altre sedi.»

Kay annuì, poi rivolse la sua attenzione alla casa mentre la porta veniva aperta leggermente.

«Zitto, Benji.» Una donna sulla cinquantina sbirciò oltre una catenella di sicurezza in ottone. «Avete un documento d'identità?»

Riconoscendo la sua voce dal sistema di sicurezza, Kay tirò fuori il suo tesserino e attese mentre venivano esaminati.

Finalmente, la donna li restituì, allentò la catena e si fece da parte.

«Entrate. Mi scuso per le precauzioni di sicurezza.» Rivolse loro un sorriso di scusa, con le dita avvolte attorno al collare di un Labrador nero. «Vivendo in mezzo al nulla, non possiamo permetterci di essere troppo imprudenti.»

«Avete avuto problemi in passato?» chiese Kay, pulendosi automaticamente le scarpe sullo zerbino di cocco prima di camminare sul pavimento di quercia.

Il cane annusò la sua mano tesa, poi premette il naso contro la gamba dei pantaloni di Barnes prima di trotterellare via, evidentemente soddisfatto che non rappresentassero alcun pericolo.

«Noi no, ma i proprietari precedenti sono stati derubati due volte.» La donna sbatté la porta e fissò di nuovo la catena. «Sono Patricia Redding, la moglie di Mark.»

«Ci dispiace disturbarvi a un'ora così tarda, signora Redding», continuò Kay. «Ma abbiamo alcune domande urgenti che vorremmo fare a suo marito, e non potevano aspettare fino a domattina. È in casa?»

«Dovrebbe finire una teleconferenza con New York da un momento all'altro. Venite da questa parte.»

Un aroma di aglio e rosmarino aleggiava nell'aria, e un senso di colpa si fece strada nel petto di Kay al pensiero che stessero interrompendo la normale routine familiare di un giorno feriale.

Scacciò quel pensiero, ricordando la vista dell'uomo morto nel parcheggio del White Hart la sera prima.

Seguirono Patricia Redding attraverso l'ampio ingresso e attraverso pesanti doppie porte in un'anticamera, con le pareti in gesso su entrambi i lati della finestra anteriore con le imposte dipinte di bianco sporco per accentuare le opere d'arte esposte a intervalli.

Una folta moquette copriva il pavimento, attutendo i loro passi mentre camminavano verso una porta chiusa.

«Un momento, vedo se ha finito.»

Patricia scomparve, e Kay trattenne il respiro, ascoltando i toni confusi della voce di un uomo e la risposta rassicurante di sua moglie.

La donna tornò poco dopo e spalancò la porta. «Entrate pure. Ho spiegato a Mark che è urgente e non può aspettare. Gradite del tè mentre parlate?»

«Non sarà necessario, grazie, signora Redding.»

Kay rivolse la sua attenzione all'uomo che si alzava da una sedia dietro una grande scrivania.

Si fermò per tirare spesse tende attraverso finestre dal pavimento al soffitto che, immaginò, si affacciavano sull'auto sportiva parcheggiata, poi attraversò la stanza fino a dove si trovavano loro.

Più alto di lei di diversi centimetri, indossava pantaloni kaki casual e una camicia a quadri aperta al collo.

«Trish mi dice che è importante», disse, «e se lo dice lei, sono addestrato a fare quello che mi viene detto.»

La pelle attorno ai suoi occhi si increspò mentre faceva loro cenno di accomodarsi verso un gruppo di quattro poltrone accanto a un camino vuoto. «Ci sediamo qui? Sarà più comodo».

«Chiamatemi se avete bisogno». Patricia rivolse loro un saluto allegro e chiuse la porta.

Kay si guardò intorno nell'ufficio. A parte un archivio da un lato, un altro armadio accanto ad esso con una finitura di frassino coordinata e il computer sulla scrivania, il resto della stanza assomigliava a un salotto con le sue comode poltrone e il focolare in pietra.

Un set di attrezzi da camino in ottone lucido era posto accanto a un porta-ceppi vuoto coordinato, e le sue scarpe affondarono nella moquette spessa quando attraversò la stanza per raggiungere la poltrona più vicina alla scrivania.

Redding si lasciò cadere in quella di fronte a Barnes con un sospiro mal celato e si passò una mano sugli occhi stanchi. «Mi scusi. Sono sveglio dalle cinque. È bello avere un'attività internazionale di successo, ma i miei collaboratori lavorano in fusi orari diversi e talvolta una conversazione faccia a faccia è meglio di un'e-mail».

«Ci dispiace interrompere la sua serata», iniziò Kay. «Tuttavia, stiamo indagando sull'omicidio di un uomo al pub White Hart avvenuto ieri sera».

«Cosa?» Gli occhi di Redding si spalancarono. «Davvero? Mi chiedevo cosa ci facesse quell'elicottero… ha ronzato sopra le nostre teste per tutto il giorno».

«Abbiamo ancora un sospettato in libertà».

Gli occhi di Redding si spostarono tra Kay e Barnes, manifestando una certa preoccupazione. «Perché avete bisogno di parlare con me al riguardo?»

«Stiamo parlando con tutte le persone che hanno visitato il pub nelle ultime settimane prima dell'incidente», disse lei. «Il suo nome è emerso perché le sue impronte digitali sono state trovate su un tavolo nel bar, e corrispondono a quelle rilevate quando è stato accusato di guida in stato di ebbrezza due anni fa».

La bocca di Redding si contrasse con disgusto. «Impronte digitali? Buon Dio… pensavo che quel posto sembrasse fatiscente, ma se avessi saputo che era così sporco, non mi sarei mai fermato lì».

«Cosa ci faceva lì?»

«Le posso assicurare, Ispettrice Hunter, che non è stata una scelta volontaria. Capirà che non è il tipo di posto che io o Patricia frequenteremmo». Redding sospirò. «Stavo tornando da Londra quando ho ricevuto una telefonata che mi chiedeva se potessi incontrare un potenziale cliente dall'altra parte di Maidstone con poco preavviso. Piuttosto che tornare a casa per poi ripartire, mi sono fermato al White Hart mentre aspettavo la conferma dell'incontro».

Fece una pausa e rivolse loro un sorriso imbarazzato. «Ho bevuto solo una limonata, ovviamente. Ho imparato la lezione due anni fa, mi creda».

Kay inclinò la testa verso la scrivania. «Di cosa si occupa, signor Redding?»

«Sviluppo corsi di formazione online per aziende del NASDAQ e FTSE 250». Sorrise benevolmente. «Niente di molto eccitante, temo».

«Come diavolo riesce a farlo senza segnale mobile?» disse Barnes.

Redding ridacchiò. «Uso il cellulare solo per controllare messaggi vocali e SMS mentre sono qui. Tendiamo a usare il telefono fisso per tutto il resto. Gira una voce insistente che presto potrebbero installare la fibra ottica qui, ma non ci spero troppo e Trish non mi permette di installare un'antenna sulla casa. Dice che renderebbe il posto brutto».

«Torniamo al White Hart», lo sollecitò Kay. «Che macchina guida?»

«La macchina sportiva parcheggiata nel vialetto.

Probabilmente l'avete vista quando siete arrivati». Redding cercò senza successo di nascondere un sorriso compiaciuto. «Ne desideravo una da quando ero adolescente. Trish la chiama il giocattolo della mia crisi di mezza età».

«È tornato al White Hart dopo quel giorno?»

«Dio, no». Redding rabbrividì. «Come ho detto, non c'ero mai stato prima e ci sono andato solo per praticità... Il posto era deserto quando ero lì, e il tipo dietro il bancone era... trasandato. Sicuramente non ci metterò più piede. Non se non hanno nemmeno pulito i tavoli in tre settimane. È disgustoso».

«Possiede un'arma da fuoco, signor Redding?» chiese Barnes.

«Non più». L'uomo accavallò le gambe, fermandosi per raddrizzare la piega dei pantaloni. «Ho perso il porto d'armi quando sono stato accusato di guida in stato di ebbrezza».

«Un'ultima domanda, signor Redding», disse Kay. «Dove si trovava mercoledì sera tra le otto e mezzo e mezzanotte?»

«Qui», disse Redding. Indicò il grande schermo del computer sulla sua scrivania. «Due videochiamate consecutive con clienti: uno a Chicago e l'altro a Minneapolis. Patricia mi ha portato la cena verso le nove per tenermi in forze».

Kay si alzò in piedi e gli consegnò un biglietto da visita. «Grazie per il suo tempo questa sera. La lasciamo tornare alla sua cena».

«Nessun problema, Ispettrice. In qualsiasi momento».

Dopo essere stati accompagnati alla porta d'ingresso,

con Benji che apparve nell'atrio per assicurarsi che i visitatori se ne andassero, Kay camminò verso l'auto accanto a Barnes e inspirò l'aria fresca della notte.

Da qualche parte oltre gli alberi, un gufo ululò e un brivido le attraversò le spalle.

«Cosa ne pensi, capo?» disse Barnes. «Sembrava genuinamente sorpreso del fatto che le sue impronte fossero state trovate al pub».

«Sì». Kay accennò con il mento alla sagoma bassa dell'auto sportiva mentre raggiungevano il loro veicolo. «E quella sarebbe rimasta impressa nella memoria della gente se fosse stata parcheggiata al White Hart ieri sera. Non se ne vedono molte da queste parti».

Assorti nei loro pensieri, raggiunsero la fine del vialetto dei Redding prima che Barnes parlasse di nuovo.

«Non mi piace questa situazione, capo. Ventiquattro ore dopo e non abbiamo niente».

«Lo so». Sbatté le palpebre per contrastare la stanchezza che le si insinuava dentro e abbassò leggermente il finestrino. «Speriamo che Lucas abbia qualche risposta per noi all'autopsia domani».

CAPITOLO 13

La mattina seguente, Kay entrò nell'ultimo posto auto rimasto disponibile sul lato del Darent Valley Hospital e osservò le nuvole minacciose raccolte sopra l'imponente edificio.

Come se anticipasse il suo umore cupo, un tuono rimbombò in lontananza quando spense il motore, seguito subito dopo da un serie di fulmini doppi che illuminarono il cielo oltre gli archi ondulati che formavano l'ingresso alle corsie del pronto soccorso.

La pioggia cominciò a picchiettare contro le lastre di cemento mentre si affrettava verso una porta laterale a sinistra dell'ingresso per ambulanze e per il pubblico, e quando spinse la maniglia cromata, un secondo tuono fece tremare i pannelli di vetro ai lati.

Non c'erano ancora notizie dalla squadra di Sharp riguardo l'identificazione e l'arresto di un sospetto, e l'atmosfera nella sala riunioni di Maidstone era stata caratterizzata da una crescente frustrazione durante il briefing di quella mattina.

Controllò i messaggi mentre l'ascensore la portava al secondo piano, notò una riunione programmata al quartier generale per mezzogiorno per aggiornare il Commissario Capo, poi ripose il telefono mentre le porte si aprivano silenziosamente e lei usciva in un corridoio lucidissimo.

Voci attutite provenivano da dietro le porte che superava, un netto contrasto con la cacofonia di rumori provenienti dall'esterno, e quando entrò attraverso le doppie porte del reparto di medicina legale. La calma riempì lo spazio.

Dopotutto, i pazienti che giacevano oltre la porta interna alla sua destra non avevano alcuna fretta di andare da qualche parte.

«Buongiorno, Ispettrice Hunter.» Simon Winter alzò lo sguardo dal suo schermo del computer e indicò un registro visitatori sulla scrivania accanto a lui, i suoi capelli castani nascosti sotto una cuffia protettiva blu. Diede un'occhiata alla finestra mentre la pioggia aumentava d'intensità. «Sembra che sia arrivata appena in tempo.»

«Meglio che prendersi una lavata.» Kay sorrise e scarabocchiò il suo nome nello spazio disponibile successivo. Osservò la firma sopra la sua e aggrottò la fronte. «Chi altro c'è qui?»

«Zachary Taylor,» disse una voce familiare alle sue spalle.

Si voltò e vide Lucas Anderson che si infilava i guanti protettivi mentre entrava frettolosamente dal corridoio, con una grande busta bianca infilata sotto il braccio.

«Chi è?»

«L'esperto di balistica che ho richiesto,» disse il patologo. «Fortunatamente è potuto venire con poco preavviso, non avrei potuto procedere senza di lui. Beh, non a meno che non volessi affrontare l'ira di Harriet dopo. Sta finendo di cambiarsi. Vuole fare lo stesso anche lei, e ci vediamo dentro?»

«Certo.»

Dieci minuti dopo, vestita dalla testa ai piedi con una tuta protettiva sopra i pantaloni e la camicetta, Kay uscì dallo spogliatoio e si infilò i capelli sotto una cuffia di carta.

Simon le rivolse un sorriso tetro, poi spinse la porta verso la sala autoptica.

L'aria fresca le accarezzò il viso mentre lo seguiva verso un tavolo di acciaio inossidabile in fondo alla stanza, il suo polso saltò un battito mentre si avvicinava al corpo martoriato disposto pronto per l'autopsia.

L'odore di candeggina e liquidi antisettici invase i suoi sensi, pungendole la gola, e sbatté le palpebre per contrastare le lacrime che le pizzicavano gli occhi a causa dell'effetto dei prodotti chimici.

Per quanto fossero cattivi quegli odori, non era niente in confronto a ciò che sarebbe seguito nel corso dell'ora successiva o più.

Due figure vestite in modo identico stavano in fondo alla stanza, la loro attenzione catturata da sei schermi bianco brillante fissati alla parete e da una serie di radiografie appuntate sotto ciascuno.

Il più basso dei due si voltò mentre lei si avvicinava, e le fece cenno di raggiungerli.

«Kay, vieni a unirti a noi,» disse Lucas, il volto nascosto da una mascherina. «Questo è Zachary Taylor, il nostro esperto di balistica.»

«Chiamami Zach.»

Kay strinse la mano guantata tesa e guardò verso l'alto negli occhi castani infossati. «Direi piacere di conoscerti, ma...»

«Non preoccuparti... lo sento dire tutto il tempo con questo lavoro.» La pelle attorno ai suoi occhi si increspò divertita. «Come procede l'indagine?»

«Procede.» Kay cercò di nascondere la frustrazione nella sua voce, senza riuscirci. «Spero che oggi mi darai alcune risposte che ci aiuteranno.»

Lucas indicò le radiografie. «Ci possiamo certamente provare. Prima di iniziare, volevamo dare un'occhiata a queste. La squadra di Harriet non ha trovato frammenti di proiettile sulla scena, il che ci ha detto che si erano conficcati nel corpo della vittima invece di attraversarlo.»

«Puoi vederli qui.» Zach toccò il terzo e il quinto schermo. «Quello nel cranio è bloccato dove una volta c'era il naso dell'uomo, e puoi vedere l'altro tra quello che resta del suo sterno.»

Kay si avvicinò, fissando le inquietanti macchie bianche all'interno del groviglio di ossa e cartilagine. «È difficile capire che siano proiettili.»

«Il che mi fa pensare che siano proiettili a punta morbida o a punta cava piuttosto che interamente in metallo,» rifletté Zach. «È il corpo che cattura la potenza cinetica del proiettile, specialmente a così breve distanza. Quello che ha usato il tuo assassino sembra simile a ciò che viene usato per cacciare i cervi. Lo sapremo con certezza una volta che lo avremo aperto.»

«Dovevamo sapere dove fossero prima di iniziare,» spiegò Lucas a Kay. «Non ha senso che ne intacchi uno accidentalmente con il bisturi... potrebbe danneggiare prove fondamentali.»

«Hai mai lavorato a un'indagine su sparatorie prima, Ispettrice Hunter?» chiese Zach mentre camminavano verso il tavolo dell'autopsia.

«Per favore, chiamami Kay mentre siamo qui. Non lo faccio da molto tempo.» Fece una smorfia. «Avevo dimenticato quanto possano essere brutte.»

Fece scorrere lo sguardo sull'uomo disposto pronto per l'autopsia.

Sotto la forte illuminazione dell'obitorio, le sue ferite erano ancora più orribili da guardare rispetto a quando lo aveva incontrato per la prima volta nel parcheggio del White Hart mercoledì sera.

Simon aveva fatto del suo meglio per lavare via il sangue e il peggio che si era attaccato alla pelle dell'uomo, ma c'era poco che potesse fare per il volto e la cavità toracica frantumati.

«Abbiamo prelevato campioni dalle sue mani, braccia, viso e vestiti prima di passarli alla squadra di Harriet», disse a Kay. «Questo li aiuterà a capire se è stata utilizzata più di un'arma, e quanto fosse vicina la vittima al suo assassino quando è stato colpito.»

«Ok, grazie. E per quanto riguarda l'identificazione? Non è risultato in nessuno dei nostri database, e considerando il danno al suo viso...»

«Mentre facevo questi raggi X, ho fatto scattare anche alcune immagini dei resti della sua mandibola», disse Lucas. «Quello che rimaneva dei suoi denti mostrava che in passato erano stati eseguiti lavori costosi, quindi ho passato tutto a un ortodontista forense. Ovviamente non possiamo promettere nulla, ma se ci sono registrazioni disponibili, potremmo essere in grado di fornirti un nome nelle prossime ventiquattro ore circa.»

«Incrociamo le dita, allora.»

«Infatti.»

«Lucas, prima che inizi, ti dispiacerebbe se do un'occhiata alle ferite d'entrata?» disse Zach. Sollevò un tablet. «Scatterò anche delle foto con questo, se per te va bene... in questo modo, potrò usarle per calcolare le traiettorie e cose simili, per il mio rapporto.»

«Certo. Simon, potresti darmi una mano?»

Kay fece un passo indietro mentre il patologo e il suo assistente ruotavano la vittima sul lato destro, e osservò Zach chinarsi per fotografare il retro del cranio dell'uomo prima di spostarsi dove un secondo foro trapassava la colonna vertebrale.

«Grazie», disse, raddrizzandosi mentre Lucas sistemava la vittima per l'esame. Aggrottò la fronte, scorrendo le fotografie. «Più grande di uno 0,22, direi.»

«Beh, lo scopriremo presto», disse Lucas, tirando una lente d'ingrandimento sul viso e selezionando un bisturi da un carrello accanto alla barella. «Iniziamo?»

Spostandosi verso i piedi della vittima e tenendosi ben lontana mentre i due patologi lavoravano, Kay ascoltò mentre fornivano un commento continuo.

Un microfono appeso a un cavo sopra il tavolo registrava ogni parola di Lucas, che sarebbe stata poi trascritta e controllata prima che il suo rapporto arrivasse nella casella e-mail di Kay più avanti quella settimana.

Nel frattempo, assorbiva la conoscenza che emanava

dagli esperti intorno a lei, desiderosa di informazioni che potessero aiutare nell'indagine.

Si voltò mentre Lucas usava delle pinzette per esaminare i resti del volto dell'uomo, sapendo che avrebbe ricordato ogni dettaglio per anni a venire.

I ricordi non la lasciavano mai… svanivano solo un po' fino a quando un pensiero casuale non innescava un ricordo.

Eppure, non avrebbe mai smesso di fare ciò che faceva.

Era l'unico modo in cui poteva portare alla vittima e alle loro famiglie un po' di giustizia per una vita portata via troppo presto.

«Ecco il primo.»

La voce di Lucas la risvegliò dai suoi pensieri e guardò dietro di sé per vederlo usare le pinzette per sollevare un minuscolo oggetto alla luce.

Attraversò il pavimento antiscivolo fino a dove si trovava lui, e attese mentre Zach scattava una serie di fotografie prima che il patologo mettesse il frammento di proiettile in un barattolo per prove.

Dopo aver sigillato il coperchio, glielo consegnò.

«Uno fatto, ne manca uno», disse.

«Puoi dirmi qualcosa al riguardo?» chiese a Zach, esaminando il frammento metallico schiacciato. «Voglio dire, è difficile capire quale fosse la sua forma originale ora, non è vero?»

«Nonostante il danno, direi che avevo ragione nel dire che è una punta morbida. Anche proiettile ad espansione, progettato per fare molti danni all'impatto.»

«Quindi staremmo cercando qualcuno con un fucile di notevoli dimensioni, allora?»

«Sì, certamente. Qualcosa come un 0,308, come ho detto, tipicamente usato per la caccia ai cervi, o forse ai cinghiali.» Fece un sorriso cupo. «Non è quello che useresti per un problema localizzato di conigli, o topi. Non rimarrebbe molto di loro. Potrebbe anche essere un semiautomatico, qualcosa con un piccolo caricatore che contiene una mezza dozzina di colpi.»

«Questo spiegherebbe perché i nostri testimoni hanno detto di aver sentito i due spari in rapida successione, allora.»

«L'assassino non avrebbe dovuto fermarsi per ricaricare», concordò Zach.

Un brivido freddo percorse le spalle di Kay mentre restituiva la prova.

«E se stava usando un fucile semiautomatico con un caricatore pieno come suggerisci, potrebbe ancora essere in giro con un'arma carica», disse, frugando sotto il camice e tirando fuori il cellulare dalla tasca dei pantaloni. «Devo dirlo a Sharp.»

CAPITOLO 14

Gavin represse uno sbadiglio e resse una tazza di ceramica sbeccata presa in prestito sotto l'ugello del distributore automatico mentre un liquido nero viscoso sprizzava fuori.

Odorava di caffè, ma aveva già capito che erano necessarie almeno tre bustine di zucchero per farlo assomigliare vagamente a quello vero.

Non era nemmeno sicuro che contenesse caffeina e si chiedeva se l'eventuale effetto placebo stesse iniziando a svanire.

Spostandosi verso un tavolo vuoto, spazzò via con un tovagliolo le briciole dalla superficie laminata e si lasciò cadere su una delle sedie di alluminio con la schiena contro la parete dell'area relax.

L'intonaco era stato dipinto di un color crema chiaro e diverse bacheche erano fissate alla parete in vari punti della stanza.

Automaticamente passò in rassegna con lo sguardo i poster e gli altri documenti, ma non c'era nulla di nuovo. Invece, rivolse la sua attenzione alla piccola televisione fissata alla parete nell'angolo, con il volume azzerato. I sottotitoli scorrevano nella parte inferiore dello schermo, faticando a tenere il passo con i due presentatori televisivi diurni sistemati su un divano, con i denti bianchissimi scintillanti.

«Nottata lunga?»

Sbatté le palpebre, distogliendo bruscamente l'attenzione dagli ultimi pettegolezzi su un cantante pop di cui non aveva mai sentito parlare.

Il detective Paul Solomon stava in piedi accanto a una delle sedie libere, con il viso stanco quanto si sentiva Gavin.

Il detective aveva aiutato la squadra di Maidstone con alcune informazioni durante un'indagine sulla droga un anno prima, e aveva impressionato tutti con la sua conoscenza delle operazioni di contrabbando locali che venivano lentamente smantellate.

Spinse indietro la sedia, tese la mano all'altro uomo e indicò il distributore automatico.

«Paul, è bello vederti. Ti posso offrire un caffè?»

«Non ci penso proprio. Solo i visitatori bevono quella roba». Un sorriso amichevole seguì le sue parole. «Posso unirmi a te?»

«Certo».

«Non sapevo che fossi qui finché non ho sentito Sharp parlare con il mio ispettore detective. Stai lavorando al caso della sparatoria?»

Gavin annuì. «Mi occupo della parte di ricerca e arresto. Kay gestisce gli aspetti relativi alla vittima da Maidstone».

«Novità?»

«Ancora niente. L'autopsia era stamattina però, quindi si spera...»

«Sì. Ho sentito che non era rimasto molto della sua faccia». Paul arricciò il naso. «Poveraccio! Le voci qui intorno dicono che stesse anche cercando di scappare».

«Sembra proprio così. Tu a cosa stai lavorando ultimamente?»

«Abbiamo una gang di crimini sessuali lungo la costa settentrionale che stiamo per smantellare. Portano ragazze dal continente e poi le vendono».

Gavin allontanò il suo caffè. «Non so come fai a occuparti di questo ogni giorno. Abbiamo avuto un caso simile qualche anno fa, e non dimenticherò mai alcune delle cose che abbiamo visto».

«Qualcuno deve farlo, no?» Paul fece una pausa mentre una coppia di agenti in uniforme entrava, con le radio abbassate quanto bastava per sentire la prossima chiamata senza interrompere le conversazioni. «Come ti trovi qui? Ti stai ambientando bene?»

«Sì, grazie». Gavin fece un sospiro profondo. «Non mi rendevo conto di quanto fosse grande questo posto. Rispetto a Maidstone, intendo».

«Si è riempito rapidamente, specialmente dopo la chiusura di Sutton Road. Ti piace essere nel bel mezzo di un'indagine importante?»

«Sempre. Voglio dire, so che abbiamo una vittima e una famiglia che ha perso una persona cara, ma è di questo che si tratta, no? Entrare nel vivo, utilizzare tutte le risorse a nostra disposizione».

«Vero». Lanciando un'occhiata dietro di sé al suono di qualcuno che lo chiamava per nome, Paul fece un sorriso sconsolato. «Sembra che mi vogliano. Senti, se mai ti venisse voglia di trasferirti qui in modo permanente, fammelo sapere. Potremmo sempre avere bisogno di persone valide nell'anticrimine, e credo che ti inseriresti benissimo».

«Grazie, amico. Lo terrò a mente».

Gavin osservò mentre l'altro detective si allontanava per raggiungere una donna in tailleur nero che lo aspettava vicino alla porta, e poi entrambi si affrettarono verso il luogo dove erano stati convocati.

Le parole di Paul riecheggiavano nella sua mente.

Aveva già sentito da altri membri della squadra di ricerca e arresto parlare dei numerosi ruoli disponibili qui a Northfleet, e non poteva ignorare il fatto che, in confronto, Maidstone era diventata una sorta di satellite del quartier generale.

Era per questo che Sharp lo aveva proposto per questo ruolo?

Stava mettendo alla prova le sue capacità?

«Piper?»

La voce di Sharp si alzò sopra le teste degli agenti riuniti, e Gavin lo vide fargli cenno.

Spinse indietro la sedia, gettò il caffè avanzato in un bidone vicino senza guardarlo due volte, e si affrettò a raggiungere l'Ispettore capo investigativo.

«Capo?»

«Abbiamo ricevuto delle nuove riprese dalle telecamere di videosorveglianza da una delle squadre locali», disse Sharp mentre lo conduceva verso la sala operativa. «Provengono da una residenza privata a circa un chilometro dal White Hart. A quanto pare i proprietari sono tornati da Bruges tardi ieri sera e hanno saputo della sparatoria solo stamattina. Si sono messi in contatto e hanno fornito una copia di tutte le registrazioni dell'ultima settimana».

Fece una pausa, spinse la porta della sala operativa e poi attraversò la stanza fino alla scrivania di riserva che Gavin stava utilizzando. «Dato che non abbiamo avuto fortuna con le attività commerciali lungo le principali vie di comunicazione, dobbiamo centrare nuovamente la nostra ricerca nelle immediate vicinanze».

«Nessun problema, capo». Gavin avvicinò la sedia alla scrivania e si collegò. «Farò una revisione preliminare della registrazione di mercoledì sera, e se non noto nulla lì, procederò a ritroso un giorno alla volta nel caso in cui la vittima o l'assassino abbiano fatto un sopralluogo al White Hart in precedenza. Non sarà facile, ma almeno sappiamo cosa indossava la vittima e abbiamo una descrizione approssimativa di cosa indossava anche il suo assassino».

«Bravo. L'ho sempre detto a Kay che andresti lontano». Sharp allungò il braccio e gli diede una pacca sulla spalla. «Questo caso metterà alla prova tutto ciò che hai imparato finora, Piper, ma credimi, ne varrà la pena».

«Grazie, capo».

CAPITOLO 15

Kay divorò l'ultimo pezzo del suo sandwich al tonno, si spolverò le briciole dal grembo e deglutì prima di leggere gli ultimi aggiornamenti da Northfleet.

La sala operativa di Maidstone era piena di telefoni che squillavano, persone che parlavano tra loro, e, da qualche parte vicino alla vecchia stampante e fotocopiatrice, imprecazioni ad alta voce.

Scosse la testa per la frustrazione e si costrinse a leggere il resto del rapporto.

Nonostante fossero disponibili nuove informazioni, sapeva per esperienza diretta quanto tempo potesse richiedere l'elaborazione dei filmati delle telecamere di videosorveglianza, specialmente quando gli agenti che li guardavano stavano già lavorando per molte ore davanti ai loro schermi.

«Capo?»

Guardò oltre il suo schermo e vide Barnes che riponeva il telefono della sua scrivania nella sua base.

«Che c'è?»

«Ho appena avuto notizie dalla squadra di Daniel, Mark Redding è fuori dai giochi. Hanno una copia del modulo che ha inviato confermando di aver distrutto il suo porto d'armi. A quanto pare, ha venduto il suo fucile a un amico entro il periodo di sette giorni dopo essere stato condannato per guida in stato di ebbrezza, e hanno anche la registrazione corrispondente dell'acquirente.»

«E Clive Workman?»

«Non hanno nulla negli archivi che suggerisca che abbia mai fatto domanda per un'altra licenza dopo aver perso l'originale in seguito a quella rissa, o che sia stato nei guai da allora. Anche il suo alibi è stato verificato.»

«Porca miseria.» Si soffiò la frangia dagli occhi. «Non riusciamo proprio ad avere un colpo di fortuna, vero?»

«È solo questione di tempo, capo.»

Kay accartocciò l'involucro del sandwich e lo lanciò nel cestino sotto la sua scrivania. «Dobbiamo provare un altro approccio. Finora abbiamo esaminato solo un tipo di persone, e penso che sia ora di ampliare la ricerca.»

«Nemmeno a Northfleet stanno avendo fortuna, allora?»

«Non sembra. Almeno dall'ultimo aggiornamento di Sharp.»

«Stanno esaminando anche l'aspetto delle armi illegali?»

«Assolutamente. Nel frattempo, dobbiamo eliminare tutte le armi da fuoco legali. Non possiamo semplicemente escludere che il nostro sospetto sia un legittimo proprietario di un'arma finché non sappiamo altrimenti.»

«A cosa stai pensando?»

Si alzò in piedi, si stiracchiò le spalle, e poi gli fece cenno di seguirla.

Dopo aver attraversato la stanza fino alla lavagna, prese un momento per leggere le ultime note che Barnes aveva aggiunto, e poi si girò verso il collega.

«Daniel mi ha detto che ci sono diversi gruppi di persone che vengono considerati nel processo di eliminazione per "valido motivo" per i certificati del porto d'armi. Finora, abbiamo ignorato i gruppi di interesse speciale, quindi voglio esaminare quelli.»

Barnes corrugò la fronte. «Come chi, capo?»

«Gruppi di rievocazione storica, collezioni private...» Si fermò. «Abbiamo già controllato i club di tiro al bersaglio nella prima ondata di indagini per ottenere liste di membri e abbiamo eliminato la maggior parte di quelli.»

«Consideriamo i musei all'interno di quelle collezioni private?»

«Potremmo farlo. Anche se la nostra vittima e il suo assassino non fossero dipendenti di questi luoghi, potrebbero essere conosciuti da loro.» Abbassò la voce, vedendo il dubbio nei suoi occhi. «Dobbiamo provare, Ian. Stiamo esaurendo le opzioni.»

«Lo so,» mormorò. «Va bene. Come vuoi dividere il lavoro?»

«Aspetta.» Kay guardò oltre lui verso Laura che stava vicino alla porta e parlava con Daniel, e le fece cenno di avvicinarsi, poi notò l'agente Kyle Walker che passava con due scatole di documenti tra le braccia. «Kyle, cosa stai facendo al momento?»

Lui sorrise. «Vengo comandato a bacchetta da Debbie, capo. Si sta divertendo un mondo.»

«Me l'immagino. Dille che ho bisogno di comandarti io per un po'.»

«Lo farò.»

Aspettò che si unisse a loro, poi espose il suo piano. «Laura, tu e Daniel avete verificato se qualcuno con un'arma da fuoco autorizzata ha denunciato un furto nelle ultime settimane?»

«A tutti quelli con cui la nostra squadra ha parlato è stato chiesto di controllare i loro armadietti per le armi, e nessuno ha segnalato nulla di mancante,» disse la detective.

«Bene, voglio passare la giornata a colmare le lacune riguardo alle armi autorizzate,» spiegò Kay. «Non escluderemo le armi detenute illegalmente, ma dobbiamo assicurarci che il nostro sospetto non sia qualcuno con facile accesso a un'arma da fuoco. Ecco perché vorrei che voi due guidaste una squadra separata per esaminare i membri dei gruppi locali di rievocazione storica e i musei. Concentratevi però sulle armi di calibro maggiore, perché Zachary Taylor ha confermato che i proiettili erano 0,308. Barnes, tu vieni con me: inizieremo con le collezioni private più grandi che non sono state interessate dalla revisione iniziale di Laura e Daniel.»

«In che modo questo ci aiuta a identificare la vittima, capo?» disse Kyle, aggrottando la fronte. «Se posso chiedere, ovviamente.»

«Certo che puoi. Sebbene a Sharp sia stato assegnato il compito di guidare la squadra di ricerca e arresto, dobbiamo ancora capire qual è il collegamento tra l'assassino e la nostra vittima,» disse Kay. «Sharp farà lo stesso: qualcosa li collega, quindi dobbiamo esaminare la questione da ogni angolazione.»

Attese mentre finivano di aggiornare i loro appunti, e poi allungò la mano per afferrare la manica di Phillip Parker mentre passava. «Qualche novità dalle persone scomparse riguardo alla nostra vittima?»

L'agente scosse la testa. «Nessuno che corrisponda alla descrizione delle persone scomparse esistenti nel database, o in quello dell'ente benefico nazionale per le persone scomparse, capo, e non ci sono state nuove segnalazioni nemmeno da mercoledì.»

«La nostra vittima potrebbe essere qualcuno senza famiglia, allora,» suggerì Laura mentre Parker tornava alla sua scrivania.

«Anche così, ti aspetteresti che abbia amici che l'avrebbero denunciato come scomparso,» disse Barnes. «Non ha alcun senso.»

«Niente di tutto questo ha senso,» mormorò Kay. Diede un'occhiata all'orologio sulla parete sopra la stampante. «Mettiamoci al lavoro. Ci riuniremo qui per il briefing di questo pomeriggio. Speriamo per allora di avere alcune informazioni da condividere con la squadra di Sharp al quartier generale.»

CAPITOLO 16

Kay si calò gli occhiali da sole sugli occhi prima di passare una mano tra i capelli per liberare le ciocche ribelli rimaste impigliate in una delle stanghette, e controllò il GPS sul cruscotto.

Siepi aggrovigliate e incolte stringevano l'auto di servizio da entrambi i lati, mentre lo stretto e tortuoso sentiero si allontanava dalla strada principale di Staplehurst.

Frenò in cima a una ripida discesa, rallentando per affrontare una curva stretta a sinistra e poi l'auto sobbalzò attraversando una griglia metallica per il bestiame.

Ciuffi d'erba spuntavano tra le crepe dell'asfalto e lei zigzagò per evitare le peggiori buche su entrambi i lati mentre un coniglio attraversava la strada davanti a lei.

«Si direbbe che il comune potrebbe fare qualcosa per queste maledette buche», brontolò Barnes, alzando lo sguardo dal telefono. «Guarda in che stato è».

Kay sorrise. «Abbiamo lasciato la strada comunale mezzo miglio fa. Questa è tutta proprietà privata».

Barnes abbassò il telefono, spalancò la bocca mentre osservava il bosco su entrambi i lati dell'auto, con la luce del sole che filtrava tra le foglie che stavano iniziando a tingersi di una tonalità dorata.

«Accidenti. Sapevo che questo tizio possedeva della terra, ma non immaginavo fosse così tanta».

«Aspetta di vedere la casa».

Una seconda griglia per il bestiame fece tremare le sospensioni, e poi la fitta distesa di querce e carpini lasciò il posto a un pascolo. Kay cambiò marcia, riducendo la velocità a passo d'uomo mentre ammirava il piccolo branco di cervi che pascolava alla loro sinistra.

L'asfalto disseminato di buche fu sostituito da una superficie più nuova e si allargò mentre il vialetto curvava verso sinistra, e lei sorrise al sussulto malcelato del collega.

Davanti a loro si ergeva un'imponente casa di fine XVII secolo, classificata come edificio di interesse nazionale, adagiata tra prati ondulati che confinavano con i campi.

Alti comignoli di pietra si innalzavano verso il cielo da ciascuna estremità del tetto a due spioventi, mentre la luce del pomeriggio colpiva le finestre superiori.

«Pensavo avessi detto che questo tizio aveva qualche capannone?» disse Barnes, riprendendosi finalmente dallo shock.

Kay rise. «E ce l'ha. Sono sul retro, fuori dalla vista».

«E chi hai detto che è?»

«Porter MacFarlane. Fornisce oggetti di scena e attrezzature a società di produzione cinematografica e televisiva da quarant'anni. Anche cose grosse, carrozze trainate da cavalli, cose del genere. Se tu o Pia avete visto un dramma storico ultimamente, è probabile che abbiate visto in uso alcuni pezzi della collezione di Porter». Spense il motore. «E ha un'attività di armeria che fornisce armi. Molte armi».

«Ah, capisco».

«È così che l'ho conosciuto. Ogni volta che una casa di produzione vuole girare una scena con armi, deve avvisarci in anticipo per evitare problemi. Cose come membri del pubblico che si spaventano pensando sia una situazione reale e ci chiamano per risolverla. Mi fu chiesto di fornire supporto per un dramma televisivo qualche anno fa e iniziai a chiacchierare con lui».

Scendendo dall'auto, guidò il collega verso l'enorme portico d'ingresso dove un uomo tarchiato sulla sessantina con una ciocca di capelli bianchi attendeva accanto a porte di quercia aperte, un ampio sorriso che si formava mentre lei si avvicinava.

«Kay, che piacere vederti». Le strinse la mano. «Mi è dispiaciuto molto sapere dell'aggressione ad Adam. Come sta?»

«Ora sta bene, grazie Porter. Quel tuo branco è cresciuto dall'ultima volta che ti ho visto».

«Qualche nuovo arrivo da un centro di recupero locale. Due di loro erano troppo giovani per essere liberati in natura». Fece un sorriso indulgente. «Qui sono più al sicuro, almeno».

Kay si girò verso Barnes, presentandolo. «Porter è un po' diverso da alcuni degli altri proprietari terrieri della zona. Permette volontariamente ai cervi di vagare nella sua proprietà piuttosto che lasciare che qualcuno li cacci».

«Ecco perché conosce il tuo Adam». Barnes strinse la mano all'uomo.

«Siete della polizia?»

Kay guardò oltre MacFarlane quando un uomo magro sulla fine dei vent'anni apparve alla porta d'ingresso, abbassandosi le maniche della camicia e sistemandosi la cravatta mentre camminava verso di loro.

«Ah, Ispettrice Hunter, le presento mio figlio, Roman».

Lei fece un cenno al nuovo arrivato. «Siamo qui per fare a suo padre alcune domande generali in relazione a un'indagine in corso».

«Ho sentito che possiede anche una notevole collezione di armi», aggiunse Barnes.

«Ah, sì. Non era una visita di cortesia, vero?» Il sorriso di MacFarlane svanì. «Volete dare un'occhiata?»

«Grazie, Porter». Kay fece tintinnare le chiavi nella mano. «Dobbiamo seguirti fino ai capannoni?»

«Non ce n'è bisogno». L'uomo indicò un carrello da golf sovradimensionato parcheggiato accanto ai gradini d'ingresso. «Salite su quello, vi ci porto io. Posso far fare un giro turistico al tuo collega nello stesso tempo».

Kay trattenne un sospiro, sapendo quanto l'uomo amasse il suo lavoro. «Il giro *breve*, Porter. Ho visto quanta roba hai, e purtroppo non abbiamo tutto il giorno».

«Capito».

«Non dimenticare che abbiamo quella videoconferenza con il produttore di Manchester», disse Roman. «L'abbiamo già dovuta rimandare una volta».

«Ci sarò», disse MacFarlane, salutando il figlio con un

cenno dietro di sé mentre avviava il carrello. «Non preoccuparti».

Cinque minuti dopo, il carrello da golf si fermò davanti a due capannoni di lamiera ondulata, ciascuno delle dimensioni di un piccolo hangar per aerei, che proiettavano ombre su una piazzola di cemento consumata.

«La via più veloce è attraverso il capannone dei veicoli», disse MacFarlane, lanciando a Kay uno sguardo di scuse. «Mi dispiace».

«Perché si sta scusando?» Barnes sussurrò sottovoce mentre attendevano che il proprietario degli oggetti di scena trovasse la chiave giusta da un mazzo che estrasse da una tasca.

«Probabilmente perché sa quale sarà la tua reazione quando vedrai cosa ha qui dentro», rispose lei. «Ricordati solo che dobbiamo essere all'altro posto entro le quattro altrimenti chiuderanno prima che possiamo parlare con il curatore».

«Ecco qua». MacFarlane mise le chiavi in tasca e aprì un piccolo cancello in un lato delle grandi porte. «Aspettate un momento, c'è un interruttore della luce proprio... Ah, eccolo».

Kay sbatté le palpebre quando una serie di luci si accesero tra le travi alte sopra la sua testa.

Quattro file di varie carrozze, veicoli e biciclette riempivano lo spazio fin dove poteva vedere, con un leggero odore di stantio nell'aria. Particelle di polvere brillavano intorno a lei nonostante la vernice lucidata perfettamente e il cromo, segno che la collezione veniva mantenuta piuttosto che usata regolarmente.

Il suo sguardo cadde su un calesse del XVIII secolo ricondizionato alla sua destra.

«L'hai fatto riverniciare», disse mentre seguivano MacFarlane lungo il lato sinistro.

«Sì, per un lavoro nel Northumberland a marzo», disse MacFarlane, con un tono di disgusto nella voce. «Il regista era piuttosto insistente, anche se gli avevo detto che i colori non sono coerenti con il periodo. A quanto pare, voleva che sembrasse *grazioso*».

Kay osservò Barnes spalancare la bocca alla vista di una Lancia d'epoca.

«Quanti anni ha?» riuscì a chiedere.

«Primi anni Cinquanta. Una delle pochissime rimaste nel paese», rispose MacFarlane, con il petto visibilmente gonfio d'orgoglio. «L'ho guidata al Goodwood Revival un paio di volte in passato. Molto tempo fa, s'intende. Oggigiorno la lascio uscire dalla mia vista solo per occasioni molto speciali».

«Non per noleggi nei matrimoni, quindi?»

«Non sia mai, ragazzo mio».

«I fucili, Porter?» lo sollecitò Kay con un sorriso.

«Oh, sì. Da questa parte».

Barnes si strappò via dall'auto classica e si mise al passo accanto a lei mentre il proprietario delle attrezzature si affrettava verso il fondo dell'enorme spazio.

L'estremità del capannone sembrava più corta all'interno rispetto all'esterno, una stranezza architettonica che fu presto rivelata quando MacFarlane usò una seconda chiave per aprire una porta interna.

Un'ondata di aria calda investì Kay, dimostrazione che la stanza sicura era sia ermetica che riscaldata dai confini del soffitto rinforzato che avvolgeva la collezione.

Quando oltrepassarono la soglia, Kay passò in rassegna con lo sguardo le file di armadi d'acciaio per armi che rivestivano le pareti. Un grande banco da lavoro occupava lo spazio nel mezzo della stanza, con una serie di attrezzi allineati lungo un lato e il distinto odore di olio per armi nell'aria.

«Va bene, cominciamo», disse. «Hai detto al telefono che è tutto al suo posto, giusto?»

«Assolutamente», disse MacFarlane, aprendo il primo armadio per rivelare tre file di fucili d'assalto simili a quelli che aveva visto usare da Paul Disher e i suoi colleghi mercoledì sera. «Non abbiamo avuto richieste di armi da maggio, e la prossima produzione programmata non richiederà i nostri servizi fino a gennaio».

«Il tuo lavoro è sempre durante l'inverno?» chiese Barnes.

«Di solito, sì. È più tranquillo, vedi. Meno persone in giro, quindi è più facile per le troupe cinematografiche lavorare senza essere interrotte».

«Addestra anche gli attori?» chiese Barnes mentre MacFarlane chiudeva la porta dell'armadio e aspettava che fosse aperto il successivo.

«A volte facciamo incontrare qui gli attori, specialmente se non hanno mai maneggiato un'arma prima», rispose, arricciando il naso. «Non c'è niente di peggio che vedere qualcuno che impugna un'arma nel modo sbagliato. Puro stile Hollywood, per quanto mi riguarda».

«Ha qualcuno che lavora con lei?»

«Solo il mio figlio maggiore, Roman, che avete incontrato vicino alla casa. Ha preso da me tutto il lavoro amministrativo, il che libera il mio tempo per incontrare potenziali clienti e portare le armi ovunque siano necessarie per le riprese». MacFarlane si spostò all'armadio successivo. «Con tutti i servizi di streaming disponibili, c'è un'alta richiesta di contenuti, quindi non ci manca mai il lavoro».

«Ma non avete avuto nulla da maggio, ha detto».

Un sorriso gioviale attraversò il volto dell'uomo. «Esatto. È un po' tranquillo al momento, ma sono sicuro che riprenderà presto. È sempre così in questo settore».

«Siamo gli unici visitatori che hai portato qui recentemente?» chiese Kay.

«Siete gli unici che hanno visto la collezione negli ultimi quattro mesi».

«Non mostri questa raccolta ai potenziali clienti, quindi?»

«No. La maggior parte di loro sa cosa vuole e mi dice semplicemente quando e dove. Se non sono sicuri e vogliono vedere qualcosa, allora li incontro su alla casa e porto tre o quattro armi da qui per mostrargliele». MacFarlane fece una pausa, ed estrasse un logoro computer portatile da uno scaffale tra due armadi. «Teniamo un sistema di inventario qui, e registriamo tutto ciò che viene prelevato da questa stanza. Anche i campioni che mostro ai miei clienti sono registrati così sappiamo dove si trova qualsiasi arma in ogni momento».

«Un po' come i nostri registri delle prove».

«Esattamente».

«Avremo bisogno di una nota sugli ultimi visitatori», disse Kay. «Solo per escluderli».

«Nessun problema. Ti invierò i loro contatti via e-mail una volta tornato in ufficio. Era una piccola società di produzione di Leeds».

«C'è un'ultima cosa, Porter, e questa è una domanda che stiamo facendo a tutti: dove eri tra le otto e mezzanotte di mercoledì?»

Gli occhi dell'uomo si spalancarono, le guance arrossirono, e poi balbettò. «State...? Certo, siete seri. Mi dispiace. Sì, posso garantire per i miei spostamenti. Ero qui, impegnato in una videoconferenza nel tardo pomeriggio con un collega di Los Angeles che sta spedendo una delle mie carrozze in New England per un film la settimana prossima. Vi manderò i dettagli se volete».

«Grazie, Porter. Lo apprezzo».

Dopo venti minuti, l'armaiolo chiuse la porta dell'ultimo armadio e si asciugò una goccia di sudore dalla fronte con un fazzoletto di cotone.

«Prendiamo un po' d'aria fresca», disse con un sorriso.

Barnes lanciò un ultimo sguardo bramoso alla Lancia quando ci passarono davanti, poi scosse la testa stupito mentre Kay gli sorrideva.

«Ora capisco perché non hai permesso a nessuno degli altri di venire qui», mormorò. «Non li avremmo visti per ore».

«Grazie ancora per il tuo tempo questo pomeriggio, Porter», disse Kay quando raggiunsero la porta.

«Nessun problema. Spero che prendiate quel

bastardo». Chiudendo a chiave il capannone, MacFarlane si mise le chiavi in tasca e indicò il golf cart. «Andiamo?»

«Solo un'ultima domanda», disse Barnes. «Quelle chiavi. Sono l'unica copia?»

«Lo sono certamente. E se non le ho con me, sono tenute in una cassaforte ignifuga sul retro del mio armadio guardaroba». MacFarlane fece un sorriso cupo. «Non ci prendiamo rischi qui, detective».

CAPITOLO 17

Laura lanciò un'occhiata di traverso a Kyle Walker mentre l'alto agente scendeva dall'auto e scrutava la serie di unità industriali e cortili recintati su entrambi i lati della strada privata.

Una fila di enormi camion articolati era parcheggiata fianco a fianco dall'altra parte di una recinzione a maglie metalliche, con cartelli fissati alla recinzione a intervalli regolari che avvertivano della presenza di telecamere di videosorveglianza e allarmi, e in lontananza il sibilo e lo sfrigolio di un tubo d'aria compressa riecheggiava contro il muro di mattoni accanto a lei.

Più avanti rispetto a quell'attività, una pala meccanica sbuffava e gemeva all'interno del recinto di un cantiere edile, mentre il conducente faceva ruotare la macchina con la destrezza di una ballerina mentre lavorava per spostare un cumulo di materiale inerte da un lato all'altro.

Il ruggito del traffico sulla Sittingbourne Road faceva da sottofondo a tutti gli altri rumori, e Laura si chiese come i lavoratori negli uffici più avanti nella zona industriale riuscissero a concentrarsi.

Specialmente con il rumore proveniente dalla pista di prova per veicoli pesanti alla fine della strada.

Improvvisamente la sala operativa con vista su Palace Avenue non sembrò più così male dopotutto.

«Pensavo avessi detto che questo tizio fosse un esperto di storia della Seconda guerra mondiale» disse Kyle, osservando un autista in addestramento sfrecciare sulla pista. Fece una smorfia quando l'uomo cambiò bruscamente le marce del trattore mentre il rimorchio dietro di esso sobbalzava in modo allarmante. «Non ti ha detto che stava esplorando alcuni edifici oggi? Non vedo niente di così vecchio qui».

Laura sorrise, poi indicò l'ingresso di un sentiero a pochi metri di distanza. «Ha detto che se seguiamo quello, lo troveremo».

«Allora fai strada».

Il sentiero era poco più che pietre sparse e terra, ma almeno era asciutto.

Dopo alcuni metri, il muro di mattoni lasciava il posto a una recinzione metallica che offriva una vista chiara sulla vasta estensione della pista di prova.

Durante i mesi estivi, il luogo veniva utilizzato per esposizioni e fiere all'aperto, con l'estensione erbosa riempita da migliaia di persone provenienti da tutta la contea e oltre.

Sorrise, ricordando gli incarichi come agente in uniforme che aiutava a gestire le folle che si riversavano attraverso i cancelli d'ingresso giorno e notte.

Dopo pochi passi, il sentiero cedeva il posto a un

tracciato fangoso e invaso dalla vegetazione che si snodava intorno al retro del vecchio aeroporto e verso un'area boschiva. A pochi metri di distanza, notò grandi pezzi di cemento abbandonati e muri rotti coperti di muschio, con radici di alberi che strisciavano come dita che si impadronivano delle strutture in decomposizione.

Fermandosi un momento, alzò la mano verso Kyle e abbassò la voce. «Non mi piace questa situazione. Ha detto che ci avrebbe incontrato qui, ma c'è qualcosa che non va».

I lineamenti abbronzati di Kyle impallidirono. «Pensi che sia una trappola? Potrebbe essere il nostro sospetto. Voglio dire, siamo solo a pochi chilometri dal White Hart qui».

«Al telefono sembrava a posto».

Il suo collega sbuffò sottovoce. «Dicono che i peggiori serial killer siano le persone più educate che potresti mai incontrare».

Laura deglutì, poi tirò fuori il cellulare e controllò il segnale.

Una sola tacca oscillava nell'angolo in alto a sinistra dello schermo.

«C'è qualcuno laggiù, accanto a quel mucchio di pietre».

Guardò nella direzione indicata da Kyle mentre un uomo di mezza età calvo, vestito con jeans e una felpa verde scuro, emergeva da quello che sembrava essere un buco nel terreno.

Alzò una mano in segno di saluto, si mise in testa un cappello di tela malconcio e attraversò l'erba alta verso di loro.

«Siete voi i detective?» urlò.

«Sì». Laura attese che si avvicinasse, poi mostrò il suo tesserino e fece le presentazioni.

«Elliott Windlesham», disse lui. «Mi risulta che voleste parlarmi di armi? Immagino che si tratti della sparatoria che è stata al telegiornale?»

Laura fece un sospiro profondo, osservando l'aspetto trasandato dell'uomo.

Non sembrava un assassino, e il suo saluto allegro attenuò un po' i suoi timori.

«Sì, infatti. Volevamo solo farle alcune domande sui membri del suo club».

Windlesham gonfiò il petto. «Posso assicurarle, Ispettrice, che sono tutti membri rispettabili delle loro rispettive comunità, e prendiamo la sicurezza molto sul serio».

«Ne sono sicura», disse Laura con tono rassicurante. «Tuttavia, come capirà, dobbiamo assicurarci di aver parlato con tutte le persone della zona che hanno accesso alle armi da fuoco».

«Certo». L'uomo si rilassò un po', poi fece un timido sorriso. «Le dispiace se continuo a lavorare mentre mi fa le sue domande? Come le ho detto al telefono, oggi sono pressato dal tempo e se non finisco oggi potrei non avere un'altra opportunità fino alla primavera».

«Cosa sta facendo esattamente?» chiese Kyle.

«Uso il metal detector intorno a questo vecchio fortino». Il sorriso di Windlesham si allargò. «Non viene fatto da un po' di tempo, e i proprietari del terreno qui intorno non ci danno spesso l'opportunità di esplorare».

Laura guardò verso il punto da cui l'uomo era emerso e aggrottò le sopracciglia.

L'antica struttura difensiva di guerra era irriconoscibile rispetto agli edifici a forma di scatola che aveva visto sparsi per la campagna del Kent, il muro frontale era crollato in avanti ed era ora sepolto sotto un antico tronco d'albero, e un alberello di frassino spuntava attraverso ciò che rimaneva del tetto.

«Si aspetta di trovare qualcosa?»

«Il terreno può spostarsi nel tempo, quindi spero di poter dissotterrare qualche nuovo reperto per il museo. Non ci permettono più di entrare all'interno nel caso in cui crolli il resto, ma non ho potuto resistere a dare un'occhiata», disse, strizzando l'occhio.

«Bene, cercheremo di non tenerla troppo a lungo lontano dalle sue esplorazioni». Laura fece un cenno a Kyle mentre estraeva il suo taccuino dal giubbotto tattico. «Prima di tutto, potrebbe dirmi dove si trovava mercoledì sera tra le otto e mezzanotte?»

Windlesham intrecciò le mani dietro la schiena. «Stavo presiedendo la riunione mensile del nostro gruppo storico nella sala comunale di Detling. Una sala piuttosto affollata, tra l'altro, il che è sempre rassicurante. Alcuni mesi vediamo solo una mezza dozzina di persone, ma avevamo un relatore ospite dal Ministero della Difesa. Roba affascinante».

«E a che ora ha lasciato la sala comunale?»

«Quando abbiamo finito di sistemare tutto, erano quasi le dieci e mezza. Dopo, io e altri due membri del club siamo andati a bere qualcosa a Thurnham sulla strada di casa. Sono tornato verso le undici e dieci, mia moglie può confermarlo. Stava guardando la fine di una commedia romantica in televisione».

«Se potesse fornirci anche i nomi delle persone con cui è uscito a bere, per favore».

Lei attese mentre lui scorreva il telefono per trovare i numeri per Kyle. «Lei è coinvolto anche in uno dei gruppi di rievocazione storica qui: qualcuno dei vostri membri possiede un porto d'armi?»

«Sì, io e altri quattro abbiamo tutti il porto d'armi. Usiamo i fucili solo per dimostrazioni con munizioni a salve. Tutto è tenuto sotto chiave a casa mia».

«A Detling?»

«Sì. L'armadio blindato è nella vecchia camera di mio figlio. Ha lasciato casa circa cinque anni fa per andare a studiare negli Stati Uniti e non è più tornato: si sta divertendo troppo, immagino».

Sorrise, ma Laura percepì la solitudine che sottendeva quel commento.

«Ci sono stati problemi con i membri del club recentemente, signor Windlesham?»

«No, non che abbia notato».

«Che dire di eventuali litigi o disaccordi?»

Scosse la testa. «No, niente del genere. Siamo solo quindici, e solo quattro con il porto d'armi. Non siamo abbastanza numerosi e non ci incontriamo così spesso da giustificare litigi, suppongo».

«Qualcun altro ha accesso a quell'armadio?» chiese Kyle, arrossendo quando incrociò il suo sguardo.

Lei scosse leggermente la testa, non le importava chi facesse le domande, purché ottenessero le risposte di cui avevano bisogno.

«Nemmeno mia moglie», disse Windlesham. «Gli altri ragazzi non hanno un posto sufficientemente sicuro per tenere i loro fucili, ecco perché sono tutti conservati a casa mia. La vostra squadra delle armi è a conoscenza della situazione: li ho tenuti aggiornati sulla collezione».

«E lo apprezziamo», disse Laura. Sollevò il mento mentre una brezza fresca faceva frusciare i rami sopra la sua testa. «Insieme al suo tempo questo pomeriggio. La lasciamo ai suoi impegni prima che faccia buio».

«Grazie. Spero che prendiate quel bastardo». Windlesham rabbrividì. «È terribile pensare a un uomo che gira sparando alla gente in quel modo. Non succede mai da queste parti, vero?»

«Stiamo facendo del nostro meglio. Grazie ancora».

Tornando faticosamente attraverso la vegetazione verso il sentiero, Laura represse la sua frustrazione mentre ripassava la conversazione nella sua mente.

Non pensava che l'appassionato di rievocazioni storiche potesse aiutare con la loro indagine, ma accettava il compito come uno di quelli che dovevano essere svolti per eliminare chiunque potesse avere informazioni sul loro sospetto... o sulla sua vittima.

«Spero che gli altri abbiano avuto più fortuna di noi», borbottò Kyle accanto a lei.

Laura sorrise mentre si facevano strada nuovamente oltre il circuito di prova, con il veicolo di servizio che appariva in vista alla fine del sentiero.

«Anch'io. È così che vanno le cose a volte, giusto?»

«Fin troppo spesso».

Lei afferrò le chiavi che lui le lanciò. «Comunque stiamo facendo l'ora giusta. Ti va di fermarci per un caffè sulla strada del ritorno verso la centrale?»

«Pensavo non me l'avresti mai chiesto».

CAPITOLO 18

La stradina era silenziosa quando Kay ringraziò Barnes per il passaggio a casa e chiuse la portiera del passeggero.

Osservò fino a quando le luci posteriori della sua auto scomparvero oltre la curva della strada accanto all'essiccatoio del luppolo ristrutturato, poi frugò nella borsa in cerca delle chiavi e si trascinò attraverso il vialetto verso la porta d'ingresso.

La schiena le faceva male, il sedere era intorpidito per essere rimasta seduta durante una videoconferenza di due ore con il quartier generale, e i suoi pensieri cominciavano ad accavallarsi uno sull'altro con tutte le informazioni che stava cercando di elaborare.

La porta d'ingresso si aprì prima che potesse inserire la chiave, e sorrise.

Adam Turner, il suo compagno da oltre un decennio, teneva un bicchiere di vino in una mano e mostrava un sorriso malizioso.

«Immaginavo ne avessi bisogno».

Lei si tolse le scarpe accanto alle scale, chiuse la porta

d'ingresso e sospirò, mentre parte dello stress degli ultimi tre giorni si dissipava.

«Non ti sbagli», disse, entrando nel suo abbraccio. Affondando il naso nella sua maglietta, chiuse gli occhi. «Sono distrutta».

«Barnes mi ha detto che stavi tornando a casa. Ti ho preparato un bagno e prima ho fatto la zuppa». Le strinse le spalle, poi le baciò la sommità della testa. «Vai, sali di sopra. Verrò a controllare tra poco per assicurarmi che non ti sia addormentata nell'acqua».

«Ti devo un favore». Aggrottò la fronte mentre si separavano. «Che cos'è questo odore?»

«Un piccolo incidente con una mucca incinta questa mattina. Sto solo aspettando che finisca il primo carico in lavatrice, e poi laverò la tuta».

Kay arricciò il naso. «Cacca».

«E non solo». Sorrise. «Dai, vai di sopra».

Cinque minuti dopo, Kay era immersa nell'acqua calda, con le bolle che le arrivavano fino alle orecchie e il bicchiere di vino appoggiato accanto a lei.

Nonostante l'avvertimento di Adam di non addormentarsi, chiuse gli occhi.

Lo sentiva al piano di sotto, il ronzio dell'asciugatrice che si avviava momenti prima della lavatrice, e poi lui che fischiettava una melodia da uno degli show televisivi che avevano guardato compulsivamente durante l'estate.

Tutto normale, e tutto in netto contrasto con la realtà che l'aspettava tra poche ore.

«Sapevo che ti saresti addormentata».

I suoi occhi si aprirono all'istante, le mani sguazzarono

nell'acqua mentre si stabilizzava prima di lanciare uno sguardo colpevole ad Adam.

Lui stava sbirciando dalla porta, sorridendo. «L'acqua dev'essere fredda ormai. Vieni a mangiare un po' di zuppa, non sarai utile a nessuno domattina se vai a letto affamata».

In risposta, il suo stomaco brontolò, e lui alzò gli occhi al cielo.

«Fuori», disse, ridendo mentre scompariva; sentì i suoi passi sulle scale.

Kay sorrise mentre si asciugava e poi indossò dei vecchi jeans e una felpa mentre l'acqua defluiva.

Quando entrò in cucina, Adam stava versando la zuppa di pomodoro e basilico in due ciotole sul piano di lavoro centrale, con un pezzo di pane croccante sui piatti accanto a loro.

Lei sciacquò il bicchiere del vino, versò dell'acqua e si accomodò su uno degli sgabelli del bancone, prendendo un cucchiaio.

«Ti ho detto quanto ti amo?» disse.

«L'hai fatto, e ti amo anch'io». Si sedette di fronte a lei e bevve un sorso di vino. «A che ora devi entrare domani?»

«Alle sei e trenta. Sono anche di turno».

«Qualche novità?»

Lei scosse la testa tra un boccone e l'altro. «Ancora niente. Pensano che sia un incidente isolato, e che chiunque abbia sparato alla nostra vittima si sia dato alla macchia».

«È qualcosa, suppongo. Quindi non è stata sicuramente una sparatoria casuale?»

«Sembravano conoscersi, voglio dire, stavano bevendo insieme al pub prima che succedesse». Strappò un altro pezzo di pane e lo passò nella zuppa. «Come mai sei ancora sveglio così tardi?»

«A parte lavare la merda di mucca dai miei vestiti, intendi?» Sorrise. «Stavo guardando un vecchio film degli anni Ottanta in TV, poi ho pensato che avresti avuto fame quando fossi tornata. Mangiare stasera mi evita di preoccuparmi per la colazione comunque: ho un cliente che passerà presto in clinica domani con uno spaniel ricoverato da noi per qualche giorno».

Kay ingoiò l'ultimo boccone di pane e si guardò intorno in cucina. «Mi sorprende che non ci sia nulla qui ad aspettarmi».

«Onestamente, dopo le mucche di questa settimana, non ho l'energia». Si passò una mano tra i ricci scuri. Aveva gli occhi stanchi. «Se viene fuori qualcosa, ho concordato con Scott che se ne occuperà lui. Per come stanno le cose, devo cercare di recuperare le visite in fattoria che avrei dovuto fare oggi».

Sbadigliando, Kay raccolse la sua ciotola insieme alla sua, le mise nella lavastoviglie e poi barcollò di nuovo verso dove lui sedeva.

«Non sembrerà molto rock 'n' roll», disse, avvolgendo le braccia attorno alle sue spalle. «Ma ti andrebbe di andare a letto presto?»

«Sì». Rise. «Dio, stiamo invecchiando».

CAPITOLO 19

Ian Barnes si passò la mano sulla mascella appena rasata e fissò con sguardo torvo lo schermo del computer.

La luce brillante del mattino si faceva strada attraverso le veneziane delle finestre della sala operativa, riscaldandogli la schiena e attenuando il bagliore delle lampadine a LED del soffitto.

Le conversazioni attorno a lui erano sommesse in quel momento, il volume non ancora al livello che avrebbe raggiunto una volta che tutti gli altri fossero arrivati per iniziare i loro turni entro un'ora. Il sottofondo attuale forniva un rilassante rumore bianco mentre leggeva velocemente le nuove e-mail, spostando lo sguardo dal computer al telefono e viceversa.

Sbatté le palpebre per contrastare la sensazione di sabbia sotto le palpebre, rimpiangendo il fatto di aver passato quasi tutta la notte sveglio, e si chiese come se la stesse cavando Gavin al quartier generale.

«Nessuna novità?»

Alzò lo sguardo mentre Kay gli metteva sotto il naso

un sacchetto di carta, con l'inconfondibile aroma di un sandwich al bacon che gli fece venire l'acquolina in bocca.

«Non ancora, e grazie.»

Lei si spostò verso la sua scrivania, accendendo il computer. «A che ora sei arrivato?»

«Circa mezz'ora fa. Ho pensato di evitare il traffico in questo modo.» Si fermò, aprendo il sacchetto e prendendo un boccone di sandwich prima di indicare lo schermo. «Oltre a cercare di guadagnare tempo su questi.»

«Qualcosa di utile?»

Scosse la testa, poi guardò l'orologio. «A che ora aspetti Sharp?»

«Adesso.»

Barnes sobbalzò sentendo la voce.

L'Ispettore capo investigativo sorrise mentre si appoggiava alla scrivania di Kay. «Non è che ne avete altri di quelli in giro?»

«Mi dispiace, signore, no.» Lei guardò verso la porta. «Posso andare a prenderle qualcosa, se vuole?»

«Non preoccuparti, sopravviverò.» Sharp si strinse nelle spalle. «Inoltre, Rebecca sta cercando di farmi comportare bene.»

Barnes deglutì, poi gettò l'involucro nel cestino sotto la sua scrivania. «Qualche novità sulla ricerca di stamattina, signore?»

«No, e se oggi non otteniamo una svolta, i media ci crocifiggeranno alla conferenza stampa di questo pomeriggio. Presumo che non abbiate ancora avuto successo nello scoprire chi sia la vittima?»

«Non ancora, ma stiamo per iniziare il briefing se le fa piacere unirsi a noi,» disse Kay. «Almeno così avrà gli ultimi aggiornamenti prima di tornare a Northfleet. Ci sono molte informazioni che arrivano da diverse squadre: ieri siamo stati tutti fuori a intervistare i proprietari di armi da fuoco autorizzate.»

«Buona cosa.» Sharp si alzò in piedi. «Farò un giro e parlerò con qualche vecchia conoscenza mentre radunate tutti.»

Venti minuti dopo, Kay aveva illustrato alla sua squadra l'agenda della mattinata, assegnato i compiti per la giornata e stava concludendo il briefing quando vide Barnes alzare la mano.

«Stavo pensando ieri sera, capo...»

«Sono contenta di non essere l'unica che non ha dormito molto.»

Un mormorio di risate riempì la stanza, e lei rivolse un sorriso d'intesa a uno degli agenti. Tutti loro stavano lavorando per molte ore da mercoledì sera, eppure sapeva che nessuno di loro si sarebbe riposato finché l'assassino della vittima non fosse stato in custodia.

«E avresti ragione,» continuò Barnes. «Quello che mi preoccupa è che abbiamo esaurito la lista dei proprietari legali di armi da fuoco, e nessuno ha sollevato preoccupazioni importanti. Un paio hanno ricevuto ammonizioni per l'età delle loro cassette di sicurezza, ma tutti quelli con cui abbiamo parlato ci hanno fornito un alibi, e non abbiamo visto nulla che suggerisca che manchino delle armi. Questo ci lascia con le armi da fuoco illegali.»

Osservò Kay che si appoggiava a una scrivania vicina come per sostenersi, con lo sguardo fisso sulla lavagna e la sua ragnatela di note e fotografie.

«Sembra che tu ed io abbiamo avuto gli stessi incubi,» disse infine. «E se abbiamo ragione, questo amplia anche la portata del movente. Finché non sappiamo chi è la nostra vittima, non possiamo escluderlo.»

«Posso aiutarla, capo.»

Barnes si girò sul suo sedile sentendo la voce di Kyle Walker che attraversava la sala operativa.

L'agente teneva il suo laptop nell'incavo del braccio, con eccitazione negli occhi.

«Cosa hai trovato?» chiese Kay.

«Abbiamo appena ricevuto un'e-mail da Lucas Anderson. Ha avuto notizie dal suo esperto di ortodonzia, e hanno trovato una corrispondenza per la nostra vittima.»

La sala operativa esplose di voci mentre i membri della squadra iniziavano a parlare uno sopra l'altro, finché Kay non alzò la mano.

«Silenzio.» Attese che il rumore si placasse, poi si rivolse di nuovo a Kyle. «Chi è?»

«Un trentaquattrenne di nome Dale Thorngrove. Hanno confrontato i campioni con le cartelle dentistiche di uno studio a Sevenoaks. Ha dovuto mettere un impianto tre anni fa dopo aver perso un dente anteriore in una rissa fuori da un pub a Rochester.»

Barnes aprì il suo taccuino e annotò i dettagli. «Hai il nome del dentista che ha fatto il lavoro?»

«Te lo mando via e-mail adesso,» disse Kyle.

«Grazie, li chiamerò per scoprire se hanno annotato i parenti più prossimi e un indirizzo per Thorngrove.»

«Verrò con te quando parlerai con loro.» Kay stava già aggiornando la lavagna, e lanciò un'occhiata dietro di sé mentre Sharp le passava dietro. «Va via?»

L'Ispettore capo investigativo aveva il telefono all'orecchio e annuì. «Aggiornerò la mia squadra laggiù, e inizieremo a indagare su quella rissa al pub di tre anni fa. Potremmo scoprire il nome del nostro sospetto in quel modo.»

«La chiamerò più tardi.» Rivolse di nuovo l'attenzione ai suoi agenti. «Ok, altre azioni per oggi. Laura: puoi trovare una buona foto di Thorngrove che possiamo usare, e poi prendere Kyle con te e andare a parlare con Len Simpson al White Hart. Forse la foto lo aiuterà a ricordare se l'ha visto prima di mercoledì sera. Ian: parleremo prima con il dentista per ottenere i dettagli dei parenti più prossimi e poi intervisteremo la famiglia. Debbie: inserisci quell'aggiornamento di Lucas in HOLMES2 e poi dividi la squadra. Ho bisogno che la squadra di Daniel verifichi se i dati di Thorngrove compaiono nel loro database, e voglio che la sua foto venga mostrata nelle armerie, ai rivenditori e ai club di tiro della zona.»

Si fermò per riprendere fiato, aspettando che prendessero appunti. «E se questo non funziona, mostreremo la sua fotografia a tutti quelli con cui abbiamo parlato in questi tre giorni. Ci stiamo avvicinando, tutti.»

Barnes spinse indietro la sedia dopo che Kay concluse il briefing, sentendo una rinnovata energia che gli scorreva dentro.

Improvvisamente, non si sentiva più stanco.

CAPITOLO 20

Kay tamburellò con le dita sul volante, sperando che il semaforo diventasse verde, e si chiese chi fosse riuscito a scarabocchiare una battuta volgare tra lo sporco sulla parte superiore dello sportello del rimorchio del camion articolato davanti a lei.

«Cosa sei riuscito a scoprire su Dale Thorngrove?» Lanciò un'occhiata a Barnes, che stava scorrendo le e-mail sul suo telefono.

Lui abbassò il telefono e indicò la strada mentre il semaforo cambiava, e lei inserì la marcia.

«La nostra vittima aveva trentaquattro anni quando è morto, single per quanto Kyle abbia potuto capire dai suoi profili social, e ha lavorato come gommista in un'officina di Aylesford negli ultimi due anni.»

«E per quanto riguarda l'indirizzo?»

«Quello nel database della motorizzazione è di un appartamento con una camera da letto a Snodland di sei anni fa. In affitto.» Infilò il telefono nella tasca della giacca e tirò fuori il suo taccuino, sfogliandolo. «Ho parlato con l'agenzia immobiliare, ma sostengono che Thorngrove non ci abiti più da tre anni e mezzo. Spero che il dentista possa avere un indirizzo più aggiornato. Oppure i suoi genitori dovrebbero saperlo. Siamo riusciti a recuperare i loro dati anche dai suoi profili social.»

«Dove si trovano?»

«A Burham.»

«Interessante. Mi chiedo perché non abbia aggiornato il suo indirizzo alla motorizzazione.»

«Forse se n'è dimenticato.»

«O stava evitando qualcuno.» Kay superò una rotonda e s'immise sulla A20 verso la loro prima destinazione. «Mi chiedo perché sia andato da un dentista a Sevenoaks? Forse viveva qui.»

«Dovremo chiederglielo.» Barnes aggrottò la fronte. «Sono sorpreso che non ci sia nulla nel nostro sistema sulla rissa se Thorngrove è rimasto ferito così gravemente.»

«Forse si è esaurita prima che qualcuno avesse la possibilità di denunciarla. Sai come può essere… pensano che fare a botte risolva tutto finché non si rendono conto che non è come nei film e che fa un male cane.»

Il suo collega ridacchiò. «Vero. Guarda, prendi la prossima a sinistra lì al semaforo, sarà più veloce a quest'ora della giornata.»

Fece come le aveva suggerito, controllò il GPS sul cruscotto mentre ricalcolava il percorso, e individuò l'insegna dello studio dentistico due minuti dopo.

Parcheggiando in un posto libero su un ampio viale asfaltato, seguì Barnes fino alla porta d'ingresso di un bungalow mansardato che era stato convertito ad uso commerciale almeno un decennio prima.

Quando entrò nella reception, l'odore di antisettico di uso clinico le assalì i sensi, e servì come sgradito promemoria che era in ritardo per un controllo.

Allontanò quel pensiero, passò davanti ai due clienti in attesa per i loro appuntamenti, e mostrò il suo tesserino alla ventenne dietro il bancone.

«Abbiamo un incontro con la Dottoressa Sharman» disse.

La ventenne le rivolse un sorriso altamente splendente, senza dubbio aiutato dai più recenti prodotti sbiancanti. «Ha appena finito con un paziente, quindi le farò sapere che siete qui.»

«Non preoccuparti, li ho visti arrivare.»

Kay si voltò al suono della voce della donna, e fece un passo indietro. «Jasmina?»

La dentista sorrise in risposta, e allungò una mano per prenderla per il braccio dopo aver accompagnato fuori il suo paziente. «Venite nel mio ufficio.»

«Non avevo fatto il collegamento con il nome...» riuscì a dire Kay mentre Barnes le seguiva lungo un breve corridoio e poi su per una rampa di scale. «Come stai?»

«Maledettamente occupata, ma non preoccuparti: capisco che avete bisogno di aiuto.» La dentista li fece entrare in un ufficio in cima alle scale e chiuse la porta. «Così è meglio. Non c'è bisogno che i clienti ci sentano spettegolare sui vecchi tempi.»

Kay ricambiò il sorriso, e presentò Barnes. «Ian, ti presento la Dottoressa Jasmina Sharman, eravamo vicine di casa ai miei tempi in divisa.»

«Grazie per averci ricevuto con così poco preavviso» disse lui, stringendole la mano. «Era a Tonbridge, vero?»

«Tanto tempo fa, o almeno è quello che mi sembra.» Jasmina indicò due sedie per i visitatori. «E Kay, devo scusarmi per non aver risposto alle tue telefonate. La vita è stata... interessante negli ultimi due anni. Da qui il cambio di cognome.»

«Ti richiamerò una volta conclusa questa indagine, e faremo una bella chiacchierata, non preoccuparti.»

«Sembra un'ottima idea. Ora, cosa avevi bisogno di sapere su Dale Thorngrove?» La dentista digitò sulla tastiera del computer, scrutando lo schermo. «Ho qui i suoi dati, e il tuo collega, Kyle, giusto?, ha promesso che avrebbe inviato via e-mail il mandato adeguato il prima possibile. Normalmente non lo farei, ma farò un'eccezione... immagino che sia urgente, giusto?»

«Giusto. In confidenza, abbiamo fatto confrontare da un ortodontista i dati che hai inviato con quelli della vittima di una sparatoria mercoledì sera...»

«Ne ho sentito parlare al telegiornale...»

«E siamo certi che quella vittima sia Thorngrove.» Kay si appoggiò allo schienale della sedia. «Ora dobbiamo ricostruire i suoi ultimi giorni e cercare di capire chi avesse il movente per ucciderlo. Mi rendo conto che sono passati tre anni, ma ricordi se ti ha detto qualcosa sulla rissa a Rochester?»

«Non in quel momento.» Jasmina fece un sorriso ironico. «Per essere onesta, era troppo dolorante e poi sollevato una volta che è finito tutto. Non è stato molto loquace in quell'occasione.»

«In quell'occasione? È tornato da allora?»

«Sì, quattro mesi fa. È per questo che la mia receptionist è stata in grado di recuperare i suoi dati così velocemente per voi, ha riconosciuto il nome.»

«Quindi è un cliente abituale?» disse Barnes.

«No, per niente: ha scheggiato l'impianto che gli avevo messo, e voleva che lo sostituissi.»

«Hai un indirizzo attuale per lui?» disse Kay, già estraendo il suo taccuino dalla borsa.

«Sì, ce l'ho. È a Walderslade.»

Dopo aver annotato i dettagli, tracciò due linee sotto e corrugò la fronte. «Hai idea del perché si servisse di un dentista a Sevenoaks se viveva da quelle parti?»

«All'epoca, ero l'unica in grado di fare il lavoro con poco preavviso di sabato mattina». Jasmina sorrise. «Il mio studio era aperto solo da pochi mesi e stavo ancora costruendo la mia lista di clienti dopo aver lasciato quel posto a Tonbridge».

«Come ti è sembrato quando l'hai visto l'ultima volta quattro mesi fa?»

La dentista alzò le spalle. «Non era loquace come alcuni dei miei clienti. A volte è difficile farli stare zitti abbastanza a lungo per fare il lavoro. Mi sembra di ricordare che fosse educato, nient'altro».

«Hai avuto l'impressione che potesse avere qualcosa per la testa?»

«Niente che mi abbia colpito. Abbiamo fatto il lavoro e l'abbiamo mandato per la sua strada. Gli ho suggerito di vedere presto l'igienista perché i suoi denti erano in uno stato terribile, ma non l'abbiamo più rivisto». Jasmina sospirò. «Mi dispiace sapere che è la vostra vittima. Che modo orribile di andarsene».

CAPITOLO 21

«Odio questa parte».

Barnes si ficcò le mani in tasca e attese sul marciapiede mentre Kay recuperava la sua borsa dal sedile posteriore dell'auto, e fece rotolare avanti e indietro sotto la sua scarpa una pallina da tennis abbandonata prima di gettarla verso la base di una siepe di ligustro vicina.

«Lo so». Lei lo raggiunse accanto a un cancello metallico aperto e controllò che il suo telefono fosse impostato sulla modalità silenziosa, poi guardò il grazioso giardino al di là. «Anch'io».

«Pronta?»

«Come non mai».

Il suo collega raddrizzò le spalle e si diresse a grandi passi verso la porta d'ingresso, bussando con le nocche contro un pannello di vetro nella parte superiore.

Un uomo sulla sessantina l'aprì in pochi secondi, le folte sopracciglia aggrottate e gli occhi verdi perplessi.

«Non sono interessato ad acquistare nulla, chiunque

voi...» Si interruppe quando gli mostrarono i loro tesserini. «Polizia?»

«Ispettrice Kay Hunter, e il mio collega sergente detective Ian Barnes. Lei è Derek Thorngrove?»

«Sì. Di cosa si tratta?»

«Possiamo entrare, per favore?»

La perplessità si trasformò in paura mentre l'uomo indietreggiava e Kay entrava in un corridoio dai colori vivaci, notando un vaso di petunie su un tavolino sotto uno specchio.

«Chi è, Derek?»

«Polizia». Indicò una porta dietro Kay. «Meglio andare in soggiorno».

Quando entrò nella stanza, una donna si alzò da una poltrona con l'aiuto di un bastone in alluminio, i capelli castano chiaro striati di grigio e arruffati.

«Cosa succede?» chiese con urgenza. «Si tratta di Dale?»

«Per favore, signora Thorngrove, vorrebbe rimettersi seduta?» disse Kay. Si posizionò accanto a un termosifone in modo da poter affrontare entrambi. «Mi dispiace molto essere portatrice di una notizia così terribile, ma crediamo che vostro figlio sia stato ucciso in un incidente mercoledì sera».

Una pausa scioccata seguì le sue parole, e poi Derek si abbassò sul bracciolo della poltrona di sua moglie, le mani tremanti mentre cercava le sue. «Mercoledì, dice? Perché ci avete messo così tanto? Siete sicuri che sia Dale?»

«Sapevo che qualcosa non andava», si lamentò sua moglie. Deglutì mentre le lacrime le scorrevano sulle guance. «Lo sapevo. Ho provato a telefonargli ieri ma è andato direttamente alla segreteria telefonica. Non mi ha mai richiamato. Lui richiama sempre».

Derek la circondò con un braccio, seppellendo il viso nei suoi capelli mentre piangeva. «Il mio ragazzo...»

Kay concesse loro qualche altro momento, attraversò la stanza fino al divano e si sedette di fronte a loro. «Tutto quello che posso dirvi al momento è che Dale è stato ucciso in seguito a una lite in un pub a nord di Maidstone. È stato colpito da un'arma da fuoco».

«Oh, mio Dio». Derek si asciugò gli occhi, muovendosi per affrontarla. «Abbiamo sentito di questa notizia in televisione. Siete sicuri che sia lui?»

Lei abbassò lo sguardo sulle sue mani. «Siamo stati in grado di confrontare le sue cartelle dentali oggi. Sì, siamo sicuri che sia Dale».

«Voglio vederlo».

«Sarah, tesoro, forse non vogliono che lo facciamo».

Kay fece un respiro profondo. «Non è che non vogliamo che lei lo faccia, signora Thorngrove. È semplicemente che pensiamo che in questo caso potrebbe essere traumatico, e che lei potrebbe preferire ricordare Dale...»

«L...lei ha detto che è stato colpito da arma da fuoco». Sarah si tamponò gli occhi. «Intende... in faccia?»

«Sì, è così».

Le sue parole furono accolte da rinnovati singhiozzi.

«Non abbiamo rilasciato nessuno di questi dettagli ai media per mantenere la privacy sia per voi che per la nostra indagine», disse. «Di nuovo, mi dispiace molto».

«Cosa possiamo fare per aiutarvi a trovare chi ha assassinato nostro figlio?» Derek abbracciò sua moglie, le baciò la cima della testa, e poi si alzò in piedi. Attraversò la stanza fino al divano e si sedette accanto a Kay, girandosi per affrontarla. «Mi dica».

Lei guardò Barnes, in piedi vicino alla porta con il suo taccuino pronto, poi tornò a guardare il padre di Thorngrove.

«È a conoscenza di qualcuno che avrebbe voluto fare del male a suo figlio? Le ha menzionato qualcuno di cui si preoccupava nelle ultime settimane?»

«No, non ha menzionato nulla a me».

«Nemmeno a me». Sarah tirò su col naso, poi frugò nel cassetto di un piccolo tavolino in quercia accanto alla sua poltrona e tirò fuori un pacchetto di fazzoletti. Si soffiò il naso, poi guardò Kay attraverso occhi arrossati. «E non ha mai tenuto segreti per noi. Eravamo molto uniti, specialmente dopo che hanno deciso di divorziare».

«Quando è stato?»

«Sei mesi fa», disse Derek. Sospirò. «Lui e Amy erano sposati solo da un paio d'anni».

«Non avrebbero mai dovuto farlo», disse Sarah, la bocca che si contorceva in una smorfia. «Gli ho detto che lei non era adatta a lui... e guarda dove l'ha portato».

«Siete ancora in contatto con lei?»

«No. Non ci siamo affezionati a lei, e il sentimento era reciproco».

«Qual è il suo nome completo?» Barnes alzò lo sguardo dal suo taccuino. «Dovremo parlarle, solo come parte delle nostre indagini in corso».

«Amy Evans. Affitta ancora la loro vecchia casa a Snodland. Dale non vedeva l'ora di andarsene da lì».

«Abbiamo un indirizzo a Walderslade per suo figlio, è corretto?» disse Kay.

«È così». Il padre dell'uomo si alzò e attraversò la stanza fino a una credenza, prendendo qualcosa da una piccola ciotola di ceramica blu e bianca prima di tornare.

Tese una solitaria chiave di ottone consumata con un portachiavi in pelle con mano tremante. «Non l'abbiamo mai usata... voleva solo che ce l'avessimo, per le emergenze, disse».

«Dovremmo contattare l'agenzia immobiliare», aggiunse Sarah, tamponandosi gli occhi con un fazzoletto. «Immagino che vorranno affittare di nuovo l'appartamento presto».

«Dobbiamo prima sistemare tutte le sue cose, tesoro».

Kay consegnò la chiave a Barnes prima di rivolgere nuovamente l'attenzione alla coppia. «Presumo che non vi dispiaccia se diamo un'occhiata all'appartamento di Dale?»

«Se vi aiuta a scoprire chi l'ha ucciso, nessun problema».

«Grazie. Lo faremo, e ci organizzeremo per restituirvi la chiave il prima possibile. Ci sono altri membri della famiglia che possiamo contattare per voi?»

«No», disse Derek. «Abbiamo vicini meravigliosi però, e c'è solo la zia di Sarah a Glasgow da contattare, anche se ormai quasi non sa chi siamo, quindi...»

«Farò venire uno dei nostri agenti di coordinamento con la famiglia per fornirvi tutto il supporto di cui avete bisogno», disse Kay. «Non sarete soli ad affrontare questo, ve lo prometto».

CAPITOLO 22

«Abbiamo trovato l'auto di Thorngrove?»

Kay si affrettò dietro Barnes, alzando il bavero del cappotto per proteggersi dalla brezza che spazzava un misero tentativo di giardino paesaggistico che separava il marciapiede dal complesso residenziale.

Lattine vuote, involucri di chewing gum e altri rifiuti venivano sballottati avanti e indietro dal vento, e arricciò il naso all'inconfondibile fetore di escrementi di cane.

Un sentiero di asfalto dissestato conduceva dall'auto ai condomini, con una ringhiera metallica di colore chiaro alla destra di Kay che li separava da una rampa che scendeva verso una fila di garage di fronte agli edifici residenziali.

«Non al pub», disse lui, mantenendo un passo sostenuto. «Spero che troviamo una chiave per uno di quei garage nell'appartamento, potrebbe averla parcheggiata lì dentro».

«Quindi non sappiamo come sia arrivato da qui al White Hart».

«Non ancora».

Un ciglio erboso trasandato invadeva il lato sinistro del sentiero, e Kay notò che alcuni residenti avevano sistemato vasi di fiori accanto alle porte d'ingresso comuni nel tentativo di aggiungere un po' di colore all'altrimenti spoglia muratura.

Barnes fece un cenno con la testa verso il primo condominio. «Ci sono quattro appartamenti in ogni condominio. Sembra che il numero nove sia il terzo».

Lui aprì la porta principale per lei, ed entrarono in un'angusta anticamera con un pavimento piastrellato consumato e pareti nude di blocchi di cemento.

«Che bell'arredamento», mormorò Kay.

«Scale o ascensore?» disse Barnes.

«Scale: è solo una rampa».

Tenne le mani in tasca, diffidente delle macchie unte che ricoprivano i corrimano laminati, e guidò il cammino. Quando raggiunse la cima delle scale, il pianerottolo svoltava a destra con una porta d'uscita d'emergenza alla sua sinistra.

Il suono di qualcosa trascinato lungo il pavimento piastrellato echeggiava sulle pareti nude, e qualcuno grugnì tra sé.

Girando l'angolo, vide una donna di spalle ai due detective, che trascinava uno scatolone di cartone verso l'ascensore.

La porta dell'appartamento di Dale Thorngrove era spalancata.

«Chi è lei?»

La donna sobbalzò alla voce di Kay e si girò di scatto per fronteggiarli, con gli occhi spalancati.

«Chi... chi siete voi?» riuscì a dire, stringendosi un cardigan di cashmere intorno alla vita, la sua espressione che passava dallo spavento alla colpevolezza.

«Ho chiesto per prima io».

«Amy Evans. Mio marito...»

«Ex-marito, a quanto ci risulta». Kay mostrò velocemente il suo tesserino, poi si avvicinò a dove stava la donna e si chinò, aprendo la parte superiore dello scatolone di cartone.

Era piena di libri e oggetti vari.

«Può spiegare perché sta portando via queste cose dall'appartamento del signor Thorngrove?»

«Sono cose mie».

«Può dimostrarlo?»

«Chiedetelo a lui. Ve lo dirà». Amy guardò Kay con aria torva, e si gettò i lunghi capelli castani oltre una spalla. «Quando se n'è andato da casa nostra, ha preso alcune delle mie cose. Le rivoglio indietro. Altrimenti, il divorzio andrà avanti e non le rivedrò mai più».

«Chi le ha dato una chiave?»

«Come?»

«Da dove ha preso una chiave?»

«Io, ehm...» L'altra donna arrossì. «Ho preso la sua di scorta, la prima volta che sono stata qui».

«L'ha rubata?»

«No! L'ho solo... presa in prestito». I suoi occhi saettarono tra Kay e Barnes. «Stavo per restituirla, davvero».

«È un po' tardi per questo», disse Barnes.

«Che vuol dire?»

«Dale Thorngrove è stato trovato morto mercoledì sera».

«Morto?» Amy barcollò sui tacchi e si aggrappò al muro per sostenersi. «Come?»

Kay indicò la porta aperta. «Possiamo discuterne dentro l'appartamento? Lontano dalle orecchie dei vicini?»

«Non solleverò di nuovo quello scatolone. È troppo pesante, accidenti!».

«Ci penso io». Barnes sollevò lo scatolone e indicò la strada per l'appartamento, posizionando la collezione di libri e soprammobili vicino alla porta mentre Kay la chiudeva.

Amy gli passò davanti con passo deciso.

«Ho lasciato la mia borsa qui dentro», mormorò.

La stretta cucina era funzionale e notevole per la sua bruttezza.

Mobiletti erano fissati alle pareti, incombendo su piani di lavoro poco profondi con un piano cottura elettrico all'estremità, mentre un lavello in acciaio inossidabile era sulla destra sotto una finestra. Attraverso le tende a rete, Kay poteva vedere un centro commerciale oltre la strada a doppia carreggiata che si snodava oltre il complesso residenziale, il rumore del traffico penetrava i doppi vetri.

Un singolo piatto, posate e un bicchiere da pinta capovolto si trovavano sullo scolapiatti. Il pavimento piastrellato economico scricchiolava sotto le scarpe di Kay mentre il suo sguardo esaminava la stanza; c'erano briciole sparse accanto a un tostapane molto usato e la mancanza di stoviglie suggeriva che Dale Thorngrove potesse avere la tendenza a camminare mentre faceva colazione.

«Quando ha visto Dale l'ultima volta?» disse, voltandosi verso Amy.

La donna si mise una borsa color cuoio sulla spalla prima di passare una mano lungo il piano di lavoro, tracciando un percorso tra le briciole di pane da toast. «Lunedì. Abbiamo avuto un incontro con i nostri avvocati».

Kay strinse le labbra mentre usciva dalla cucina e percorreva il corridoio fino al soggiorno.

Il proprietario aveva optato per il beige anche qui.

Thorngrove aveva fatto poco più che aggiungere un paio di poltrone logore nella stanza di fronte a un grande televisore e un tavolino sottile che era ingombro di telecomandi.

Tende non coordinate pendevano alla finestra.

Analizzando un piccolo mucchio di buste scartate e bollette, Kay osservò con la coda dell'occhio Amy apparire, con la bocca all'ingiù.

«Quando ha parlato l'ultima volta con il suo ex-marito?» chiese.

«Lunedì». La donna stava in piedi con la schiena alla finestra, le braccia incrociate sul petto. «Poi ci siamo scambiati un paio di messaggini martedì».

«A proposito di cosa?»

Amy scrollò le spalle. «Solo alcune cose relative al divorzio. Credo pensasse di potermi far cambiare idea».

«Dov'era mercoledì sera tra le otto e mezzanotte?»

«Come?»

«Risponda alla domanda, per favore».

«Pensa che l'abbia ucciso io?»

«L'ha fatto?»

«Certo che non l'ho fatto, diamine!»

«Dov'era?»

«A casa, a cena con un paio di amiche che sono venute a trovarmi».

«Avremo bisogno di nomi e numeri di telefono».

Amy alzò gli occhi al cielo, poi tirò fuori il telefono dalla borsa e elencò i dettagli per Barnes. Emise uno sbuffo amaro quando lui la ringraziò. «Devo andare… ho detto al mio capo che sarei stata via solo un'ora».

«La contatteremo se avremo altre domande», disse Kay, tendendo la mano. «E mi dia quella chiave, grazie».

«Come vuole».

Amy gliela lanciò, poi girò sui tacchi e si diresse impettita verso la porta, ignorando lo scatolone.

Barnes aspettò che la porta si chiudesse sbattendo, poi fece un sospiro profondo. «Beh, non era proprio un raggio di sole, vero?»

«Sì, non c'è proprio amore tra loro». Kay lasciò cadere le bollette sul tavolo. «Puoi chiedere a Phillip di controllare il suo nome nel sistema, solo per assicurarci che non ci siano problemi di cui dovremmo essere a conoscenza?»

«Lo farò».

«Grazie. Spero che gli altri siano più fortunati di noi».

Quando Laura entrò con l'auto nel parcheggio del White Hart, emise un fischio sommesso.

«Parlando di fare affari d'oro...» disse Kyle accanto a lei.

«Incredibile.»

Sei nuovi tavoli circolari in legno con sedie coordinate occupavano ora i quattro posti auto sotto le finestre anteriori del pub, ciascuno con un vivace ombrellone rosso e bianco che sventolava nella brezza, proteggendo i bevitori dal sole del primo pomeriggio.

La porta del pub era spalancata e mentre Laura estraeva le chiavi dall'accensione e si dirigeva verso l'entrata, un flusso costante di clienti andava avanti e indietro dal bancone, con bicchieri pieni e vari sacchetti di snack sotto il braccio.

«A questo ritmo potrebbe persino permettersi una donna delle pulizie», mormorò.

«Secondo me è troppo tirchio per quello». Kyle

osservò i muri su entrambi i lati della porta d'ingresso. «Ha appeso delle fioriere, però…guarda.»

Entrando nel pub, Laura strizzò gli occhi per contrastare l'improvvisa penombra che la avvolse e individuò Len Simpson che lucidava un tavolo alla sua destra, dandole le spalle.

Lydia Terry stava dietro al bancone, con il viso arrossato mentre spillava birre e le allineava davanti a quattro clienti, tutti con i contanti in aria nel tentativo di essere serviti per primi.

I suoi occhi si spalancarono quando vide i due agenti di polizia fermi sulla soglia e chiamò Simpson.

«C'è qualcuno che vuole vederti, Len.»

Lui si acciglìò quando si voltò, non disse nulla e indicò con un cenno del mento un tavolo in fondo al pub prima di trascinarsi dietro di loro.

«Giornata movimentata, signor Simpson», disse Laura allegramente. «Là fuori sembra completamente diverso.»

«Ho impiegato tutto giovedì per pulire il sangue dal parcheggio con la pompa», disse lui, con il labbro inferiore sporgente. «E voi non potete stare qui… spaventate i clienti.»

«Oh, penso che sia perfettamente in grado di farlo da solo, signor Simpson, specialmente quando vedranno cosa esce dalla sua cucina.»

Lui la fulminò con lo sguardo in risposta.

Kyle estrasse il telefono dal giubbotto tattico e lo porse. «Lo riconosce?»

Simpson guardò lo schermo socchiudendo gli occhi, poi mise la mano nel taschino superiore della camicia, tirò fuori un paio di occhiali da lettura sporchi e provò di nuovo.

«Vagamente. Chi è?»

«L'uomo che è stato ucciso a colpi di arma da fuoco nel suo parcheggio mercoledì sera.»

Il proprietario alzò le mani e guardò dietro di sé. «Abbassate la voce, va bene?»

«Signor Simpson, credo che si renda conto che queste persone sono qui *proprio a causa* di ciò che è successo mercoledì sera, non è vero?» disse Laura. «Quest'uomo le sembra familiare?»

«Non lo so. Non sono sicuro». Scrollò le spalle. «Come ho già detto ai suoi colleghi quella notte, li ho notati solo quando si sono alzati per andarsene, e ho visto solo la schiena di lui.»

«Bene. Allora lo chiederemo a Lydia.» Laura spinse indietro la sedia, poi abbassò lo sguardo quando Simpson le afferrò il braccio.

«Aspetti qui. La vado a chiamare io.»

Lui si trascinò fino al bancone, spostò Lydia dai rubinetti della birra con una gomitata e indicò Laura.

La donna si asciugò le mani sul retro dei jeans e si affrettò verso di loro.

«Non so cosa vogliate, ma fate in fretta: è di pessimo umore.»

Kyle guardò oltre la testa di Lydia mentre si sedeva. «Perché mai? Probabilmente questo è il giorno più affollato che questo posto abbia visto in anni, giusto?»

«È vero, ma a Len piace sapere chi beve qui. Non ama gli sconosciuti, anche se gli danno soldi. Specialmente dopo quello che è successo la settimana scorsa.»

«Interessante.» Laura osservò il proprietario mentre finiva di servire.

Lui fulminò con lo sguardo le schiene dei bevitori mentre uscivano, e poi lei notò i cartelli "riservato" posizionati al centro dei tavoli sparsi per il locale.

«Aspettate qualche festa qui o cosa?» chiese.

Lydia sbuffò sotto voce. «Non vuole nessuno di loro qui dentro. Dice che quei tavoli sono per i clienti abituali.»

«Certo. E ce ne sono molti al momento, vero?»

«Sentite, cosa volete? Ve l'ho detto, è di pessimo umore.»

«Riconosci quest'uomo?» chiese Kyle, toccando lo schermo del telefono per riattivarlo, poi girandolo verso Lydia.

«Sì, in effetti lo riconosco. È uno dei tizi che era qui mercoledì sera, no? È lui quello che è stato ucciso?»

«Si chiama Dale Thorngrove. Ti dice qualcosa?» disse Laura.

«No. È della zona?»

«Walderslade.»

«Non è troppo lontano, allora.» Lydia aggrottò la fronte. «Ma questo non spiega perché sarebbe venuto qui, no? Ci sono un sacco di altri pub tra qui e Snodland. Oppure a nord di lì.»

«L'hai mai visto qui prima di mercoledì sera?»

«No.» La bocca della donna si contrasse. «Non è il tipo di posto che visiti due volte a meno che tu non sia del posto.»

Laura sospirò.

Non poteva contestare la logica di Lydia.

Guardando dietro di sé, vide Len che li osservava e si

alzò. «Va bene, grazie, ti lasciamo al tuo lavoro. Ecco il mio biglietto da visita. Se ti viene in mente qualcosa che potrebbe aiutarci, il mio numero diretto è lì.»

Mentre camminavano verso l'auto, poteva sentire gli sguardi delle persone raccolte attorno ai tavoli. Senza dubbio ci sarebbero stati altri pettegolezzi pubblicati sui social media entro pochi secondi dalla loro partenza.

«Non voltarti», sussurrò a Kyle. «L'ultima cosa di cui abbiamo bisogno è che le nostre facce finiscano su internet.»

Lui fece una smorfia. «Sono contento che l'unico posto auto rimasto fosse all'estremità del parcheggio. Cosa vuoi fare adesso?»

Laura attese finché non furono in auto, controllò il telefono per vedere se avesse perso qualche chiamata e poi indicò la stradina.

«Andiamo a trovare Geoff Abbott. Non vive troppo lontano, e voglio scoprire se conosce Dale Thorngrove.»

CAPITOLO 24

Gavin alzò lo sguardo dai suoi appunti mentre Paul Solomon usciva dalla M2 e dirigeva l'auto verso Rochester.

«Dove abita il tuo primo tipo?» chiese, tamburellando con le dita sulla parte superiore del volante mentre fissava un semaforo rosso che stava impiegando un tempo spropositato per cambiare.

«Appena dopo Wouldham Road, passato il negozio di fish and chips. È una delle strade sulla sinistra in direzione del fiume.»

Solomon inserì la marcia appena il semaforo diventò verde e si spostò nella corsia di sinistra. «Ci vogliono circa cinque minuti. Avvisami quando vedi il numero civico.»

«Lo farò.» Trattenne uno sbadiglio, allungò la mano verso la lattina di energy drink nel portaoggetti accanto al sedile del passeggero, poi imprecò sottovoce rendendosi conto che era vuota.

«Ti serve un'altra di quelle prima?»

«Meglio di no. Era la mia terza oggi.»

Solomon gli lanciò un'occhiata di traverso. «Non è salutare.»

«Lo so, ma con gli orari che stiamo facendo per questo caso e il tizio nella stanza accanto all'hotel che fa telefonate rumorose con la sua ex moglie alle due del mattino, ho bisogno di un aiuto.»

«Non sapevo che stessi alloggiando qui vicino.»

«Sharp ha pensato che avesse senso vista la delicatezza di questo caso: se otteniamo un'improvvisa svolta, siamo entrambi subito disponibili, invece di dover spostarci da Maidstone.»

«Beh, se la cosa si protrae ancora a lungo e vuoi un posto più tranquillo dove dormire, io e mia moglie abbiamo una stanza degli ospiti che puoi usare.»

«Grazie, lo terrò a mente.» Gavin si mise più dritto e indicò attraverso il parabrezza. «Eccoci. Il numero undici dovrebbe essere qui sulla destra.»

«Come si chiama?»

«Peter Jones. È stato arrestato per aggressione tre mesi dopo la rissa con Dale Thorngrove, gli è stato dato un ammonimento quando l'altra parte ha rifiutato di sporgere denuncia, e sembra che da allora si sia comportato bene.»

«Ok, seguirò il tuo comando in questo caso.»

«Sentiti libero di intervenire se mi sfugge qualcosa di ovvio.» Gavin allentò la cintura di sicurezza. «Tu sei del posto, dopotutto.»

Pochi istanti dopo, si trovarono sul gradino d'ingresso di una casa a schiera degli anni '30 con un arco in mattoni rossi che formava un portico a protezione della porta, e finestre a bovindo che sporgevano dal piano terra e dal primo piano.

Gavin arricciò il naso alla vista dell'orribile intonaco a spruzzo che copriva le pareti, ma notò il giardino anteriore ben curato e la vernice fresca e pensò che Jones, o qualcuno della sua famiglia, stesse almeno facendo uno sforzo.

La porta si aprì e un uomo sui trenta inoltrati con l'attaccatura dei capelli arretrata aggrottò le sopracciglia osservando il loro aspetto.

«Polizia? Cosa volete?»

«Detective Gavin Piper, e il mio collega, Detective Solomon. Lei è Peter Jones?»

«Sì. Di cosa si tratta?»

«Possiamo parlare dentro?»

«Preferisco di no.» Jones abbassò la voce. «Mia moglie è al lavoro e ho appena fatto addormentare la bambina. Potete fare in fretta nel caso si svegli?»

Gavin sollevò il suo telefono. «Riconosce quest'uomo?»

«Sembra familiare, ma non sono sicuro da dove.»

«Lei e un suo amico avete fatto una rissa con lui tre anni fa. Ha avuto bisogno di cure dentistiche in seguito.»

Jones si passò una mano sulla mascella e sospirò. «Non uno dei miei momenti migliori. Mi sono rotto due dita quella notte.»

«Eppure è stato coinvolto in un'altra rissa poco dopo.»

«Sì, e poi ho smesso di bere. Sono pulito da allora.» Jones restituì il telefono e aggrottò la fronte. «Di cosa si tratta?»

«Dale Thorngrove, l'uomo nella foto, è stato assassinato mercoledì notte.» Gavin ignorò l'espressione scioccata che attraversò fugacemente il volto di Jones. «Lei dov'era?»

«Al telefono con quel servizio gratuito del Sistema Sanitario Nazionale. Charlotte aveva la febbre e temevamo potesse essere qualcosa di serio.» Jones fece un sospiro profondo. «Non lo era, ma non voglio un altro spavento del genere.»

«E sua moglie può confermarlo?»

«Certo. La chiami pure.» Jones dettò il suo numero. «In questo momento sarà fuori, ma può lasciarle un messaggio e la richiamerà.»

«Ha avuto contatti con Dale Thorngrove dopo la rissa?»

«No, perché avrei dovuto?»

«Per cosa era scoppiata la rissa?»

«Solo Dio lo sa. È passato tanto tempo. Conoscendo com'ero quando bevevo all'epoca, poteva essere per qualsiasi cosa.»

«L'altro ragazzo coinvolto, Owen Chard, è un suo buon amico?»

«Non più.» Jones si ficcò le mani nelle tasche dei jeans. «Una volta che ho smesso con l'alcol, mi sono tenuto lontano dalla vecchia compagnia.»

«Cosa fa sua moglie?»

«Gestisce un'agenzia immobiliare a Chatham. Sta andando molto bene, tra l'altro.»

Gavin colse la nota di orgoglio nella voce dell'uomo. «E lei?»

«Papà a tempo pieno,» Jones sorrise raggiante. «Il lavoro migliore del mondo.»

Guardò dietro di sé quando una bambina cominciò a piangere in sottofondo.

«La lasciamo tornare al suo lavoro,» disse Gavin. «Grazie per il suo tempo.»

«Un tipo che si è redento, quello,» osservò Solomon mentre tornavano alla macchina. «Peccato che non finiscano tutti così.»

«Sentivo che sarebbe stata una perdita di tempo. Voglio dire, c'è un bel salto tra picchiare qualcuno tre anni fa e sparargli due volte a bruciapelo, non credi?»

Solomon sorrise. «Bisogna comunque farlo. Dove vive il secondo tipo?»

«A circa venti minuti da qui.» Gavin sbadigliò. «E sarà meglio fermarci a prendere un caffè lungo il percorso.»

CAPITOLO 25

L'oscurità aveva avvolto la città quando Kay richiamò l'attenzione della sua squadra e li condusse verso la lavagna.

Il briefing era già in ritardo di un'ora a causa dell'enorme quantità di informazioni che arrivavano alla sala operativa, e lei voleva che tornassero a casa riposati e pronti per un'altra giornata con sveglia all'alba.

La stanchezza era evidente mentre prendevano posto, i loro movimenti erano lenti e privi di entusiasmo, e Kay sapeva che avrebbe avuto bisogno di un'altra svolta a breve per mantenerli concentrati.

«Prima di tutto», iniziò non appena l'ultimo dei presenti trovò una sedia. «Zach, se vuoi unirti a me qui davanti e spiegare i tuoi risultati sulla balistica della scena del crimine, possiamo rispondere a eventuali domande su questo prima di passare ad altre questioni.»

Girò la lavagna in modo che il lato posteriore vuoto fosse visibile, e poi attese mentre l'esperto di balistica collegava il suo portatile al proiettore.

Zach premette un pulsante e uno schizzo del White Hart e della pianta del suo parcheggio apparve sullo schermo improvvisato. Prendendo una penna da Kay, si schiarì la voce e si rivolse agli agenti riuniti.

«Quanto segue si basa sul rapporto dell'autopsia, sulle informazioni attuali della squadra investigatrice forense e su un sopralluogo che ho condotto oggi per effettuare delle misurazioni», iniziò. Si fermò per disegnare due figure stilizzate sulla lavagna. «La prima cosa che posso confermare è che la traiettoria di quello che abbiamo considerato essere il primo colpo di arma da fuoco era corretta. Thorngrove era girato di spalle rispetto al tiratore quando il fucile ha sparato per la prima volta. Secondo le mie stime, e in base a dove è caduto, si trovava qui quando il proiettile lo ha colpito.»

Zach cancellò una delle figure stilizzate e poi ne disegnò un'altra più lontana dall'altra. «Il cecchino si trovava qui, ai margini del parcheggio, quando ha sparato il primo colpo. Non c'erano veicoli parcheggiati in questa parte del parcheggio, quindi dobbiamo considerare dove si stessero dirigendo i due uomini quando sono usciti dal pub.»

Kay incrociò le braccia sul petto e fissò lo schizzo.

«Thorngrove è riuscito a barcollare per alcuni metri prima che il secondo colpo lo colpisse alla nuca», disse Zach.

«Com'è possibile?» chiese Laura. «Aveva già un maledetto buco enorme nel petto.»

«Ci vuole un po' di tempo perché il messaggio raggiunga il cervello e il corpo si spenga», disse Zach. «È lo stesso quando un cervo viene ucciso: spesso continuerà a correre per alcuni metri prima di cadere a terra. In questo caso, in base alle misurazioni che ho fatto, l'assassino ha fatto alcuni passi avanti per sparare il secondo colpo.»

«Forse pensava di aver mancato il bersaglio la prima volta», disse Barnes.

«Non ne sono così sicuro», disse Zach. Indicò le due figure sulla lavagna. «Dalle traiettorie, penso che sapesse di aver ucciso Thorngrove con il primo colpo. Questo secondo colpo era solo per assicurarsene.»

«Thorngrove era armato in quel momento?» disse Kay.

«Non c'erano residui di polvere da sparo sulle sue mani o sui vestiti, quindi non ha sparato con un'arma contro il suo aggressore. Sulla scena del crimine non è stato trovato nulla, e Harriet e la sua squadra hanno condotto un'ampia ricerca nella zona. Se portava un'arma, devo presumere che il suo assassino l'abbia presa con sé quando è fuggito dalla scena.»

«Non abbiamo ricevuto segnalazioni di armi trovate nella zona», disse Laura. «Quindi chiunque sia l'assassino, ce l'ha ancora lui.»

«E questo sarà fondamentale come prova.» Kay ringraziò Zach mentre tornava al suo posto, e girò la lavagna. Dopo aver aggiunto il feedback dell'esperto di balistica alla crescente lista di note, si rivolse alla sua squadra. «Debbie, puoi assicurarti che Gavin e l'Ispettore capo investigativo Sharp ricevano una copia del rapporto di Zach prima che tu vada via oggi, e far sapere loro che stiamo cercando anche l'arma da fuoco? In questo modo, se trovano il nostro sospetto, potranno assicurarsi che i suoi vestiti vengano preservati in modo che possano essere testati per i residui di polvere da sparo.»

«Lo farò, capo.»

«Bene, facciamo un rapido aggiornamento sulle attività di oggi e poi potrete riposarvi. Laura, Kyle, come è andata con Len Simpson?»

«Dice di non aver mai visto Thorngrove al White Hart prima, capo», disse il detective. «Lydia Evans lo ha riconosciuto da mercoledì sera, ma ha confermato che non è un cliente abituale e che non l'aveva mai visto prima.»

«Abbiamo avuto un po' più di fortuna con Geoff Abbott», aggiunse Kyle. «Ha detto che pensava che Thorngrove gli sembrasse familiare, ma non riusciva a ricordare da dove.»

«Ho preso nota di ricontattarlo lunedì per vedere se qualcosa gli ha rinfrescato la memoria», disse Laura.

«Fallo, grazie. A che punto siamo con l'auto di Thorngrove, Ian?»

«La pattuglia l'ha trovata nel garage accanto agli appartamenti dopo che abbiamo fatto venire un fabbro per aprire la porta», disse Barnes. «Ho chiamato alcuni taxi nella zona di Walderslade, e uno dei centralinisti ha confermato una corsa dal complesso residenziale al White Hart la settimana scorsa. La carta di debito usata era di Thorngrove, quindi questo spiega come ci è arrivato.»

«Ok, bene.» Kay controllò i suoi messaggini. «Gavin ha parlato con i due uomini coinvolti in una rissa con la nostra vittima tre anni fa, ma dice che possiamo escluderli. Entrambi hanno messo la testa a posto da allora, ed entrambi hanno solidi alibi per mercoledì sera. Come siamo andati con le armerie locali? Qualcuno ha riconosciuto Thorngrove?»

«No, capo, ma c'è qualcosa che è venuto fuori mentre elaboravo i rapporti di oggi.» La voce di Phillip si levò sopra le teste dei suoi colleghi, e lei gli fece cenno di avvicinarsi.

«Cosa hai trovato?»

«Ho inserito i dati dell'ex moglie di Thorngrove nel sistema per curiosità, e ho trovato qualcosa che potrebbe interessarti. Quattro mesi fa, si è recata dal suo medico di base con lividi al braccio.» Le guance di Phillip arrossirono. «Mi sono posto dei dubbi, così ho incrociato i dati con Daniel, e lui conferma che nello stesso periodo, Thorngrove aveva fatto richiesta per un porto d'armi. Gli è stata rifiutata...»

«A causa dell'accusa di violenza domestica», disse Kay. «Il suo medico avrebbe dovuto firmare per la parte medica, e se avevano lo stesso medico, non avrebbe mai permesso a Thorngrove di essere approvato sapendo che aveva un carattere violento.»

«Amy Evans non ci ha detto nulla quando l'abbiamo vista oggi», disse Barnes, accigliato. «Sicuramente l'avrebbe menzionato, una volta saputo che il suo ex era stato ucciso a colpi di arma da fuoco.»

«C'è dell'altro, capo», disse Phillip. «Ho controllato nel sistema per vedere se aveva presentato una denuncia contro Thorngrove, e non c'è nulla. Ho persino parlato con alcuni della nostra squadra che si occupa di violenza domestica per vedere se avevano mai parlato con lei, ma non l'avevano fatto.»

«Cosa vuole fare, capo?» disse Barnes.

Kay si tamburellò il mento con la penna per un momento, poi prese la sua decisione.

«Portate Amy Evans per un interrogatorio formale domani mattina presto. Scopriamo cos'altro ha omesso di dirci.»

CAPITOLO 26

Kay trattenne il respiro mentre un uomo sui vent'anni con un occhio che stava diventando nero e macchie di vomito sulla maglietta venne fatto passare davanti a lei, poi tornò a concentrarsi sui documenti che aveva in mano.

La centrale di polizia era affollata per essere una domenica mattina, con tutte le persone arrestate in città durante la notte che venivano registrate e poi rilasciate per future comparizioni in tribunale oppure portate via per un periodo di custodia cautelare fino all'udienza dei loro casi.

Canticchiò sottovoce per contrastare il rumore della violenta discussione che continuava più avanti nel corridoio verso le celle, mentre sfogliava le scarse informazioni che la sua squadra aveva raccolto su Amy Evans.

Laura e Kyle erano stati incaricati di prelevare la donna dalla sua casa a Snodland quella mattina presto, e mentre aspettava che arrivassero, si prese un momento per annotare alcune domande che la tormentavano.

«State scherzando, vero?»

Alzò lo sguardo dalla pagina al suono della voce di Amy e della porta spessa tra la reception e le sale interrogatori che sbatteva contro il muro, per vedere la donna che si precipitava verso di lei, con Kyle Walker alle calcagna.

«Mi scusi, capo, è entrata di corsa non appena ho aperto la porta.»

«Va bene, Kyle. Credo che la signora Evans si sia calmata ora» disse Kay, osservando la donna. «Non è vero?»

«Cosa significa tutto questo? Lui e una donna che bussano alla mia porta alle sette, pretendendo che venissi qui: perché?»

«Capo, l'abbiamo chiesto con gentilezza» disse Kyle. «Date le circostanze e tutto il resto.»

«Tutto a posto, capo?» Laura si affrettò lungo il corridoio verso di lei, con una cartellina di cartoncino stretta tra le mani. «L'ho sentita dare in escandescenze...»

«Siamo a posto. E renderemo formale il resto di questa conversazione viste le circostanze.» Kay spalancò la porta della sala interrogatori numero due e fece cenno ad Amy di entrare. «Kyle, se vuoi aspettare qui fuori, per favore.»

Amy si diresse verso una delle sedie che circondavano un tavolo metallico avvitato al pavimento e la tirò indietro, mentre le gambe stridevano sulle piastrelle. «Fate in fretta. Non ho nemmeno preso un caffè stamattina.»

«Desidera dell'acqua?» disse Kay.

«No.»

La donna incrociò le braccia sul petto e fece il broncio mentre Laura preparava il registratore e leggeva l'avvertimento formale.

«Ho bisogno di un avvocato?»

«Ne vuole uno?» chiese Kay. «Al momento non è in stato di arresto.»

«Oh.» Aggrottò la fronte. «Cosa vuole, allora?»

Kay sollevò i documenti che aveva in mano come risposta. «Ho altre domande da farle.»

«Riguardo a cosa?»

«La richiesta del suo ex marito di un porto d'armi.»

Amy aggrottò la fronte. «Non ha niente a che fare con me. Non sapevo che ne avesse una.»

«Non ce l'ha. E questo ha *tutto* a che fare con lei.» Kay congiunse le mani sopra la cartellina di cartoncino. «Quando è iniziato l'abuso, Amy?»

«Eh?»

«Era fisico? Le ha fatto del male? Abbiamo saputo che il suo medico era preoccupato per i lividi sul suo braccio, ed è per questo che la richiesta di licenza di Dale è stata respinta.»

Lo sguardo di Amy passò velocemente da Kay a Laura, poi tornò indietro, con gli occhi spalancati. «No, niente del genere.»

«Va bene, Amy. Può dircelo. Perché non l'ha denunciato? Avremmo potuto aiutarla.»

Una lacrima rotolò sulla guancia della donna. Tirò su col naso. «Non intendevo farlo.»

Kay sospirò e aprì la cartellina, aspettando.

«Io… Volevo solo prendermi la mia rivincita.» disse infine Amy. Soffocò un singhiozzo. «Volevo solo fargliela pagare.»

«Cosa ha detto?» Kay si ritrasse sulla sedia. «Ha mentito sulla violenza?»

Silenzio.

Kay sbatté il palmo contro il tavolo, il suono riverberò sulle pareti.

Amy sussultò sulla sedia, un grido di sorpresa le sfuggì dalle labbra.

«Ha mentito sul fatto che il suo ex marito è stato violento con lei?»

«S…sì.» Amy annuì, il viso che si contorceva. «Ho mentito. Non volevo che avesse una pistola.»

«Perché no?»

«Non volevo che avesse *niente*. Volevo solo vendicarmi perché mi aveva lasciata. Mi ha fatto sembrare stupida davanti a tutti i nostri amici. Lo odiavo.»

«E i lividi sul suo braccio?»

Amy tirò su col naso. «Me li sono fatti da sola. Volevo far sembrare tutto reale.»

Facendo un respiro profondo, sforzandosi di rimanere calma, Kay attese fino a quando la donna alzò la testa, poi la fissò con uno sguardo severo.

«Sa quante donne non riusciamo a salvare a causa di persone come lei che fanno false denunce solo per vendicarsi di qualcuno?» disse, con la voce tremante. «Invece di correre in giro seguendo una pista come questa, ho agenti di sopra che lavorano a tutte le ore e che avrebbero potuto assistere i colleghi per aiutare donne e bambini a sfuggire ad alcune delle situazioni peggiori che si possano immaginare.»

«Mi dispia…»

«Non osi» ringhiò Kay. «Non osi dire che le dispiace. Sapeva esattamente cosa stesse facendo quando ha mentito al suo medico dicendogli che suo marito la maltrattava. È fortunata che non la accusi di intralcio alla giustizia.»

Chiuse di scatto la cartellina e spinse indietro la sedia. «Interrogatorio terminato alle otto e cinquantatré. Accompagni la signora Evans alla porta, Detective Hanway. Può tornare a casa da sola, maledizione.»

CAPITOLO 27

«Ha davvero fatto prendere il bus ad Amy per tornare a casa?»

Barnes lanciò un'occhiata verso Laura che stava aggrottando la fronte guardando lo schermo del suo telefono, poi tornò a concentrarsi sulla strada.

Un cartello autostradale blu gli passò accanto, e lui rallentò, spostandosi nella corsia di sinistra e prese l'uscita per Aylesford.

«Beh, le ha detto di arrangiarsi per tornare a casa. Immagino che abbia aspettato un autobus o preso un taxi». Laura sorrise. «Avresti dovuto vedere la sua faccia quando le ho indicato la porta. Per di più aveva anche iniziato a piovere».

«Sembra che valga quasi la pena chiedere a Hughes di mostrarmi le riprese delle telecamere di sicurezza dell'ingresso».

«Pensavo che Kay stesse per strangolare Amy quando ha confessato di essersi inventata la storia della violenza domestica. Persino io ero spaventata».

«Per fortuna saremo lontani per un po'. Almeno quando torneremo per il briefing di questo pomeriggio potrebbe essersi calmata». Barnes scosse la testa. «Non sono molte le cose che possono farla arrabbiare, ma quella sicuramente ci riesce. Allora, dove abita il capo di Thorngrove? Seconda a sinistra qui davanti, giusto?»

«Sì. Poi cerca un salice piangente, ha detto. A quanto pare la sua casa si trova lungo un sentiero sulla destra dell'albero. E ha detto di non preoccuparci del cane che di solito gira intorno: apparentemente è vecchio e non ha più molti denti».

«Buono a sapersi», mormorò Barnes. Notò il cartello prima di vedere il sentiero, le sue lettere nere sbiadite su uno sfondo di legno bianco erano quasi state cancellate dal tempo, ed emise un grugnito sorpreso. «Non sapevo che vivesse in un parcheggio per roulotte».

«A quanto pare possiede uno degli chalet, non una roulotte. Numero diciassette... gira a sinistra dopo aver superato il cancello qui sotto».

Rallentò per rispettare il limite di velocità indicato sul cartello dipinto a mano alla loro sinistra e osservò le aiuole ben curate che costeggiavano il sentiero, facendo un cenno a una coppia di anziani che alzarono le mani in segno di saluto quando passarono.

«Un posto amichevole».

«Anche tranquillo». Laura slacciò la cintura mentre Barnes parcheggiava davanti a uno chalet blu brillante. «Non sono sicura che potrei sopportare quel colore di prima mattina però. Mi ricorda una cabina da spiaggia».

Il terreno tremò quando Barnes scese, e poi un treno

sfrecciò oltre la fila di conifere dietro lo chalet, i cui rami si piegarono nella sua scia.

Sbuffò. «Alla faccia del silenzio».

«Ci si abitua».

Si voltò e vide un uomo sulla cinquantina appoggiato a una ringhiera di legno che correva per tutta la larghezza della piccola casa, la cui posizione rialzata formava un basso terrazzo sopra i due posti auto.

L'uomo sorrise, raddrizzandosi quando raggiunsero i tre gradini che conducevano alla porta d'ingresso.

«Presumo che lei sia il detective Barnes». Tese una mano. «Gerry Harlington».

«Grazie per averci ricevuto con così poco preavviso. E di domenica».

Laura si presentò, poi Harlington fece una smorfia.

«È il minimo che potessi fare date le circostanze. Mi sono chiesto se fosse successo qualcosa di brutto a Dale quando non si è presentato al lavoro ieri. Non sono riuscito a ottenere risposta quando ho provato a chiamarlo al telefono».

«Non giovedì o venerdì?» chiese Barnes mentre Harlington li guidava attraverso una porta scorrevole fino a un soggiorno stretto.

«Ha chiesto qualche giorno di permesso quando abbiamo finito martedì. Ha detto che doveva sistemare alcune questioni personali». Sospirò. «Ho supposto che si riferisse alla sua ex-moglie. Sa che stavano divorziando?»

Barnes intercettò lo sguardo di avvertimento di Laura e pensò che il ricordo della reazione di Kay ai problemi matrimoniali di Thorngrove fosse ancora vivo, nonostante i suoi commenti scherzosi. Si schiarì la gola.

«Avevamo sentito che stavano avendo alcuni problemi, sì».

«Amy *era* il problema. Sinceramente, quella donna era un incubo». Alzò gli occhi al cielo, poi si spostò verso un piccolo angolo cottura sul retro dello chalet e sollevò un bollitore. «Volete qualcosa da bere?»

«No, grazie, siamo a posto». Barnes mise le mani in tasca e osservò una serie di fotografie incorniciate sul muro sopra una poltrona consunta. In ciascuna, una motocicletta era stata immortalata mentre si inclinava in curva, la velocità era evidenziata dallo sfondo sfocato e il pilota era vestito con colori vivaci da corsa. «È lei in queste foto?»

Harlington guardò e si fermò mentre stava schiacciando una bustina di tè contro il lato di una tazza. «Un'altra vita. Beh, almeno trent'anni fa».

«Era a Brands Hatch questa?»

«Sì».

«Come mai è passato da quello a gestire un'officina?» Barnes si unì a Laura accanto a un tavolino da picnic pieghevole in metallo e si sedette mentre Harlington li raggiungeva.

«C'è un limite a quante volte puoi scivolare attraverso una pista di gara sul sedere prima di renderti conto che non rimbalzi più come una volta», disse con un sorriso amaro. «Me la sono cavata bene con le vittorie nelle gare negli anni, e ho ottenuto alcuni sponsor così quando ho smesso, ho avviato l'attività di pneumatici. La parte di manutenzione è capitata per caso, e prima che me ne rendessi conto avevo quattro ragazzi che lavoravano per me».

«Qualche problema con Dale mentre lavorava per lei?» disse Laura.

«Nessuno. È stato affidabile». Harlington si fermò per sorseggiare il suo tè. «Era degno di fiducia, e anche bravo con i clienti. Il tipo di persona a cui puoi lasciare il comando per qualche giorno se vuoi prenderti una pausa. Mi mancherà maledettamente».

Barnes diede un momento all'uomo, prima di rivolgere l'attenzione al compito da svolgere. «Sembrava preoccupato, o forse distratto, mercoledì?»

«Non particolarmente. Però eravamo impegnati. Aveva chiesto un paio di giorni di permesso e anche se ho gli altri tre che lavorano per me, uno di loro è ancora un apprendista. Dale voleva assicurarsi di completare un paio di lavori di manutenzione e una revisione così avremmo avuto meno cose di cui preoccuparci mentre era via». Tamburellò le dita contro il lato della tazza. «Eravamo troppo occupati perché notassi se avesse qualcosa per la testa. Mi dispiace per questo ora».

«Era il tipo di persona che le avrebbe detto se avesse avuto qualcosa che lo preoccupava?» disse Laura.

«Dipende da cosa lo disturbasse, suppongo. Voglio dire, non parlava molto dell'ex moglie, o del divorzio. Ho avuto l'impressione che fosse imbarazzato al riguardo, per essere onesto».

«Stava agendo in modo insolito, o magari usava il telefono più del solito?» chiese Barnes.

Harlington si appoggiò allo schienale della sedia, con lo sguardo che si spostava verso le fotografie sul muro.

«C'è stata una telefonata ora che me lo fa notare», disse alla fine. «Lunedì mattina, saranno state circa le dieci e mezza perché Sam, l'apprendista, stava aiutando con una consegna che era appena arrivata. Il telefono di Dale ha squillato, e lui ha dato un'occhiata allo schermo ed è uscito per rispondere».

«Pensa che fosse la sua ex moglie?»

«No, perché dopo dieci minuti ho messo la testa fuori dalla porta per dirgli che doveva finire un'ispezione di una revisione per la motorizzazione prima che il cliente tornasse, e lui stava camminando avanti e indietro nel piazzale e urlava a chiunque fosse all'altro capo della linea».

«Riesce a ricordare cosa stesse dicendo?»

Harlington annuì. «Solo perché era fuori dal suo carattere, intendo. Non ho l'abitudine di origliare i miei dipendenti. Come ho detto, è tutto una questione di fiducia».

«Capisco. Cosa ha detto?»

«Ha smesso di urlare quando mi ha visto, ma dev'esserci stata una pausa nel traffico che passava, perché ho sentito chiaramente dire "la pagherai per questo".»

Barnes alzò lo sguardo dal suo taccuino. «Queste sono state le sue parole esatte?»

«Sì».

«In tal caso, signor Harlington, vorrei interrogare il resto del suo personale. Oggi».

CAPITOLO 28

Laura camminava avanti e indietro sul pavimento di cemento macchiato di grasso dell'officina di Harlington, alternando tra scorrere i nuovi messaggini e sbirciare attraverso le porte aperte verso il piazzale esterno.

Invece di cercare di localizzare i tre uomini che lavoravano per Harlington, il proprietario aveva suggerito di chiamarli e di organizzare che venissero interrogati nell'officina per risparmiare tempo, una proposta che lei e Barnes avevano accolto con entusiasmo.

Il suo collega stava attualmente interrogando il più anziano dei dipendenti rimanenti accanto a un banco d'acciaio cosparso di utensili elettrici, le loro voci erano un mormorio mentre erano appollaiati su un paio di sgabelli usurati.

Nonostante le porte aperte, l'aria era stantia con gli aromi pungenti di olio motore, lubrificante e, con l'anticipo previsto dell'inverno, antigelo.

Rabbrividì quando il vento cambiò direzione insinuandosi attraverso lo spazio tra le porte, e infilò il telefono in tasca prima di abbottonare il cappotto di lana e alzare il colletto per contrastare la corrente d'aria.

Il rumore di un'auto che si avvicinava stimolò il suo interesse, e si diresse verso il piazzale mentre un'utilitaria sportiva blu entrava dalla strada, con l'impianto stereo a tutto volume.

Un uomo magro scese, la fronte aggrottata quando la vide e si tirò una felpa sopra la testa.

«Lei è la detective?» chiese, puntando il telecomando verso l'auto e avvicinandosi a dove lei attendeva.

«Detective Laura Hanway», disse lei, mostrando il suo tesserino. «Lei deve essere Sam Hennant».

«Sono io».

«Grazie per essere venuto nel suo giorno libero».

Lui scrollò le spalle, aggiustando il piccolo codino alla base del collo. «Credo che Dale avrebbe fatto lo stesso per me se fosse stato al mio posto».

«Venga, entriamo. Lì dentro è relativamente più caldo».

«Lei non farebbe mai la meccanica, detective».

«Mi creda, lo so».

Sorrise e lo condusse attraverso le porte verso un paio di sedie da giardino in plastica che Harlington aveva trovato sul retro dell'officina, ora sistemate nell'angolo opposto a quello dove Barnes e l'altro membro dello staff stavano parlando.

Sam fece un cenno al suo collega, infilò le mani nella tasca a marsupio della felpa e si sedette di fronte a lei. «Cosa vuole sapere?»

«Lavora qui a tempo pieno?»

«Part-time. Faccio quattro giorni qui, e uno al college.

Mi mancano solo altri otto mesi, e poi sarò completamente qualificato». Sorrise timidamente. «Gerry mi ha già offerto un lavoro a tempo pieno quando avrò finito».

«È un bene. Immagino che tolga un po' di stress dal completamento del corso».

«Sì, è vero». Sam si agitò sulla sedia e si sporse in avanti. «Allora, sapete chi ha sparato a Dale?»

«C'è un'indagine in corso. Quello che stiamo cercando di fare oggi è capire perché Dale sia stato ucciso, e cosa stesse facendo al White Hart. Le è sembrato strano la settimana scorsa, forse nervoso per qualcosa?»

«Non che io abbia notato. Siamo stati occupati lunedì, martedì è il mio giorno libero, quindi non posso dirle nulla su quello, e mercoledì eravamo sommersi dal lavoro. È per questo che mi piace lavorare qui. Il tempo passa davvero in fretta».

«Gerry ha menzionato che Dale ha ricevuto una telefonata lunedì scorso e la conversazione si è fatta piuttosto accesa. Se lo ricorda?»

Sam mise le mani sotto le braccia e aggrottò la fronte. «Sì, me lo ricordo perché non l'avevo mai visto così prima, non arrabbiato. Dovevo aiutare a scaricare una consegna, ma non ho potuto fare a meno di notarlo. Camminava avanti e indietro là fuori, dicendo a chiunque fosse all'altro capo che avrebbe pagato per qualcosa».

«Ha idea di cosa?»

«No». Scrollò le spalle. «Per essere sincero, non volevo chiedere. È tornato qui dentro di pessimo umore».

«Lei andava d'accordo con Dale?»

«Sì, tutti noi. Mi stava insegnando molte cose, specialmente quando Gerry era troppo occupato».

«Di che tipo di cose parlavate, a parte del lavoro?»

«Calcio, principalmente. E cose che avevamo visto in TV».

Laura fece una pausa mentre Barnes si avvicinava. L'uomo con cui stava parlando usciva attraverso le porte aperte dell'officina con un cenno di saluto a Gerry.

«Dale ha mai menzionato un interesse per le armi?» chiese.

Sam annuì. «Voleva iniziare a sparare per qualche motivo, e non sapeva da dove cominciare, ma disse che uno dei nostri clienti si era offerto di portarlo fuori per mostrargli le basi per vedere se gli piaceva, il mese scorso».

«E gli è piaciuto?» disse Barnes.

«Non ha smesso di parlarne la settimana successiva. Ci ha annoiati a morte». Gerry li invitò ad avvicinarsi a una serie di armadietti metallici sul retro dell'officina, prese una chiave dalla tasca e aprì quello all'estremità. «Questa è una chiave master. E queste sono tutte le cose di Dale, non ero sicuro di cosa farne».

«Sa quale cliente gli avesse offerto la sessione di prova?»

«Non ne ho idea, mi dispiace».

«Sam?»

L'apprendista scosse la testa in risposta mentre Gerry estraeva dall'armadietto una pila di riviste insieme a una bottiglia vuota e una borsa da palestra.

Aprendo la borsa, Barnes sollevò una maglietta appallottolata. «Vestiti da palestra, a quanto pare».

Laura sfogliò le riviste, percorrendo con lo sguardo i titoli. «Stava leggendo di fucili e caccia, dunque?»

«Sì. Sempre. Non vedeva l'ora di ottenere la sua licenza». Sam aggrottò la fronte. «Era devastato quando i vostri gli hanno detto che non poteva averne una perché la sua ex-moglie aveva presentato un reclamo o qualcosa del genere».

«Possiamo prendere queste?»

«Potete prendere tutto se volete». Gerry fece un respiro profondo. «Voglio dire, non credo che la sua ex voglia niente di tutto ciò, e a un certo punto dovrò cercare un sostituto per Dale. Altrimenti non ce la faremo».

«Grazie». Barnes si mise la borsa da palestra a tracolla. «E grazie per aver organizzato che tutti venissero qui. Ci ha fatto risparmiare molto tempo».

«Trovate solo chi l'ha ucciso, va bene? Non meritava di morire così».

Laura raccolse le riviste e le portò all'auto, guardando dietro di sé al suono di passi per vedere Sam che la seguiva, lanciando le chiavi della sua auto da una mano all'altra.

«Grazie per l'aiuto oggi».

«Di niente». Le fece l'occhiolino. «E torni quando vuole. Ha il mio numero».

Laura si voltò prima che lui potesse vedere il suo volto in fiamme, e diede una gomitata nelle costole a Barnes che stava iniziando a ridacchiare.

«Credo che tu abbia un nuovo ammiratore, Hanway», disse lui, sbloccando l'auto.

«Quel piccolo sfacciato», sibilò lei.

CAPITOLO 29

Mentre la sua squadra si radunava attorno alla lavagna per il briefing del lunedì mattina, Kay osservò i loro volti abbattuti, sentì l'agitazione che traspariva dalle loro conversazioni sussurrate, e si chiese come avrebbe potuto continuare a mantenerli concentrati e motivati.

Raddrizzando le spalle, posò l'agenda su una scrivania libera accanto a lei e alzò la voce.

«Iniziamo. Laura e Barnes: deduco dai rapporti che avete presentato ieri sera che siate riusciti a scoprire qualcosa di più su Dale Thorngrove?»

«Sì, capo», disse Barnes. «Per farla breve per tutti i presenti, quando abbiamo intervistato i suoi colleghi dell'officina dove lavorava, ci hanno mostrato alcune riviste di armi che teneva nel suo armadietto, e ci hanno detto che uno dei loro clienti aveva parlato con Dale di fucili non molto tempo fa.»

«Stiamo aspettando che il suo capo ci fornisca un elenco dei clienti che hanno utilizzato l'officina negli ultimi sei mesi, così possiamo incrociare i nomi con i registri delle licenze di porto d'armi di Daniel.»

«Cercherò di assegnare un paio di agenti per aiutarvi», disse Kay, aggiornando la lavagna. «Immagino che abbiate tutti sentito di Amy Evans?»

«Possiamo denunciarla per aver sprecato il nostro tempo?» chiese Debbie una volta che il brusio di voci scontente si era spento.

«Ci vorrebbe più carta che altro», disse Kay. «Ho controllato con un contatto presso la Procura della Contea ieri notte tardi, e ritiene che non arriverebbe mai in tribunale. Comunque abbiamo inserito una segnalazione nel sistema accanto al suo nome per riferimento futuro. Nel frattempo, ho parlato con Sharp al quartier generale, e purtroppo stanno riducendo il personale su questa indagine. Il Vice-Commissario Capo ritiene che si tratti di un incidente isolato e quindi il nostro obiettivo ora diventa quello di scoprire quale dei soci di Thorngrove l'ha ucciso. Ian: hai detto che avresti seguito la pista con Gerry Harlington a proposito?»

«Quando Laura ha parlato con Sam, l'apprendista, ha menzionato che qualcuno aveva fatto interessare Thorngrove alle armi ed era arrivato al punto di invitarlo a una battuta di tiro qualche settimana fa.»

«È sicuramente una pista da seguire», disse Kay. «Puoi sollecitare Harlington se non ricevi quell'elenco di nomi entro il primo pomeriggio? Vorrei dividerli tra la squadra e iniziare le interviste telefoniche il prima possibile.»

Barnes annuì in risposta.

Espirando, Kay lanciò uno sguardo all'ordine del

giorno, poi tornò ai suoi agenti in risposta a un'esclamazione sorpresa di Laura.

«Cosa hai trovato?»

«Un messaggino da Hughes di sotto, capo… qualcuno ha appena consegnato un telefono cellulare che è stato trovato sul ciglio della strada a circa un chilometro dal White Hart.»

«Vai. Subito.»

La detective non se lo fece ripetere due volte. Lasciò cadere il suo telefono e il taccuino sulla sedia e uscì di corsa dalla stanza.

«Harriet non ha mai trovato un telefono o un portafoglio sulla scena del crimine», disse Phillip. «Quindi forse è di Thorngrove?»

«O del suo assassino, se è un telefono usa e getta.» Kay camminava avanti e indietro sulle piastrelle sottili del pavimento, incapace di stare ferma. Alzò lo sguardo mentre Laura tornava, leggermente ansimante e con in mano un sacchetto di plastica per le prove.

«Ecco, capo.»

«Ok, fai una foto a questo e mandala a Gerry Harlington. Chiedigli se lui o i suoi dipendenti lo riconoscono come quello di Thorngrove. Hughes ha preso i dati della persona che l'ha consegnato?»

«Sì, una donna di nome Nancy Allen: stava portando a spasso il cane quando l'ha trovato.»

«Ian, voglio che tu la chiami e scopra esattamente dove l'ha raccolto», continuò Kay. «Porta con te degli agenti in uniforme e perlustra la zona per vedere se anche il portafoglio di Thorngrove è stato gettato lì.»

«Ci penso io.» Barnes corse alla sua scrivania,

afferrando il post-it che Laura gli porgeva mentre le passava accanto.

«Vuoi che telefoni ad Andy Grey della scientifica digitale per dirgli che glielo manderemo con un corriere?» chiese Debbie.

Kay scosse la testa e osservò il sacchetto di prove nella sua mano. «Non c'è tempo, Debs. Vado subito a Northfleet con questo.»

CAPITOLO 30

Strisciando il suo tesserino di sicurezza e attraversando velocemente l'atrio del quartier generale della polizia del Kent a Northfleet, Kay alzò la mano in segno di saluto a un altro ispettore della Divisione Est, e si diresse verso le scale.

Salendo i gradini due alla volta, ignorando le espressioni perplesse che ricevette da tre membri del personale amministrativo mentre li superava a tutta velocità, raggiunse il piano superiore e si affrettò lungo un corridoio stretto.

La porta di sicurezza in fondo si aprì prima che lei la raggiungesse, e Andy Grey si fece da parte.

«Quando hai detto che stavi arrivando, Ispettrice Hunter, non pensavo che avresti prolungato il continuum spazio-temporale per arrivare così in fretta».

«L'A2 era libera per una volta».

«Hai preso lezioni di guida extra da Barnes e Gavin?» Sorrise, poi tese la mano. «Dai, facciamo vedere».

Lei gli consegnò la borsa contenente il telefono

cellulare e lo osservò mentre si infilava i guanti protettivi, firmava il modulo della catena di possesso delle prove, e poi rompeva il sigillo.

«Pensi che appartenesse alla vittima, allora?» disse il tecnico investigatore forense mentre si avvicinava a un computer e collegava il telefono.

«Crediamo di sì». Kay si scostò la frangia dagli occhi con uno sbuffo, mentre il battito cardiaco tornava lentamente alla normalità. «È stato trovato a circa un chilometro dal pub, quindi...»

«Le probabilità sono buone». Aggrottò la fronte. «È protetto da password».

«Puoi forzarla?»

«Potrei, ma ci vorrebbe tempo. Potresti chiamare l'ex-moglie e vedere se la conosce».

«Non siamo esattamente in buoni rapporti al momento». Gli raccontò cosa era successo. «Comunque, sicuramente avrebbe cambiato la password dopo la separazione, no?»

«È un uomo». Andy sorrise. «Non ci piacciono i cambiamenti. Chiedigliela».

Kay fece la telefonata, e dopo una risposta brusca, Amy Evans confermò che conosceva effettivamente la password del telefono dell'ex-marito e la recitò a memoria.

Andy sorrise quando lei terminò la chiamata. «L'ex-moglie si è redenta?»

«Non proprio». Strinse le labbra. «Mi odierai per questo, ma con che rapidità puoi esaminare questi tabulati telefonici?»

Il responsabile dell'analisi forense digitale sospirò. «Ci vorrà un po'».

«Sei un tesoro».

«Continui a dirmelo. Mi aiuterebbe sapere se c'è qualcosa di particolare che stai cercando».

«Thorngrove ha ricevuto una telefonata intorno alle dieci e trenta di lunedì scorso mattina. I suoi colleghi di lavoro hanno riferito di una conversazione concitata, e il suo capo ci ha detto di avergli sentito dire "la pagherai per questo". Quello è il nostro punto di partenza, se noti qualcos'altro lì che dovrei sapere, prendo anche quello».

«Va bene. Vai a prendere un caffè e aspetta la mia chiamata. Vedrò cosa posso trovare. E non dire a nessuno che mi hai visto: oggi dovrebbe essere il mio giorno di riposo».

———

«Allora, come se la sta cavando Gavin?»

Kay seguì Sharp a un tavolo sul lato opposto della stanza rispetto al distributore automatico e strappò la confezione di un sandwich al formaggio e pomodoro dall'aspetto un po' umido.

Arricciando il labbro davanti al cibo industriale, ma rassegnata al fatto che non ci fosse altro disponibile, lo addentò mentre l'Ispettore Capo Investigativo sorseggiava il suo caffè.

«Sta destando ammirazione in alcune persone», disse alla fine. «Non che io sia sorpreso».

«Nemmeno io». Deglutì. «Pensavo che buttarlo nella mischia per un po' avrebbe fatto bene alla sua fiducia in se stesso».

«Non credo che ci sia un problema con la sua fiducia,

solo mancanza di esperienza in alcuni ambiti». Sharp si guardò intorno osservando gli agenti riuniti, e sospirò. «Inoltre, sono preoccupato che se si annoia a Maidstone, lo perderemo del tutto».

Kay si fermò, con il sandwich a metà strada verso la bocca. «Hai sentito qualche voce?»

«No, solo una sensazione».

«Questo è peggio».

«Mangia. Non credo che se ne andrà da nessuna parte per ora».

Le rivolse quello che lei sospettava lui pensasse fosse un sorriso rassicurante, ma il suo appetito era diminuito.

Lasciò cadere il resto del sandwich nella confezione.

«Come se la stanno cavando gli altri membri della tua squadra lì?» disse Sharp. «Ho sentito che hai dei nuovi collaboratori che ti aiutano. Qualcuno che valga la pena tenere d'occhio?»

«Phillip Parker è un agente solido, affidabile, intendo. Non sono sicura che sia stoffa da detective però. Non ha mai mostrato interesse nel fare gli esami, diciamo così. C'è un altro agente in uniforme... Kyle Walker». Lo sguardo di Kay vagò verso la finestra mentre parlava. «È stato il primo ad arrivare sulla scena di un'overdose che abbiamo dovuto gestire un po' di tempo fa. Sono rimasta colpita dalla sua attenzione ai dettagli allora, e sicuramente si è ambientato bene in questo caso».

«Darò un'occhiata al suo fascicolo quando avrò un momento tranquillo».

«E tu? Come te la cavi con una squadra ridotta?»

«Per quanto questo mi frustri, posso vederla dal punto di vista del Vice-Commissario Capo. Siamo sempre a corto di personale, e Paul Solomon sta lavorando a un caso di tratta con una squadra ridotta all'osso in questi ultimi mesi. Stanno per smantellare una banda di contrabbandieri, quindi quella ha avuto la priorità, come è giusto che sia, ovviamente». Increspò il labbro superiore. «Vorrei solo che avessimo avuto più successo nel rintracciare l'assassino di Thorngrove prima però. Nonostante tutte le risorse che avevamo, è comunque riuscito a fuggire».

«O lei».

«Scusa?»

Kay spinse da parte il suo caffè tiepido. «Sto solo tenendo aperte le mie opzioni».

Gli occhi di Sharp si strinsero. «Pensi che l'ex-moglie abbia avuto qualcosa a che fare con questo?»

«Non lo so». Sbadigliò. «Forse ieri mi ha influenzato più di quanto pensassi».

«Sei ancora arrabbiata con lei per aver sprecato il nostro tempo?»

«Sì».

«È un bel salto da rubare cose dall'appartamento dell'ex-marito a sparargli due volte con uno 0,308 però».

«Penso...» Si interruppe quando il suo telefono iniziò a squillare.

Il nome di Andy apparve sullo schermo.

«Sei stato veloce», disse.

«Sono stato fortunato», rispose lui. «E potrei avere un nome per te».

«Sto salendo subito».

Sharp la osservò mentre raccoglieva le sue cose e si alzava dalla sedia. «Progressi?»

«Lo spero, capo. Ne parliamo dopo, okay?»

Quando arrivò di corsa lungo il corridoio e raggiunse il pianerottolo del mezzanino, Andy era già in cima alle scale, con lo zaino sulla spalla e un casco da motocicletta infilato nel braccio.

Lui le porse un foglio di carta quando la raggiunse, spostandosi di lato per far passare un sergente in uniforme.

«Grazie», disse Kay, poi trattenne un'esclamazione di sorpresa quando lesse la sua calligrafia ondeggiante.

«Immagino che tu conosca questo tizio, allora?» disse Andy, guidandola giù per le scale verso l'uscita.

«Abbiamo parlato con lui la settimana scorsa», disse lei, attraversando l'atrio e spingendo la porta d'ingresso. «Mark Redding ha un bel po' di spiegazioni da dare».

CAPITOLO 31

«Capo?»

Kay ripose il telefono sulla base sentendo la voce di Barnes e vide il sergente detective che correva verso di lei.

«Qualunque cosa sia, Ian, dovrà aspettare. Abbiamo Mark Redding per un interrogatorio di sotto e il suo avvocato è appena arrivato.»

Lui sollevò una busta delle prove. «Il portafoglio di Thorngrove è stato trovato dalla squadra di Harriet a un paio di metri da dove Nancy Allen ha raccolto il suo telefono stamattina.»

«C'è qualcosa lì dentro che possa aiutarci?»

«Purtroppo no. C'erano solo alcune carte bancarie e una patente di guida. Un po' di contanti, non molti.»

«In tal caso, ho bisogno che tu venga con me.» Raccolse il suo taccuino e una cartella contenente la precedente dichiarazione di Mark Redding, e li spinse verso il suo collega. «Andy Grey ha confermato che la telefonata ricevuta da Thorngrove lunedì scorso mattina era con Redding. Il suo numero appare nella lista delle chiamate recenti sul telefono alla stessa ora in cui il suo capo...»

«Gerry.»

«Sì, lui.» Kay attese mentre Barnes firmava per la custodia del portafoglio a Debbie che lo avrebbe registrato nel sistema, poi si diresse verso la porta. «L'orario coincide con quando Thorngrove è stato visto discutere con qualcuno al telefono.»

Il suo collega tirò fuori la cravatta dalla tasca della giacca e se la passò intorno al collo prima di sistemare il colletto mentre scendevano le scale. «Chi lo rappresenta?»

«Andrew Gillow della Blake Arrow.»

«Cristo, se può permetterselo, allora la sua attività deve andare meglio di quanto pensassi.»

«Il che significa anche che ha molto da perdere.»

Barnes tenne il braccio davanti alla porta delle sale interrogatori prima che lei potesse raggiungere il pannello di sicurezza. «Movente?»

Lei alzò le spalle e non disse nulla.

«Ok.» Abbassò il braccio e digitò rapidamente il codice nel pannello. «Vediamo cosa ha da dire.»

Quando Kay entrò per prima nella sala interrogatori quattro, Mark Redding interruppe la conversazione con il suo avvocato e attese che Barnes avviasse il registratore e recitasse l'avvertimento formale.

«Il mio cliente è un uomo impegnato, detective», disse Gillow bruscamente. «Spero che questa questione possa essere risolta in tempi brevi.»

«Questo dipende dalla disponibilità del signor Redding a collaborare», rispose Kay.

Vestito con un completo grigio chiaro e una camicia

blu, Redding passò una mano lungo il lato della testa, lisciandosi i capelli prima di alzare lo sguardo per incontrare quello di Kay.

«Ci parli di Dale Thorngrove», disse lei.

«Il tipo dell'officina di Harlington?»

«Proprio lui.»

«Si occupa della mia auto.»

«Socializza con lui?»

Redding guardò il suo avvocato, che fece un leggero cenno con la testa, poi si schiarì la gola. «Solo in un'occasione. Ero stato a caccia quel fine settimana e avevo preso un uccello per un amico. Stavo andando a casa sua quando mi sono fermato all'officina per prenotare la revisione della macchina. Dale ha visto l'uccello sul sedile del passeggero e abbiamo iniziato a parlare. Era interessato a provare, così abbiamo organizzato che venisse con noi una domenica quando non lavorava.»

«Quando è stato?» chiese Barnes.

«Circa, oh... quattro settimane fa.»

«Cosa stavate usando?»

Redding sorrise indulgente. «Solo un piccolo fucile calibro 0,22. Con qualsiasi altra cosa, non sarebbe rimasto molto dell'uccello da cucinare.»

Kay aprì la cartella, tirò fuori un singolo foglio e lo girò verso Redding e Gillow. «Può spiegare come faceva a usare quel fucile dato che la sua licenza di porto d'armi è stata revocata quando è stato sorpreso a guidare in stato di ebbrezza?»

Redding allargò le mani. «Guardi, ormai vado a caccia solo se sono invitato su terreni privati, e so per certo che le due persone che mi invitano hanno le licenze per il porto d'armi. Non è sbagliato, giusto?»

«Lo è, se si sta assumendo la responsabilità per un'altra persona che ha invitato», disse Barnes.

«Hanno garantito anche per Thorngrove. Chieda a loro, glielo diranno.»

«Lo farò. Quali sono i loro nomi?»

Kay attese mentre il suo collega prendeva i dettagli, poi fissò nuovamente l'uomo di fronte a lei, ignorando lo sguardo furioso del suo avvocato. «Mi ricordi dov'era mercoledì scorso tra le otto e mezzanotte.»

«Ve l'ho detto. Ero in riunioni di lavoro. Videochiamate. Entrambe in diversi fusi orari negli Stati Uniti. Mia moglie mi ha portato un pasto leggero alle nove perché avevo saltato la cena.»

«A che ora è finita la sua seconda chiamata?»

«Intorno alle dieci a mezzanotte.» Fece un sorriso stanco. «Inutile dire che ero distrutto il giorno dopo, soprattutto perché dovevo incontrare un nuovo cliente di Singapore alle sette di quella mattina.»

«Perché ha telefonato a Thorngrove lunedì scorso?»

«Come?»

«Il telefono cellulare e il portafoglio di Dale Thorngrove sono stati trovati oggi nel vicolo tra il pub White Hart e casa sua», disse Kay. «Il suo numero era nella lista delle chiamate recenti, e coincide con una discussione che i suoi colleghi hanno sentito lunedì mattina scorso. Di cosa stavate discutendo?»

«Dio, non ricordo.»

«Può fare meglio di così, signor Redding. Al momento lei è il nostro unico sospettato.»

Lui impallidì. «Stavo contestando la fattura per il tagliando dell'auto, tutto qui.»

«Non era il tipo di conversazione che avrebbe dovuto avere con Gerry Harlington?»

«Dale ha fatto il lavoro. Volevo discuterne con lui.»

«Qual era il problema?»

«Ha sostituito il collettore di scarico senza chiedere l'autorizzazione.» Redding sbuffò. «Avrei fatto a meno della brutta sorpresa sul conto, tutto qui. Si è piuttosto irritato: ad essere onesti, avrei preferito parlare con Gerry. Sarebbe stato molto più comprensivo.»

«Stiamo analizzando il portafoglio di Thorngrove alla ricerca di impronte digitali. Questo sarebbe un buon momento per dirci se le sue saranno presenti quando lo faremo.»

«Perché diavolo le mie impronte digitali dovrebbero essere vicino al suo portafoglio? Le ho detto, non ho avuto nulla a che fare con l'omicidio di quell'uomo.» Si girò verso il suo avvocato. «Questa situazione sta diventando assurda.»

Gillow sospirò, chiuse la sua penna stilografica e il taccuino. «Credo che abbiamo finito qui, Ispettrice Hunter. Il mio cliente ha ribadito la sua precedente dichiarazione, le ha fornito una spiegazione chiara riguardo alla sua telefonata con il signor Thorngrove e, inoltre, le ha fornito i nomi di due colleghi che possono confermare l'invito del signor Thorngrove a usare armi da fuoco sotto la loro supervisione. Ritengo che abbiamo concluso».

Barnes terminò la registrazione e guidò l'uscita dalla sala interrogatori, con lo sguardo abbassato mentre Redding e il suo avvocato marciavano verso l'uscita.

Kay accese il suo cellulare, sentendosi sprofondare il cuore mentre leggeva il nuovo messaggio apparso sullo schermo.

«Merda».

«Che succede?» disse Barnes.

In risposta, gli mostrò il telefono. «Laura ha telefonato alla moglie di Redding mentre stavamo parlando con lui. Ha confermato quello che ha detto riguardo all'avergli portato la cena quella sera mentre era in riunione, e l'ora in cui è andato a letto. Lei non riusciva a dormire quindi stava guardando un film».

Barnes ringhiò sottovoce. «Cazzo, siamo tornati al punto di partenza».

CAPITOLO 32

«Qualcuno mi dia *qualcosa* per far progredire questo caso».

Kay attraversò come una furia la sala operativa davanti a Barnes, sbatté la cartellina in cartoncino sopra una pila che si stava accumulando all'angolo della sua scrivania e si mise le mani sui fianchi.

Ignorò gli sguardi scioccati di alcuni membri più giovani del personale amministrativo, dirigendosi invece a grandi passi verso la lavagna.

«Andiamo. È passata una settimana, e tutto ciò che abbiamo è Mark Redding che ci dice che la sua discussione con Thorngrove non è stata altro che un reclamo per una fattura, e due alibi per il suo possesso di un'arma da fuoco senza una licenza valida. Datemi una mano qui».

Phillip si affrettò verso di lei, una penna infilata dietro l'orecchio e un rapporto in mano. «Capo, abbiamo prelevato le impronte dal portafoglio, abbiamo confrontato quelle di Thorngrove con quelle in archivio, ma finora non c'è nulla che suggerisca che Redding l'abbia maneggiato o abbia toccato il telefono».

«Cristo, Phillip, non è questo che intendevo per aiuto». Kay si passò una mano tra i capelli mentre l'espressione dell'agente si rabbuiava. «Che mi dici di quei due nomi, Barnes?»

Il sergente detective alzò la mano, con il telefono all'orecchio, poi indicò dall'altra parte della stanza dove anche Laura stava parlando con qualcuno al telefono, con una voce appena percettibile.

Kay osservò il cielo scuro oltre le finestre, controllò l'orologio e trattenne uno sbuffo sorpreso.

Non c'era da stupirsi che la sua squadra sembrasse esausta.

Erano già le sette.

«Phillip, fammi un favore, vai a vedere se Daniel è ancora qui, e chiedigli di controllare nel suo database gli alibi di Redding per la battuta ai fagiani, vuoi?»

«Ci penso io, capo».

L'agente si allontanò di corsa, con evidente sollievo all'idea di avere un motivo per scappare dalla sala operativa.

«Cosa ci sta sfuggendo?» mormorò Kay, rivolgendo di nuovo la sua attenzione alla lavagna e osservando le fotografie del corpo prono di Thorngrove steso nel parcheggio del White Hart. «Che diavolo stavi combinando?»

«Gli alibi di Redding sono verificati, capo». Barnes la raggiunse, scrutando sopra i suoi occhiali da lettura. «Ho parlato con Royce Maxton, possiede un terreno a ovest di Staplehurst, e ha confermato che invita Redding e l'altro tizio, Ambrose Weatherley, ad andare a caccia ogni tanto. Laura ha parlato con Ambrose per incrociare i fatti, e lui ha confermato ciò che ha detto Royce, e che Mark ha portato Thorngrove l'altra settimana per fargli provare».

«Accidenti». Guardò dietro di lui mentre Phillip riappariva.

L'agente scosse la testa.

«Quindi Redding è fuori dai giochi», disse lei.

«Vuole che chiami Andy per sapere se è riuscito a ottenere qualcos'altro dal telefono di Thorngrove?»

«No, per oggi può bastare, Ian. Facciamo tornare tutti a casa per la notte. Ci aspetta una lunga giornata domani».

Il suo telefono emise un suono mentre stava tornando alla scrivania, e quando vide il messaggio di Adam, sorrise nonostante l'ora tarda.

Ti aspetto al pub X.

«Mi sembra un'idea maledettamente buona, Turner», mormorò.

Gli mandò una rapida risposta, e pochi minuti dopo sfrecciava nel traffico leggero verso Bearsted, con i pensieri che alternavano tra l'indagine e l'idea di un drink rilassante con lui.

Sapeva che la sua squadra stava facendo tutto il possibile con le informazioni disponibili, ma era la mancanza di indizi dagli appelli mediatici e dalle indagini da casa a casa che la frustrava.

Parcheggiando davanti a casa sua, camminò lungo il vicolo per alcune centinaia di metri fino al loro pub locale e trovò Adam al bancone, che chiacchierava con il gestore.

Il posto era un piacevole contrasto rispetto al White Hart, con un bar pubblico separato nella parte anteriore dell'edificio che una volta ospitava i fumatori prima che il divieto nazionale li relegasse nel gazebo vicino alla porta d'ingresso, e un'area bar principale più ampia che si estendeva fino a una sala da pranzo.

Una musica a basso volume suonava in sottofondo, e lei fece un cenno di saluto agli avventori abituali riuniti accanto alle spine della birra. Il loro amichevole battibeccare era intervallato da risate fragorose.

«Eccola qui», sorrise il gestore, mentre le versava già una pinta di lager.

«Grazie». Sospirò mentre parte dello stress lasciava le sue spalle, e baciò Adam, sentendo il sapore della birra sulle sue labbra. «Sei qui da molto?»

Lui sollevò il bicchiere. «Questa è la mia prima. Onestamente».

Aspettando che lei avesse bevuto un sorso di lager, indicò un tavolo in un angolo. «Vieni, ci sediamo là, lontani da tutti».

Sprofondando in uno dei vecchi banchi di chiesa adorni di cuscini lussuosi, Kay bevve un altro sorso della sua birra e cercò di allontanare la frustrazione per l'indagine.

Come se percepisse la tensione che la opprimeva, Adam si avvicinò e le prese la mano.

«Così male?»

«Non stiamo facendo progressi». Lo guardò per un momento, poi abbassò il bicchiere. «Non era oggi che dovevi fare i colloqui per un nuovo veterinario?»

Le sue labbra si incurvarono. «Ti ricordi quando stavi intervistando i potenziali candidati per il posto di sergente detective qualche anno fa?»

«Sì...»

«È stato così, ma peggio».

«Continua».

Lo ascoltò mentre le raccontava dei tre candidati che lui e Scott avevano incontrato quel giorno, ciascuno progressivamente peggiore dell'ultimo, e si coprì la bocca per soffocare le risatine quando alcune persone del locale si girarono a guardarli.

«Se non bastasse», continuò Adam, «l'ultimo candidato ha iniziato il colloquio dicendomi che aveva letto il mio ultimo articolo scientifico, e poi ha proceduto a dirmi tutto ciò che non andava bene. Scott ed io non siamo riusciti a dire una parola, figuriamoci fare una domanda».

Aspettò che lei bevesse un altro sorso di lager. «A metà del colloquio, Theresa ha bussato alla porta dicendo che aveva ricevuto una chiamata urgente da un agricoltore di Lenham con un'altra mucca incinta che aveva problemi. Ho lasciato Scott da solo. Non potevo uscire di lì abbastanza in fretta. Ho pensato che essere di nuovo fino alle ascelle dentro una mucca fosse meglio che ascoltare ancora quel tipo».

Nonostante l'irritazione per l'indagine, e nonostante la stanchezza che le permeava il corpo, Kay scoppiò in una risata.

La birra le schizzò nel naso e iniziò a tossire, poi colpì Adam sul braccio.

«Bastardo», ansimò. «Hai aspettato apposta che bevessi un sorso».

CAPITOLO 33

Kay tirò su col naso, un suono acuto e insistente la strappò dai suoi sogni prima che Adam le desse una gomitata nelle costole.

«Sta squillando il tuo telefono.»

«Merda.» Scostò il piumone, si strofinò gli occhi assonnati e guardò lo schermo.

«Ian? Sono le cinque e mezza… che succede?»

«Capo, abbiamo un problema.»

«Che c'è?»

«Sto andando a casa di Porter MacFarlane, la centrale ha appena ricevuto una chiamata per una presunta effrazione e, date le circostanze, ho detto che ce ne saremmo occupati noi. Quanto velocemente puoi arrivare lì?»

Venti minuti dopo, rimpiangendo di non aver avuto nemmeno il tempo di riempire un thermos di caffè prima di uscire, Kay guidava a tutta velocità lungo la strada stretta stringendo i denti.

Rami cresciuti oltre misura sbattevano contro la

carrozzeria e le ruote piombavano in buche che normalmente avrebbe evitato con attenzione.

Non oggi.

Pestò sul freno quando avvistò l'ingresso della proprietà MacFarlane, mentre rabbia e frustrazione per la piega degli eventi si mescolavano con la paura che la situazione stesse rapidamente deteriorandosi.

Era già passa quasi una settimana e non avevano ancora idea di chi avesse assassinato a sangue freddo Dale Thorngrove.

E ora questo.

La luce del sole brillava sulla rugiada fresca nei recinti ai lati del vialetto, e un paio di cervi al pascolo alzarono la testa incuriositi mentre la sua auto sfrecciava davanti a loro, sollevando polvere e sassi che schioccavano e schizzavano da sotto i passaruota.

Poteva vedere una volante parcheggiata davanti alla casa dei MacFarlane, e un agente in divisa scese mentre lei si avvicinava, indicando il sentiero che girava intorno alla proprietà.

Rallentò e abbassò il finestrino. «Hanno trovato qualcosa?»

«No, capo. Il sergente detective Barnes è giù al capannone con i proprietari.»

Inserendo la marcia, proseguì lentamente lungo il tortuoso sentiero dietro la casa.

Un piccolo camion con un rimorchio nero a forma di scatola era parcheggiato fuori dal capannone dove i MacFarlane tenevano le loro attrezzature. Sul lato campeggiava il logo di una casa di produzione televisiva e due uomini si aggiravano accanto alle porte posteriori aperte, con espressioni preoccupate mentre la osservavano parcheggiare accanto a loro.

Il più anziano dei due si fece avanti mentre scendeva dall'auto. «Sa quando potremo metterci in viaggio? Dovremmo essere nel Northumberland entro le tre.»

«Meglio che avvisiate il vostro capo che farete tardi», disse, e si diresse verso Barnes che stava in piedi accanto a Porter MacFarlane prima di seguirli nel capannone.

La pelle d'oca le coprì le braccia nel fresco dell'interno, e si abbottonò la giacca. Dopo che i suoi occhi si furono adattati alla penombra, vide Roman che finiva di parlare con Kyle Walker all'estremità opposta e li chiamò con un cenno.

«Allora, che succede? Barnes ha accennato a un'effrazione.»

L'agente in divisa guardò i MacFarlane, poi rivolse la sua attenzione a lei. «Non c'è alcun segno di scasso, capo. Apparentemente le porte erano chiuse quando sono scesi qui con la troupe di produzione poco dopo le cinque.»

«Allora qual è il problema?»

Porter arrossì di un rosso più cupo e si avvicinò. «Sembra che ci sia un errore nel nostro sistema d'inventario, Ispettrice Hunter. Molto insolito.»

«Che errore?»

«Ci mancano due fucili calibro 0,308», disse Roman.

«*Due*?»

«Modelli vecchi, e due che avevo intenzione di vendere», aggiunse Porter. «Ormai vengono noleggiati raramente, quindi pensavo di poterci ancora fare qualche centinaio di sterline...»

«Chi altri ha accesso a questo capannone?»

«A parte noi, nessuno a meno che non stiano ritirando materiale, come questi due signori. Stanno aspettando di prendere alcune riproduzioni di spade del XVI secolo per uno show televisivo che verrà girato al nord.»

Kay si protesse gli occhi dal bagliore del sole nascente e guardò fuori dalle porte del capannone, dove i membri della troupe se ne stavano appoggiati al camion, entrambi a fumare mentre il più anziano dei due continuava a guardare l'orologio. «Accompagnate sempre i vostri clienti quando prelevano il materiale?»

«Sì, la maggior parte delle volte», disse Roman.

«La maggior parte delle volte?» Si voltò verso di lui. «Perché non sempre?»

Porter si schiarì la gola. «Se si presenta uno dei nostri clienti abituali e c'è molto da caricare, ci diamo tutti una mano per farli partire il prima possibile...»

«Potrebbe essere che uno di loro abbia preso i fucili», aggiunse Roman.

«Come avrebbero potuto entrare nella stanza interna? È sempre chiusa a chiave, no?»

«Qualcuno potrebbe essere sgattaiolato dentro mentre eravamo distratti», mormorò Porter.

«Pensavo che usaste un sistema basato sul cloud per tenere traccia di tutto il vostro inventario?»

«È così, sì.»

Kay si spostò per lasciar passare uno degli agenti in divisa che portava un kit per il rilevamento delle impronte. «Allora perché non viene aggiornato ogni volta che un'arma da fuoco viene prelevata?»

«Lo è, ma viene registrato rispetto all'ordine d'acquisto così sappiamo cosa dobbiamo fatturare alla fine del mese.»

«Il sistema ci aiuta anche a vedere cosa abbiamo prestato e cosa abbiamo in magazzino quando stiamo abbiamo in corso nuove trattative», spiegò Porter. «Voglio dire, la maggior parte delle volte so a memoria cosa c'è qui sotto. È Roman che ha organizzato tutto in una sorta di database per facilitarne la consultazione.»

«Quando avete fatto l'ultimo inventario delle scorte?»

«Alla fine di giugno.» Porter lanciò timidamente un'occhiata di lato a suo figlio. «È colpa mia. Roman ha suggerito qualche settimana fa che avremmo dovuto esaminare tutto per assicurarci che le nostre licenze fossero aggiornate e vedere se dovevamo vendere alcune delle armi da fuoco che non erano richieste. Il problema è che ci vuole così tanto tempo nella giornata quando invece potrei trovare nuovi lavori... Sono riuscito a farlo solo oggi perché la sua ultima visita mi ha ricordato quanto fosse importante.»

«Quindi, quello che sta dicendo è che nonostante abbiate un sistema d'inventario, non avete idea di quando siano stati rubati i due fucili.»

Entrambi gli uomini si agitarono.

«No, non lo sappiamo», disse infine Porter. «Mi dispiace.»

Kay trattenne la maledizione che quasi le sfuggì dalle labbra. «Già che mi ricordo… Roman, dov'eri mercoledì scorso tra le otto e mezzanotte?»

«Qui dentro, a pulire la carrozza che abbiamo appena spedito in New England per le riprese.»

Kay guardò verso il punto che lui indicava, e vide un ampio spazio vuoto dove la carrozza trainata da cavalli era stata parcheggiata venerdì pomeriggio.

Fece strada verso l'esterno. «Avremo bisogno dei contatti di tutti coloro che sono entrati in questo capannone dalla data dell'ultimo inventario. Non solo i nomi delle aziende, sia chiaro: voglio nomi, indirizzi e numeri di telefono di ciascuna persona. E questo include qualsiasi visita privata che hai organizzato, Porter».

«Capisco».

«Chi altro potrebbe aver avuto accesso alla proprietà?» Indicò gli alti ippocastani e le querce che affollavano il confine. «Tutto quello è recintato dalla strada?»

«È difficile dirlo, c'è un sentiero pubblico che attraversa diagonalmente il nostro confine a circa un chilometro oltre quelli. C'è una recinzione metallica che lo costeggia, ma suppongo che chiunque avrebbe potuto infilarcisi sotto se sapeva cosa c'era qui».

«Potrebbero aver sorvegliato il capannone per giorni», disse Roman, strizzando gli occhi contro il sole che filtrava tra gli alberi. «E poi aver preso i fucili quando eravamo occupati con i clienti, suppongo».

«Maledizione», disse Kay, e si voltò verso Kyle. «Isola quella zona boschiva e lavora con Phillip per avviare le ricerche».

«Cosa possiamo fare per aiutare?» chiese Porter, torcendosi le mani mentre guardava l'agente in divisa allontanarsi in fretta.

«Potete tornare alla casa con noi e fornirci quell'elenco di nomi», disse Kay. «E tu puoi farmi un maledetto caffè».

CAPITOLO 34

Laura batteva i tacchi sulle piastrelle in moquette a tempo con la musica pulsante che ascoltava attraverso gli auricolari e fissava l'immagine satellitare sul suo schermo del computer.

Dopo aver ricevuto un messaggino da Barnes alle sei, era corsa in ufficio e aveva chiamato Kyle per aiutare a coordinare la ricerca nella zona boschiva attorno alla proprietà dei MacFarlane, e ora stava cercando di capire come qualcuno avrebbe potuto accedere ai capannoni di stoccaggio dalla strada più vicina.

Una notifica apparve in fondo allo schermo per informarla che aveva ricevuto una nuova e-mail, e mise in pausa la musica.

Il mittente era Roman MacFarlane e il messaggio era breve e diretto, dichiarava semplicemente che l'elenco di nomi e indirizzi che voleva Kay era allegato.

«Perfetto».

Laura si tolse gli auricolari e corse verso la stampante mentre questa si metteva in funzione, strappando i fogli man mano che uscivano e scorrendo il testo con lo sguardo.

C'erano in totale quattordici aziende, e sospirò prima di avvicinarsi alla scrivania di Debbie.

«Quante persone posso avere per aiutarmi a esaminare questi?»

L'agente guardò oltre lei per valutare il personale sparso per la sala operativa, il posto affollato nonostante l'ora mattutina. «Non posso, Laura. Mi dispiace. La sede centrale ha deciso durante il fine settimana di abbassare il livello di allerta, e abbiamo già perso sei persone per altri casi stamattina. Dove sono Kyle e Phillip? Non ti aiutano di solito con questo genere di cose?»

«Sono ancora dai MacFarlane, a perlustrare il bosco».

«Fortunati loro». Debbie le rivolse un sorriso comprensivo. «Senti, ti dico cosa facciamo: dammi alcuni di quelli e ti darò una mano finché Kay non torna».

«Sei una superstar, grazie». Laura le consegnò una copia dell'elenco, trasmise le istruzioni di Kay e tornò alla sua scrivania. Sbuffò, prese il telefono e compose il primo numero.

Cinque minuti dopo, rimproverata da un terzo assistente alla regia stressato, riagganciò il telefono e cancellò il nome, con le orecchie che le ronzavano ancora.

Dall'altra parte della stanza, poteva sentire la voce alterata di Debbie e si chiese se tutto il personale di produzione fosse così scontroso di prima mattina.

Compose il secondo numero, e trattenne il respiro.

«Sophie Grannard».

«Signora Grannard? Mi scusi se la chiamo così presto.

Sono il detective Laura Hanway. Sono della polizia del Kent».

«Un attimo».

Attese mentre la donna parlava a voce bassa, poi le giunse il pianto di un bambino prima che la voce tornasse.

«Mi scusi, sto cercando di far uscire i bambini per andare a scuola».

«Posso richiamare più tardi se ora non è un momento opportuno?»

«No, va bene. Stamattina li accompagna mio marito». Ci fu una risata ironica. «Stavamo solo affrontando la solita routine con la mia più piccola sul perché deve andare a scuola. Da dove ha detto che chiama?»

«Polizia del Kent. Abbiamo ottenuto i suoi dati da Porter MacFarlane».

«Porter...?»

«Lui e suo figlio gestiscono un'azienda di oggetti di scena e armamenti in questa zona».

«Oh, Porter. Ora so di chi parla. Sta bene?»

«Sta bene, signora Grannard. Stiamo solo facendo alcune indagini di routine con i suoi clienti degli ultimi tre mesi. Mi risulta che la sua squadra di produzione abbia noleggiato alcuni fucili da lui ad agosto?»

«Sì, stavamo girando un paio di scene per un dramma nel West Sussex, l'azienda di Porter era vivamente raccomandata».

«Chi ha organizzato per visionare le armi che volevate noleggiare?»

«Due dei miei assistenti di produzione. Dovrà verificare con loro ciò che è stato ordinato però». Grannard fece una piccola risata. «È per questo che li pago. Vuole i loro dati?»

«È tutto a posto, li ho qui. Ha avuto qualche problema con le armi o con Roman o Porter durante le riprese?»

«No». Ci fu una pausa dall'altra parte. «Senta, va tutto bene? Cosa sta succedendo?»

Laura si sforzò di sorridere, sperando che trasparisse dalla sua voce. «Niente di cui preoccuparsi, signora Grannard. Grazie per il suo tempo».

Terminò la chiamata mentre la porta della sala operativa si apriva e Kay e Barnes entravano, con espressioni cupe.

«Qualcosa da segnalare?» disse l'Ispettrice. «Come stai procedendo con quei nomi?»

«È ancora presto, capo, e niente di strano finora». Laura indicò Debbie. «Al momento siamo solo in due a lavorare sull'elenco, quindi ci vorrà un po'».

«Danne alcuni a Ian, e io ne prenderò un paio una volta che mi sarò aggiornata con Sharp». Kay guardò l'orologio sopra la stampante. «Dovrei fornire un aggiornamento al quartier generale tra dieci minuti. Anche Kyle e Phillip stanno arrivando, li abbiamo appena visti entrare nel parcheggio».

«Grazie, capo. Come sta procedendo la ricerca alla casa?»

«La squadra lì non ha ancora trovato nulla». Kay ringraziò un assistente amministrativo di passaggio per la tazza di caffè che le fu messa in mano e ne bevve un sorso. «Ci sono sei agenti che stanno completando la ricerca, ma non credo che troveranno qualcosa. Dio solo sa quanti animali selvatici hanno attraversato quella zona. Cercare di trovare impronte sarà un incubo…»

«Specialmente visto che i MacFarlane non hanno idea di quando i fucili siano stati rubati», sbottò Barnes.

Laura lanciò uno sguardo a Kay. «È vero?»

«Sì. Nonostante ci abbiano detto di avere un sistema per registrare la posizione di ogni arma da fuoco». Kay bevve un altro sorso di caffè, poi raddrizzò le spalle. «Immagino che sia meglio sbrigare questa telefonata».

CAPITOLO 35

«Ispettrice Hunter, ho saputo che c'è stato uno sviluppo.»

La Vice-Commissario Capo Tess Bainbridge si avvicinò alla telecamera del suo laptop, i suoi occhi verdi erano attenti. «Può aggiornarci?»

Kay guardò gli appunti accanto al suo computer, poi si assicurò che la porta del vecchio ufficio di Sharp fosse chiusa e tornò a fissare i tre volti che la osservavano dallo schermo.

Sia Sharp che il Commissario Capo Susan Greensmith sembravano rilassati nonostante la videoconferenza organizzata in fretta, e lei desiderò possedere almeno un briciolo della loro calma di fronte a uno dei più alti comandanti della forza di polizia.

Poi si rese conto che la loro resilienza era stata affinata da anni di esperienza.

Esperienza acquisita in prima persona, in situazioni come questa.

Fece un respiro profondo. «Stamattina presto, la centrale ha ricevuto una chiamata d'emergenza dalla residenza dei MacFarlane. I MacFarlane erano stati interrogati all'inizio di questa indagine perché possiedono una delle più grandi collezioni di armi da fuoco nella nostra divisione. In quell'occasione, abbiamo effettuato un controllo a campione delle armi confrontandole con il loro inventario computerizzato, abbiamo interrogato sia Porter MacFarlane che suo figlio Roman, e abbiamo concluso che non erano coinvolti nell'omicidio di Dale Thorngrove della settimana scorsa.»

«Intuisco che ci sia un "ma"», disse Bainbridge.

«Quando siamo intervenuti nella proprietà questa mattina, i MacFarlane ci hanno informato che avevano scoperto la mancanza di due fucili calibro 0,308. L'hanno scoperto solo perché una società di produzione televisiva è arrivata per ritirare parte della merce. Porter ha deciso di fare un inventario delle armi da fuoco mentre era sveglio presto. A quanto pare suo figlio lo sollecitava a farlo da settimane.»

Sharp fece un sibilo tra i denti mentre le due donne fissavano i loro schermi con orrore e sgomento.

«Sanno quando sono stati presi i fucili?» chiese Greensmith.

«No, non lo sanno.» Kay si morse il labbro prima di continuare. «A quanto pare si affidavano agli ordini di acquisto per registrare l'entrata e l'uscita delle scorte nel database dell'inventario e Porter non aveva effettuato un inventario completo da giugno. Attualmente la squadra di Daniel che sta esaminando le loro licenze per armi da fuoco, e ovviamente faremo ulteriori indagini prima di decidere se revocarle, tenendo presente che una parte sostanziale della loro attività dipende dalle armi da fuoco.»

«Sanno chi le ha prese?» disse Bainbridge.

«Nessuno dei due è stato in grado di suggerire chi potrebbe aver preso i fucili. Permettono alle troupe di produzione di entrare e uscire dall'edificio mentre il materiale viene caricato sotto la loro supervisione. La mia squadra sta esaminando un elenco di società di produzione che sono state nella proprietà dei MacFarlane dall'ultimo inventario. Ho anche una squadra sul posto che sta concludendo una perquisizione della proprietà per cercare qualsiasi indicazione su come qualcun altro potrebbe aver avuto accesso al capannone. È chiuso a chiave in ogni momento e non c'erano segni di scasso, ma l'edificio è circondato da boschi e non è visibile dalla casa.»

«Dato il tempo trascorso dall'ultimo inventario, quel furto potrebbe essere avvenuto in qualsiasi momento negli ultimi tre mesi», disse Sharp.

«Esattamente, capo. Abbiamo anche un problema aggiuntivo che è emerso solo da quando sono tornata a Maidstone. Roman MacFarlane ha informato che è stata portata via anche una quantità di munizioni. Più di duemila colpi, per l'esattezza.»

Un silenzio attonito accolse le sue parole.

Kay si fermò un momento per controllare di aver trattato tutto ciò che aveva negli appunti, poi alzò lo sguardo verso lo schermo. «Siamo sotto organico qui, e mi servirebbe un paio di mani esperte per aiutare a esaminare tutte le informazioni che abbiamo e per aiutarmi a coordinarmi con Paul Disher una volta che localizziamo le armi.»

Bainbridge riuscì a fare un sorriso ironico. «Immagino che voglia Piper di nuovo lì?»

«Sì, per favore. Il prima possibile.» Kay cercò di non far trasparire la disperazione nella sua voce. «È uno dei detective più esperti della mia squadra, e ho bisogno che lavori con alcuni degli agenti in divisa per concentrarsi sul rintracciare quei fucili. Ho anche bisogno di qualcuno di cui mi fido per indagare sulla storia e sulle attività di Porter MacFarlane, senza attirare l'attenzione su sé.»

Bainbridge rivolse la sua attenzione a Greensmith e Sharp. «Sono propensa ad acconsentire. Avete qualche questione urgente per cui avete bisogno di Piper?»

«Ora che l'attenzione si è concentrata sull'area di Maidstone, sono felice di rilasciarlo», disse Greensmith. «Possiamo mantenere un controllo da qui utilizzando la squadra a nostra disposizione per quanto riguarda qualsiasi attività sospetta che potrebbe portarci al tiratore.»

«D'accordo», disse Sharp. «A meno che e fino a quando l'assassino non uscirà allo scoperto, abbiamo le mani legate.»

«Molto bene. Rilascerò Gavin Piper dalla squadra qui con effetto immediato», disse Bainbridge. Fece l'occhiolino. «Si prenda cura di lui, Detective Hunter. Lo voglio di nuovo a Northfleet un giorno.»

CAPITOLO 36

Kay allungò le braccia sopra la testa e si appoggiò allo schienale della sedia, gemendo.

Un muscolo scricchiolò alla base del cranio e allungò la mano verso la tazza di caffè prima di rendersi conto che era vuota, e sospirò.

Spostandola via, rivolse nuovamente l'attenzione allo schermo del computer e alle centinaia di e-mail arrivate nelle ultime ventiquattro ore, scorrendo gli *oggetti* per individuare quelle che potevano essere scartate e quelle che potevano essere delegate immediatamente.

Terminato questo compito, il suo sguardo si posò sull'orologio nell'angolo dello schermo.

Le sette, e mezz'ora da quando aveva mandato a casa la sua squadra.

L'atmosfera era stata dimessa mentre se ne andavano via silenziosamente, con saluti svogliati e tentativi di umorismo che cadevano nel vuoto.

Alcuni avevano resistito ai suoi ordini, citando l'opportunità di mettersi in pari con il lavoro e provare a prendere un vantaggio per il giorno successivo, mentre il quieto mormorio delle conversazioni giungeva fino a dove lei era seduta.

Un'aria stantia si aggrappava alla stanza, ora soffocante dato che l'impianto di riscaldamento centralizzato dell'edificio era stato acceso per l'autunno, cullando Kay in un torpore dovuto alla mancanza di sonno mentre scorreva avanti e indietro tra i messaggi.

Sebbene non l'avrebbe ammesso con nessun altro, le parole dell'avvocato di Mark Redding l'avevano scossa.

Suo malgrado, sapeva che Andrew Gillow aveva ragione.

Non avevano prove sufficienti per incriminare nessuno, né alcuna idea sul movente dell'omicidio brutale di Thorngrove.

Non avevano nulla.

E più tempo passava, più facile sarebbe stato per l'assassino prendere le distanze dalla scena del crimine e dalla sua vittima.

Un'e-mail di un certo Elliott Windlesham inviata quindici minuti prima attirò la sua attenzione, con l'oggetto che riguardava un nuovo elenco di nomi, e lei ci cliccò sopra per vedere che era stata indirizzata a Laura e inviata automaticamente in copia a lei dal sistema.

«In allegato troverà l'elenco dei nomi dei membri passati e presenti, con le mie scuse per il ritardo», lesse.

Poi notò la riga della firma.

«Ah, il gruppo di rievocazione storica», mormorò, e inviò l'allegato alla stampante.

Camminando verso la stampante, annuì in segno di saluto a una coppia di agenti in uniforme e scorse l'elenco con gli occhi mentre valutava se prendere cibo da asporto sulla strada di casa.

Lo stomaco le brontolò mentre tornava alla scrivania, leggendo ancora l'elenco.

Poi si fermò, immobile tra la sedia vuota di Gavin e la propria.

«Conosco quel nome.»

Scavando nella memoria, cercò di ricordare dove l'avesse sentito prima, poi si precipitò al computer e aprì il database HOLMES2 relativo all'indagine.

Scorrendo tutti i documenti che Debbie e la sua squadra di assistenti amministrativi avevano archiviato in ordine cronologico, ripercorse tutte le dichiarazioni dei testimoni e i registri delle indagini casa per casa finché i suoi occhi non caddero sul nome familiare.

«Ma che diavolo...?» mormorò.

Trovò il numero di cellulare di Windlesham in fondo alla sua email.

L'uomo rispose dopo due squilli.

«Pronto?»

«Signor Windlesham, sono l'Ispettrice Kay Hunter della polizia del Kent. Spero non sia troppo tardi per chiamare?»

«È per la mia e-mail?»

«Proprio così. Mi chiedevo se potessi farle un paio di domande.» Non gli diede il tempo di rispondere. «Ha un uomo di nome Clive Workman nell'elenco degli ex membri. Quando se n'è andato?»

«Uhm, così a memoria direi circa quattro anni fa. Da un bel po', in ogni caso.»

«Perché se n'è andato?»

«Ha perso la licenza per il porto d'armi. Non ha detto perché. Immagino che non potendo più partecipare alle rievocazioni abbia perso interesse. Non ha mai rinnovato la sua iscrizione con noi comunque.»

«Quando è stata l'ultima volta che ha visto il signor Workman?»

«Più o meno nello stesso periodo, credo.» Ci fu una pausa, poi, «Non è proprio il tipo di tizio con cui mi piace stare.»

«In che senso?»

«Ha sempre avuto un carattere un po' irascibile, per quanto mi ricordo. Si offendeva facilmente. Non è davvero il tipo di persona che vogliamo intorno quando interagiamo con il pubblico. Non l'abbiamo mai fatto presidiare le esposizioni statiche o la tenda delle iscrizioni: avrebbe sempre finito per discutere per la minima cosa.»

«Capisco. Ok, grazie per il suo tempo.»

Kay terminò la chiamata prima di aprire un'altra scheda sullo schermo del computer e trovare il rapporto di Laura sul suo colloquio con Workman.

Scorrendo il testo, esaminò le domande che la giovane detective aveva posto e aggrottò le sopracciglia.

L'uomo non aveva mai risposto alla domanda della sua collega se conoscesse qualcuno in possesso di un'arma da fuoco. Invece, aveva cambiato argomento, chiedendo della sparatoria al White Hart prima di fornire un alibi per la sua posizione.

L'alibi, Matty Oakland, aveva confermato quanto detto da Workman, ma la questione rimaneva aperta riguardo a chi altri potesse conoscere l'uomo, e quali informazioni potesse star nascondendo.

Altrimenti, perché non rispondere alla domanda?

Stava cercando di proteggere qualcuno?

Kay passò il dito sullo schermo del telefono e premette la chiamata rapida per un numero familiare.

«Ian? Puoi raggiungermi a casa di Clive Workman? Ti mando l'indirizzo via messaggino.»

«Nessun problema, capo. Quando?»

«Adesso.»

CAPITOLO 37

Kay tamburellò con le dita sul volante e controllò gli specchietti mentre un'altra auto si fermava dietro la sua, con i fari che si spegnevano prima che le arrivasse il rumore di una portiera che sbatteva.

Pochi secondi dopo, la portiera del passeggero si aprì e Barnes si lasciò cadere sul sedile, con lo sguardo fisso sulla casa più avanti lungo la strada.

«Immagino che sia in casa, allora?»

«Sembra di sì. Sono passata prima a piedi e ho visto le luci oltre le tende sul davanti.»

«Come vuole procedere?»

«Con cautela. Finché non capiamo cosa stia cercando di nascondere Clive Workman evitando la domanda di Laura, lo consideriamo un sospettato.»

«Vuole che chiami rinforzi, per sicurezza?»

Lei scosse la testa e indicò le case su entrambi i lati della strada. «Non credo che proverà a fare qualcosa. Non con così tanti testimoni.»

«Non si è preoccupato per il tizio che ha sparato a Thorngrove la settimana scorsa.»

Kay rabbrividì. «Vero.»

«Pronta?»

«Sì.»

Con passo spedito, Kay si avvicinò alla porta di Workman e suonò il campanello prima di battere le nocche sulla superficie in PVC, poi fece un passo indietro.

Erano le otto e mezza di martedì sera e, dato che non c'erano luci accese in nessun'altra parte della casa che potesse vedere, non pensava che l'uomo si aspettasse visitatori.

La luce filtrava attraverso il vetro smerigliato della porta da una stanza sulla destra, e si sentì il rumore di una catena prima che Workman sbirciasse fuori.

Una leggera barba incolta gli copriva la mascella, e indossava una camicia azzurra sopra una maglietta grigia, con macchie di grasso sul davanti.

«Chi...»

Kay alzò il suo tesserino e fece le presentazioni. «Una parola veloce, se non le dispiace, signor Workman.»

Fece un passo avanti, ma lui tenne ferma la porta e la fulminò con lo sguardo.

«Mi sono appena seduto per cenare...»

«Come ho detto...»

«Quindi, sia veloce.» La porta si aprì un po' di più ma lui rimase fermo, incrociando le braccia sul petto.

«Abbiamo alcune domande di prosecuzione delle indagini. Nello specifico, chi conosce che possieda un'arma da fuoco illegale?»

Kay vide il suo pomo d'Adamo fare un movimento.

«Nessuno» balbettò, gli occhi che saettavano tra lei e Barnes. «Chi le ha detto che conosco qualcuno?»

«Ha evitato la domanda l'ultima volta che la mia collega glielo ha chiesto. Questo mi rende sospettosa. Quindi, vuole rifletterci un attimo, dato che la sua cena si sta raffreddando, e riprovare?»

Kay inarcò un sopracciglio e attese.

Contrasse la mascella per un momento.

«Guardi, è stato molto tempo fa» disse infine. «All'epoca avevo ancora la mia licenza. Un tizio che conoscevo di vista aveva un vecchio Ruger che aveva ricevuto da suo nonno. Apparentemente l'aveva recuperato durante la guerra e gliel'aveva dato. Mi chiedeva se dovesse consegnarlo o venderlo.»

«Dov'è quel revolver adesso?»

«Non lo so.» Aggrottò la fronte. «Non l'ho mai visto. Me ne ha solo parlato, tutto qui.»

«Mi serve un nome.»

Workman glielo disse, e poi rise amaramente. «Non che le servirà a molto: è morto in un incidente in barca al largo di Sheerness un anno o giù di lì fa. È stato su tutti i giornali.»

«Perché non l'ha detto ai miei agenti quando hanno parlato con lei la prima volta?»

«Mi era sfuggito.»

«Ha evitato la domanda all'epoca.»

«Senta» disse, allargando le mani. «Mi stavano tempestando di domande da ogni parte. Ho fatto del mio meglio. Non ho nulla da nascondere.»

«Dov'era tra le otto e mezzanotte di mercoledì?»

Il suo sguardo divenne gelido. «Esattamente dove ho

detto agli ultimi due con cui ho parlato. Al pub, quello che frequento abitualmente, a giocare a biliardo con un amico. Quella tizia che è stata qui l'ultima volta ha scritto il suo nome: Matty Oakland. Ha già parlato con uno dei vostri e l'ha confermato. Ora, se non le dispiace, vado a finire la mia cena.»

La porta si chiuse con un tonfo e Kay si allontanò, fumando silenziosamente di rabbia.

«Controllerò comunque il nome nel sistema, e l'incidente» disse Barnes mentre tornavano alle loro auto. «Cercherò anche di scoprire cosa è successo alla vecchia pistola per chiudere il cerchio.»

«Grazie, Ian.» Kay sbloccò la sua auto e cercò di soffocare la sua delusione. «Purtroppo non credo che ci aiuterà a trovare l'assassino di Dale Thorngrove.»

«Domani è un altro giorno, capo» disse lui, voltandosi per andare. «Ci vediamo domattina.»

«Scusa per averti fatto uscire per niente.»

«Non è mai per niente.» Si fermò e guardò dietro di sé. «È come dici sempre al resto della squadra: se non chiediamo, non scopriamo.»

Lei riuscì a sorridere. «Credo che dovrei ascoltare più spesso i miei stessi consigli.»

CAPITOLO 38

Gavin si mise lo zaino in spalla e chiuse a chiave la macchina prima di avviarsi a passo svelto attraverso il parcheggio fuori dal Palazzo Arcivescovile.

Osservò le telecamere di sorveglianza puntate sulla vernice sbiadita degli spazi di sosta, la loro posizione accanto ai lampioni che illuminavano la superficie irregolare forniva una visione chiara di chiunque passasse.

Un brivido involontario gli attraversò le spalle al ricordo di essersi visto aggredire proprio sotto quelle stesse telecamere qualche anno prima, e scosse la testa per scacciare quel pensiero.

I suoi passi echeggiarono sui pavimenti secolari sotto un arco di pietra, e poi una brezza rigida lo investì mentre attraversava la carreggiata in ciottoli in disuso tra il Palazzo e la Chiesa di All Saints. Alzando il colletto del cappotto, evitò una cacca di cane e poi si affrettò oltre le lapidi inclinate che affollavano il sentiero quando vide i semafori diventare verdi al passaggio pedonale.

Si unì a una mezza dozzina di pendolari che si

spostarono su un'isola di cemento dall'altra parte, e attese che il traffico di passaggio si fermasse mentre osservava l'esterno in mattoni rossi della centrale di polizia di Maidstone alla curva della strada, a pochi metri di distanza.

Fino a quella mattina, non aveva capito quanto fosse compatta la struttura squadrata rispetto al moderno quartier generale di Northfleet.

I vetri oscurati che punteggiavano i piani superiori fissavano con sguardo vacuo il panorama ingombro, macchiati dallo sporco del traffico incolonnato che intasava Palace Avenue. A differenza della liscia facciata intonacata del quartier generale, la muratura esterna ruvida sembrava spenta rispetto agli edifici vicini.

Attraversando di corsa non appena cambiarono i semafori, Gavin rallentò mentre si avvicinava, fissando i piedi mentre si chiedeva cosa stesse dicendo Sharp alla sua squadra durante il briefing mattutino, e se la sua assenza sarebbe stata notata.

Non aveva avuto il tempo di spiegare la sua improvvisa partenza a Paul Solomon, o ai due agenti in uniforme con cui aveva condiviso un angolo della sala operativa, le loro scrivanie ingombre di fascicoli e scartoffie.

«Buongiorno, Gav.»

Una voce familiare lo strappò dai suoi pensieri, e alzò la testa per vedere Laura in piedi sui gradini d'ingresso della centrale, sorridente.

«Ehi.» Sorrise, tenne aperta la porta per lei e passò il suo tesserino di sicurezza sul pannello accanto alla reception.

«Allora, come è stato là?» chiese lei mentre che stavano salendo le scale verso il primo piano. «Contento di essere tornato?»

«Sì, lo sono.»

Lei si fermò sul pianerottolo, voltandosi verso di lui con una smorfia. «Non sembri molto sicuro.»

«È diverso là.»

«In che modo?»

«È difficile da spiegare.» Si fermò un momento. «È bello comunque essere di nuovo tra volti familiari.»

Laura allungò il braccio e gli diede un leggero pugno sul braccio. «Anche noi abbiamo sentito la tua mancanza. Dai, altrimenti faremo tardi.»

Kay era già in piedi accanto alla lavagna quando entrarono nella sala operativa, e, dopo aver riposto lo zaino sotto la scrivania, Gavin si avvicinò per raggiungerla.

«Buongiorno, capo.»

«Bello vederti.» Sorrise, e lui notò quanto sembrasse stanca la sua mentore.

«Sharp ha detto che aveva qualcosa per me.»

«Sì.» Lei alzò la mano e toccò una delle fotografie appuntate sulla lavagna. «Questo è Porter MacFarlane.»

«L'armiere a cui mancano due fucili? È saltato fuori qualcosa?»

«No, e anche la squadra di ricerca non ha trovato nulla.»

«Ok. Di cosa ha bisogno?»

Incrociò le braccia, abbassando la voce. «Voglio che tu indaghi sul passato di Porter. Un'analisi approfondita. Abbiamo a disposizione tutti i documenti più evidenti, le cose che dovevano essere consegnate per le sue licenze per il porto d'armi...»

«Ma lei pensa che ci sia dell'altro.»

«Non lo so.» Sospirò. «Potrei sbagliarmi completamente, ma il fatto che abbiano così tante armi da fuoco e non controllino il loro inventario mi spaventa a morte, Gav. Voglio dire, cosa altro potrebbe mancare?»

«Non per fare il difficile, capo, ma Laura è più che capace di fare questo.»

«Lo è, hai ragione, ma ho bisogno di qualcuno di cui posso fidarmi.» Si fermò, aspettando che un gruppo di agenti in uniforme passasse, poi guardò di nuovo la fotografia. «Adam conosce Porter.»

«Ah.»

«Non sono amici o niente del genere, ma lui si occupa del branco di cervi, e Porter portava il suo vecchio springer spaniel alla clinica. Vorrei tenere nascosto questo collegamento fino a quando non ne sapremo di più perché altrimenti...»

«Lei dovrebbe dichiarare un interesse nell'indagine e passarla a qualcun altro.»

«Esattamente. E non sono disposta a farlo. Non ancora.»

Gavin fece un sospiro profondo, spostando lo sguardo verso Laura e Barnes seduti alle loro scrivanie, teste chine mentre lavoravano alle prime e-mail della mattina. «Va bene. Me ne occuperò io. Vuole darmi qualcos'altro da fare durante il briefing di oggi che possa usare come copertura? Altrimenti Laura vorrà sapere cosa sto combinando.»

Kay sorrise. «Oh, non preoccuparti. Sono sicura che mi verrà in mente qualcosa.»

«Ci scommetto.» Si girò per andarsene.

«Gav?»

«Sì, capo?»

Quando guardò dietro di sé, Kay lo stava osservando, con uno sguardo cauto negli occhi.

«Bainbridge ti ha offerto un lavoro là?»

«No.»

«Fammi sapere se lo farà. Vorrei avere la possibilità di convincerti del contrario.»

CAPITOLO 39

Kay aprì la porta del bar con una gomitata ed emerse in una Jubilee Square affollata, dove piccioni randagi facevano del loro meglio per muoversi tra il traffico pedonale mentre cercavano avanzi di cibo.

Teneva in mano due grandi bicchieri di caffè da asporto, maledicendo il fatto che il bar avesse esaurito i vassoi di cartone mentre le bevande calde le bruciavano le dita, e si ripromise di portare via la pila traballante che la squadra aveva accumulato accanto al bidone della raccolta differenziata nella sala operativa prima della fine della settimana.

Rabbrividendo mentre il suo corpo si adattava alla temperatura più fresca all'esterno, si fece strada oltre il municipio e lungo una stretta via pedonale circondata da piccole attività che si erano collocate nei vecchi edifici della città.

Ingressi bassi mostravano insegne dipinte e targhe di ottone che pubblicizzavano avvocati, agenti immobiliari e altro ancora, ma nessuna delle scritte vivaci catturò la sua attenzione.

Invece, i suoi pensieri tornarono alla conversazione con Gavin e agli sguardi furtivi che i suoi colleghi gli avevano rivolto durante il briefing mattutino.

Percepiva una certa diffidenza nei suoi confronti nella sala operativa adesso, ma si rese conto che parte di essa derivava dal fatto che si era appena unito alla squadra investigativa e stava disperatamente cercando di mettersi al passo con tutte le nuove informazioni che erano emerse.

Attraversando la strada, proseguì lungo il sentiero di cemento accanto al fiume Medway, con il vento che le sbatteva contro il cappotto e creava increspature sull'acqua.

Uno stormo di anatre ondeggiava sulle piccole onde, creando un pigro zigzag mentre nuotavano avanti e indietro alla ricerca di bocconcini, mentre le cime sbattevano e tintinnavano contro l'albero di una piccola barca a vela sulla riva opposta, con il proprietario che lo abbassava prima di navigare sotto il ponte basso della tangenziale.

Girando dietro la chiesa, vide una figura familiare accasciata su una panchina, con gli occhi abbassati.

«Su col morale, raggio di sole: ho portato il caffè».

«Grazie». Barnes si rannicchiò nel colletto di lana del suo cappotto e fissò l'acqua con uno sguardo torvo. «Perché veniamo sempre qui quando c'è un vento gelido?»

«Perché nessun altro è così stupido da sedersi qui, ecco perché». Kay sorrise. «E sappiamo che non saremo ascoltati».

Lui si spostò sul sedile per farle posto. «Va bene, cosa ti preoccupa?»

«Gavin».

«Lo immaginavo».

«Cristo, speravo non fosse così evidente».

«Probabilmente non lo è per gli altri. Io ti conosco da più tempo».

«Vero». Bevve un sorso cauto del caffè, mentre il liquido caldo le scottava le labbra. «Pensi che riuscirà ad ambientarsi di nuovo qui dopo essere stato al quartier generale?»

«Lo spero. Credo che il segreto sia assicurarci che sappia quanto abbiamo bisogno di lui, e che non lo diamo per scontato».

«Questo lo terrà felice solo per un po', Ian. È solo questione di tempo prima che voglia di più».

«Sì, ma più cosa?» Barnes si girò verso di lei. «Non lo vedo desideroso della scartoffie collegate al ruolo da sergente detective come il mio, gli piace troppo stare nel vivo dell'azione. Gav è il tipo di persona che prospera in un'indagine attiva come questa».

«Ci sono molte indagini più importanti in corso a Northfleet», ribatté Kay, poi sospirò. «Basterebbe qualcosa come un'indagine importante a lungo termine per stuzzicare il suo interesse».

Barnes bevve un altro sorso di caffè e guardò male un gabbiano che planava sopra le loro teste. «Pensi che farà qualcosa come lavorare sotto copertura?»

«No».

«Sembri piuttosto sicura».

«Credo che lui e Leanne stiano facendo sul serio». Sorrise. «Non credo che lei sarebbe felice di vederlo correre quei rischi. No, penso che Gavin sarà sempre un giocatore di squadra, ma brilla sicuramente sotto pressione. Temo che se qui potrà indagare solo sui reati minori la maggior parte del tempo, lo perderemo».

Barnes sorrise. «Forse potremmo diventare dei geni criminali, solo per assicurarci che non accada».

«Sì, posso immaginare questa conversazione al tuo prossimo colloquio di valutazione con Sharp». Kay bevve gli ultimi sorsi del suo caffè e si alzò in piedi con un gemito. «Dovremmo tornare».

Porgendo il bicchiere vuoto al collega e aspettando mentre lui gettava entrambi nel cestino più vicino, represse la preoccupazione e rivolse la sua attenzione all'indagine.

«Speriamo che Laura abbia avuto qualche successo parlando con le case di produzione questa mattina», disse mentre percorrevano il sentiero verso la strada principale. «Anche se potessimo…»

Abbassò lo sguardo quando il cellulare di Barnes iniziò a suonare e lui frugò nella tasca del cappotto, imprecando sottovoce mentre il tessuto si impigliava nel telefono.

«Debbie? Cosa succede?»

Kay osservò mentre spalancava la bocca, poi lui iniziò a farsi strada tra le auto in coda al semaforo, trascinandola con sé.

«Ian? Cosa sta succedendo?» disse lei mentre lui terminava la chiamata e si avviava di corsa verso la centrale di polizia.

«Dobbiamo andare all'impianto di smaltimento e riciclaggio», gridò lui da sopra la spalla. «Hanno trovato qualcosa in uno dei bidoni industriali che sono stati consegnati questa mattina».

CAPITOLO 40

Kay si fermò sulla soglia, con gli occhi che si allargavano di fronte all'ampio layout all'interno dello spazio simile a un hangar.

All'estremità della struttura, ampie porte di alluminio aperte conducevano a una barriera bianca e rossa accanto a quella che sembrava una guardiola. Un camion della spazzatura si avvicinò alla barriera, e lei vide l'autista sporgersi dal finestrino mentre parlava con un uomo in giubbotto ad alta visibilità uscito dal piccolo edificio.

Sotto la postazione di cemento dove si trovava a osservare le baie di consegna, un camion scaricava il suo carico su una montagna di rifiuti. Un persistente fetore di cibo marcio, grasso e spazzatura generale si diffondeva attraverso l'edificio fino a dove lei poteva vedere, e lei arricciò il naso, spostando i piedi negli scarponi con punta d'acciaio presi in prestito che ora indossava.

«Per fortuna teniamo alcuni paia di scorta per i visitatori», disse Cliff Exley. Il responsabile del sito

235

guardò verso i suoi piedi. «Mi dispiace che non avessimo la sua taglia, però».

«Questi andranno bene». Kay fece una smorfia mentre arricciava le dita dei piedi per evitare che scivolassero nella misura quarantasei, e ignorò lo sguardo compiaciuto che Barnes le lanciò.

«Bene, concludendo i controlli di salute e sicurezza, se poteste entrambi firmare qui», disse Exley, porgendo un blocco per appunti e una penna, «poi vi mostrerò cosa abbiamo trovato questa mattina».

Kay scarabocchiò il suo nome in fondo alla pagina e passò i documenti a Barnes.

«Non avevo mai apprezzato cosa succedesse dietro le quinte qui», disse.

«Processiamo oltre millecinquecento tonnellate di rifiuti industriali e ottocento tonnellate di rifiuti domestici ogni mese», disse Exley, sorridendo con indulgenza. «E poi abbiamo tutti i rifiuti riciclabili che vengono smistati e reindirizzati ad altre strutture».

«Impressionante». Fece una pausa e prese il giubbotto ad alta visibilità che lui le porgeva, infilandoselo sulle spalle. «Dove avete trovato le parti del fucile?»

«Da questa parte, faccia attenzione, e si assicuri di tenersi al corrimano. Può diventare scivoloso». Li guidò giù per una scala d'acciaio fino al pavimento di cemento della struttura. «Abbiamo interrotto il trattamento dei rifiuti, quel camion è stato l'ultimo che scaricheremo finché non ci direte altrimenti».

Kay faceva fatica a sentire il responsabile del sito sopra il rumore dei macchinari e delle voci forti, e alzò la voce.

«Chi ha trovato i pezzi?»

«Natasha Perrott, una delle nostre dipendenti permanenti. Lavora con noi da oltre sei mesi, e ha visto ogni sorta di cose, quindi non ha esitato quando ha notato quello che sembrava un mirino di fucile. Il suo turno doveva finire venti minuti fa, ma si è offerta di rimanere finché non avreste potuto parlarle».

«Quanti lavoratori sono presenti sul piano in qualsiasi momento?»

«Pochissimi». Exley indicò una struttura a forma di scatola che sporgeva dal livello del mezzanino. «Quella è la sala di controllo, così possiamo osservare cosa succede da una posizione sicura. Ci sono telecamere in tutta la struttura, compresi i bunker di stoccaggio e il nastro trasportatore. La squadra di supervisione lassù può vedere tutto da quelle finestre, e scende qui solo se c'è un problema. Come questa mattina».

Passarono davanti a un mucchio di spazzatura pericolosamente inclinato, e Kay esaminò le lattine, i contenitori di cibo d'asporto e vari rifiuti domestici prima di rendersi conto che c'erano altre quattro montagne identiche oltre quella.

Un enorme artiglio d'acciaio pendeva da un cavo nel soffitto sopra i bunker di stoccaggio, con i denti aperti in attesa.

«Sa da dove proviene ciascuno di questi mucchi nella zona?»

«All'incirca». Exley fece una pausa mentre un carrello elevatore manovrava attorno a una pila di scatole di cartone appiattite, poi fece loro cenno di proseguire. «Mio fratello è un poliziotto nell'Hampshire e, non appena

Natasha ha comunicato via radio ciò che aveva trovato, ho messo insieme le cose. Ho pensato che i pezzi dovessero avere qualcosa a che fare con il vostro omicidio. Altrimenti, perché qualcuno li avrebbe buttati via?»

«Sono stati trovati tra i rifiuti domestici come questi, o…»

«No, nei rifiuti industriali non pericolosi… i bidoni vengono svuotati da locali commerciali, ristoranti, quel genere di cose. Separiamo ciò che può essere riciclato e inceneriamo il resto per fornire energia alla popolazione locale». Sorrise. «Molto meglio che contribuire a più discariche».

«Con che rapidità vengono svuotati questi bunker?» chiese Barnes, indicando quello più vicino che sembrava quasi straripare.

«Ogni poche ore. Quel forno è una bestia affamata».

«Significa che qualsiasi cosa consegnata ieri è già stata bruciata?»

«Esatto».

«In tal caso, signor Exley, avremo bisogno dei dati di ogni membro del personale che ha avuto accesso a queste baie questa mattina».

«Certamente. Nessun problema. Ora, se volete seguirmi su queste scale, Natasha vi aspetta nella sala di controllo».

Quando Kay seguì Exley attraverso una porta nella stanza stretta, fu colpita prima da quanto fosse pulita la stanza, e poi si allontanò dalla finestra mentre un fugace senso di vertigine la colse di sorpresa.

«Si gode una bella vista da quassù».

Si voltò e vide una donna vestita dalla testa ai piedi con una tuta arancione brillante, le strisce riflettenti argentate sulle braccia che brillavano sotto le luci del soffitto e i capelli raccolti in uno chignon efficiente.

Kay aprì il suo tesserino. «Ispettrice Hunter».

«Natasha Perrott». La donna annuì in segno di saluto, poi indicò la grande poltrona dall'aspetto confortevole che sovrastava la struttura sottostante, occupata da un uomo sulla trentina che a malapena registrò la loro presenza.

Le sue mani stringevano un blocco per appunti mentre su entrambi i lati del sedile una serie di pannelli lampeggiavano e brillavano, con un joystick sul bordo di ciascuno.

«Josh qui di solito ha il turno successivo, anche se penso che avrà un pomeriggio tranquillo, vero?»

«Grazie per essere rimasta. Vuole mostrarci cosa ha trovato?»

«Certo. Da questa parte». Natasha fece qualche passo indietro e indicò una collezione di oggetti sopra un mobile basso all'estremità della sala di controllo. «Li abbiamo tenuti qui, lontano da occhi indiscreti. Immaginavamo che non avreste voluto che tutti spettegolassero su questo».

Kay e Barnes si fecero strada oltre l'enorme poltrona mentre la donna ed Exley sostavano sulla porta aperta, la piccola stanza era già affollata.

Estraendo un paio di guanti monouso dalla tasca dei pantaloni, Kay allungò la mano e raccolse un oggetto metallico lucido di grasso.

«Cos'è questo?»

«Parte del gruppo di scatto di un fucile.

Ragionevolmente pulito, anche. Non usato spesso. Non sono riuscita a vedere l'asta di protezione, però».

Kay aggrottò la fronte, girando la lunga molla metallica nelle sue mani guantate, poi guardò verso Natasha che stava in piedi sulla porta, con le mani giunte dietro la schiena. «Bisognerebbe sapere qualcosa di armi per individuare questo fra tutta quella spazzatura. Cosa faceva prima di iniziare qui?»

«Tre missioni con l'esercito britannico. Nessuna delle quali sono autorizzata a raccontarle». Le labbra della donna si incresparono, poi si avvicinò all'armadietto e indicò gli altri oggetti. «Qualcuno sapeva quello che stava facendo. Anche il gruppo otturatore è stato smontato... ho trovato solo il porta-otturatore ma credo che l'otturatore e il pistone a gas siano da qualche parte lì dentro».

«Immagino che non indossasse guanti quando ha maneggiato questa roba?»

In risposta, Natasha sollevò un paio di spessi guanti da lavoro. «Standard di salute e sicurezza sul lavoro. Inoltre, non pensavo mi avrebbe ringraziata se avessi aggiunto le mie impronte a quelle di chi le ha già lasciate».

«Grazie. Signor Exley, ha ragione: dovremo chiederle di interrompere il trattamento di questi rifiuti finché i nostri investigatori forensi non li avranno esaminati», disse Kay.

Il viso del responsabile del sito si rabbuiò, ma fece un'alzata di spalle stoica. «Mi aspettavo che potesse succedere».

Barnes sollevò il mento e guardò attraverso la finestra vedendo un altro camion che si avvicinava alla barriera oltre le porte aperte dell'impianto di smaltimento rifiuti, con il motore che brontolava al minimo, poi osservò l'enorme artiglio metallico che pendeva sopra la puzzolente pila di detriti in attesa di essere lavorati, prima di voltarsi di nuovo verso Kay.

Sorrise. «Non vedo l'ora di vedere la faccia di Harriet quando arriverà».

CAPITOLO 41

Kay entrò nella sala operativa, un caotico miscuglio di voci concitate e telefoni squillanti le assalì le orecchie mentre si faceva strada verso il suo computer.

Dopo aver lasciato Harriet e la sua squadra all'impianto di gestione dei rifiuti, aveva aggiornato Sharp sulla scoperta di Natasha e ora doveva radunare i suoi colleghi e assicurarsi che rimanessero concentrati a un'ora così tarda.

L'oscurità aveva avvolto la città più di due ore fa, ma c'era ancora molto da fare.

Sebbene il personale amministrativo assunto con orario normale fosse uscito puntualmente, un gruppo eterogeneo composto dai suoi detective e vari agenti in uniforme era rimasto, e lei intendeva sfruttare al massimo la loro presenza.

«Briefing, adesso» disse, facendo cenno di avvicinarsi alla lavagna. «Forza, dobbiamo procedere mentre il nostro assassino pensa di averla fatta franca.»

«A meno che non fosse all'impianto» disse Barnes, con

un'espressione cupa mentre trascinava una sedia e vi si lasciava cadere con un gemito. «Nel qual caso...»

«Non lo sappiamo ancora con certezza» rispose Kay.

Gli ultimi ritardatari si affrettarono ad appoggiarsi alle scrivanie o a prendere sedie abbandonate, formando rapidamente un rozzo semicerchio accanto alla lavagna, e la conversazione si spense.

Dopo aver spiegato gli eventi all'impianto di smaltimento rifiuti, Kay abbassò lo sguardo sugli appunti che aveva scarabocchiato mentre Barnes li riportava a Maidstone.

«Date le circostanze, questo non può aspettare» iniziò, «quindi mi scuso se avevate programmi per questa sera. Innanzitutto, Laura: puoi lavorare con Phillip per parlare con gli otto membri del personale che avevano accesso ai bunker di stoccaggio dei rifiuti questa mattina? I loro turni sono terminati tra le sette e le dieci di stamattina, quindi speriamo che a quest'ora si siano riposati e non si irriteranno troppo se li chiamate dopo il briefing. Dobbiamo capire se i pezzi del fucile sono stati gettati in uno dei bidoni industriali raccolti nella zona di Maidstone, o da uno degli appaltatori impiegati dall'impianto.»

«Non sarebbe meglio se parlassimo con loro faccia a faccia?» chiese Laura.

«Non abbiamo tempo. Lascio a voi due il compito di usare il vostro miglior giudizio nelle circostanze. Se state parlando con qualcuno al telefono e sembra evasivo, organizzate pure un colloquio formale, ma fatelo in fretta. Una volta che la gente saprà che stiamo indagando sui pezzi di fucile abbandonati in relazione all'omicidio di Thorngrove, il nostro assassino avrà tempo per reagire, e noi stiamo già affrontando le conseguenze di ciò che questo potrebbe comportare.»

«Capito, capo.»

«Grazie. Daniel, dove sei?»

Una mano si alzò dal fondo del piccolo gruppo.

«Tu e la tua squadra potete prendere una copia dell'elenco dei nomi che abbiamo dall'impianto e confrontarli con il database delle licenze per il porto d'armi? Fai sapere immediatamente a Laura se qualcuno risulta segnalato, così può modificare la strategia d'interrogatorio se necessario.»

«Lo farò, capo.»

«Gavin: avrò bisogno del tuo aiuto per guidare una squadra che esamini i filmati delle telecamere di sorveglianza che abbiamo acquisito dall'impianto. Ovviamente abbiamo due linee d'indagine: i pezzi del fucile sono stati gettati altrove e catturati in una raccolta standard, oppure qualcuno lì ha cercato di nasconderli. Vorrei che monitorassi le attività dall'inizio del primo turno alle sei di stamattina e mi avvisassi non appena noti qualcosa di sospetto.» Trattenne un sospiro. «Se non trovi nulla, dovremo cercare di scoprire da dove provenivano i contenuti di quel bunker di stoccaggio e...»

Kay s'interruppe quando la porta della sala operativa si aprì e Harriet Baker si diresse verso di lei. Un'espressione determinata appariva sul volto della responsabile degli investigatori forensi.

Non indossava trucco e le sue guance portavano ancora l'impronta della maschera protettiva che aveva indossato mentre assisteva la sua squadra di tecnici investigatori forensi nella loro ricerca.

«Scusate l'interruzione, ma ho pensato che avreste preferito un aggiornamento da me il prima possibile» disse, leggermente ansimante. «E datemi un attimo, il maledetto ascensore è fuori uso e non sono abituata a correre su per le scale.»

Un mormorio bonario di risate comprensive attraversò la squadra di Kay, e lei alzò la mano per chiedere silenzio.

«Immagino abbiate trovato altro?»

«Sì.» Una volta ripresasi, Harriet si lisciò la lunga frangia e fece un respiro profondo. «Dunque, oltre alla parte del gruppo di scatto che ha trovato Natasha Perrott, abbiamo localizzato l'asta metallica di protezione. Abbiamo anche scoperto il pistone a gas e due caricatori scartati, uno con due colpi mancanti. Li ho appena portati in laboratorio per i test e abbiamo prelevato campioni da confrontare con i nostri database.»

Kay cercò di ignorare il battito accelerato del cuore, la gola secca per l'attesa. «Impronte digitali?»

«Patrick le sta controllando adesso. Tornerò ad aiutare ma, come ho detto, ho pensato che avreste voluto le ultime notizie il prima possibile.»

«Avete trovato altro?»

«No, è tutto… abbiamo perquisito anche i due bunker ai lati di quello dove sono stati trovati i pezzi, ma non abbiamo trovato nulla.»

«Ottimo, Harriet. Grazie, mi chiamerai quando avrai altro da riferire?»

«Certamente, e riceverai il mio rapporto completo sulla ricerca di questo pomeriggio entro domani.»

Quando Harriet lasciò la stanza, Kay attese un momento per permettere alla squadra di assimilare le informazioni, poi li congedò e rivolse la sua attenzione a Gavin. «Quindi, hanno trovato solo pezzi sufficienti per un fucile, e finché non saranno testati non possiamo presumere che sia uno di quelli rubati ai MacFarlane. Anche se lo fosse, ne abbiamo ancora uno mancante, quindi ho bisogno che tu tenga d'occhio il laboratorio e chieda qualche favore per ottenere più informazioni stasera, se possibile.»

«Uno della squadra di Harriet mi deve un favore, lo chiamerò subito.»

«Grazie.» Kay guardò l'orologio mentre lui tornava alla sua scrivania, poi mandò ad Adam un breve messaggio per fargli sapere che sarebbe tornata a casa tardi.

Sarebbe stata una lunga notte.

CAPITOLO 42

Ian Barnes emise una maledizione soffocata, inghiottì l'ultimo pezzo del suo sandwich al bacon, e fissò con rabbia la macchia di grasso che ora si allargava al centro della sua cravatta di poliestere bordeaux.

Alzatosi presto, non volendo aspettare fino a quando avrebbe fatto colazione a casa con la sua compagna Pia, si era precipitato al lavoro e già alle sei e mezza era seduto alla sua scrivania.

Kyle alzò lo sguardo dalla postazione che attualmente condivideva con Debbie West, e sogghignò.

«Bocca non abbastanza grande, sergente?»

«Vai al diavolo», rispose Barnes. Aprì il cassetto della scrivania, tirando un sospiro di sollievo quando notò la cravatta di riserva arrotolata accanto a una cucitrice e la sostituì con quella macchiata, mettendo quest'ultima nella tasca anteriore del suo zaino.

Senza dubbio se ne sarebbe ricordato il mese prossimo.

Rivolse la sua attenzione al verbale del briefing della sera precedente che era stato lasciato sulla sua scrivania, con la calligrafia disordinata di Kay che affollava i margini dove aveva aggiunto le sue riflessioni sulla direzione che l'indagine avrebbe dovuto prendere.

«A che ora è andata via ieri sera?» chiese Debbie, avvicinandosi e consegnandogli l'ultimo rapporto estratto da HOLMES2.

Lui socchiuse gli occhi guardando lo schermo. «L'ultima e-mail che ho da lei ha l'orario di mezzanotte e quattro. Credo che abbia mandato a casa tutti gli altri verso le undici».

L'agente in divisa sbuffò. «Farò meglio ad assicurarmi che ci sia caffè fresco quando arriva».

«A proposito». Barnes sollevò la sua tazza vuota e sorrise.

«Sai dove trovarlo».

«Valeva la pena provarci».

Dopo essersi procurato un'altra tazza e averne bevuto un bel sorso, Barnes si lasciò cadere di nuovo sulla sedia e cercò nel sistema di gestione dei casi fino a trovare l'ultimo inserimento di Laura del giorno precedente.

Secondo le sue note, lei e Phillip avevano trascorso la maggior parte della serata parlando con gli appaltatori impiegati dalla struttura per verificare se qualcuno di loro potesse essere responsabile dello smaltimento dei pezzi nei bunker di stoccaggio.

Le loro conversazioni erano state frustranti e brevi e non era emerso alcun sospetto, specialmente dopo che Daniel aveva confermato che nessuno di quei nomi appariva nemmeno nel Sistema Nazionale di Gestione delle licenze di porto d'armi

Il rapporto di Gavin era altrettanto deludente, con il

detective che riassumeva che dopo aver passato diverse ore a rivedere i filmati delle telecamere di sorveglianza della struttura, nessuno degli operai era stato visto gettare qualcosa nei bunker di stoccaggio.

In effetti, nessuno degli operai si era avvicinato ai bunker mentre la struttura era pienamente operativa. Tutti i rifiuti venivano smistati e gestiti da Natasha Perrott e dai suoi colleghi dalla sala di controllo che sovrintendeva alla tramoggia dei rifiuti mentre si muoveva avanti e indietro.

Ricordando la sua conversazione con Kay il mattino precedente, Barnes sperava che il giovane detective non si stesse pentendo del trasferimento a Maidstone e dei compiti onerosi che il caso ora comportava, specialmente poiché il risultato degli sforzi della notte scorsa significava che quella mattina avrebbero tutti dovuto telefonare alle aziende locali di raccolta rifiuti commerciali.

«Sergente?»

Alzò lo sguardo dallo schermo e vide Kyle che camminava verso di lui, la fronte dell'agente corrugata dalla preoccupazione.

«Cosa hai?»

«Ho appena parlato con Hughes al telefono. Dice che c'è una signora Yvonne Maxton di sotto che vuole parlare. A quanto pare è nervosa come non mai, e parlerà solo con qualcuno dell'inchiesta Thorngrove».

Barnes si tolse gli occhiali da lettura e si strinse il ponte del naso. «Da dove conosco quel nome?»

«È la moglie di Royce Maxton, il tizio con cui Mark Redding ha detto che va a caccia a volte».

«Ecco». Agitando il dito verso Kyle, Barnes infilò la

giacca e poi si aggiustò la cravatta. «Andiamo a vedere di cosa vuole parlare allora».

———

Yvonne Maxton era appollaiata sul bordo di una delle sedie nella sala interrogatori numero due quando Barnes e Kyle entrarono, il suo profumo muschiato dava un odore pervasivo all'interno altrimenti soffocante e attenuava parte dell'odore corporeo che persisteva sempre dai precedenti occupanti.

Indossava un elegante tailleur blu navy, grandi cerchi d'oro spuntavano da sotto un caschetto nero sbarazzino, e scrutò con occhi verdi acquosi i due uomini mentre prendevano posto di fronte.

«Le dispiace se registriamo questa conversazione, signora Maxton?» iniziò Barnes, con voce gentile. «È la prassi standard».

«Io... no, certo. Mio marito non la sentirà, vero?»

«Questo è un colloquio formale, e non sarà condiviso con nessuno al di fuori della nostra indagine a meno che e fino a quando la questione non arrivi in tribunale».

Lei si morse il labbro per un momento, poi annuì. «Va bene. Suppongo di sì».

«Grazie. Dobbiamo iniziare con un avvertimento formale, ma non c'è nulla di cui preoccuparsi». Barnes recitò le parole a memoria dopo che Kyle aveva avviato il registratore, e poi si appoggiò allo schienale della sedia, assumendo una posa rilassata. «Il mio collega all'ingresso ha detto che aveva bisogno di parlare con noi del caso Thorngrove, signora Maxton. Cosa voleva dirci?»

«P...per favore. Mi chiami Yvonne». Tirò un braccialetto d'argento e torse gli anelli massicci tra le dita, tenendo gli occhi abbassati verso il tavolo. «Io... uhm...»

«Si prenda il suo tempo. Magari faccia anche un respiro profondo».

La donna forzò un sorriso nervoso. «Avevo pianificato tutto in testa mentre venivo al lavoro stamattina».

«Dove lavora?»

«Uhm, in uno studio di commercialisti. Vicino alla piazza».

«Di solito inizia così presto la mattina?»

«Oh, no, certo che no. Di solito non inizio fino alle otto e mezza. Volevo solo vedere se potevo parlare con qualcuno prima».

«Ed eccoci qui».

«Sì». Alcuni secondi passarono sull'orologio sopra la porta, e poi Yvonne fece un profondo sospiro. «Guardi, non voglio sembrare una che fa la spia o qualcosa del genere. È solo che sono preoccupata da quando Royce ha ricevuto una telefonata da uno di voi all'inizio di questa settimana. È di pessimo umore da allora».

«Suo marito?»

Incontrò il suo sguardo e annuì.

Barnes si prese un momento per scorrere con gli occhi il rapporto che Kyle aveva stampato prima di correre giù per le scale dietro di lui, tracciando le righe del testo con l'indice. «Bene, capisco. La detective Laura Hanway lo ha chiamato lunedì per chiedere informazioni sulle battute di caccia al fagiano che organizza di tanto in tanto.»

«Sono rare, forse una o due per stagione.» Yvonne arrossì. «Conoscendo Royce, probabilmente ha fatto sembrare che abbiamo centinaia di ettari. In realtà è solo un piccolo podere con qualche gallina, ma abbiamo due ettari e mezzo di bosco accanto al paddock. E non è neanche vero che inviti molte persone. Forse tre o quattro al massimo.»

«E segue tutte le procedure di salute e sicurezza per gli ospiti?»

«Sì, certamente.»

Barnes congiunse le mani sopra il rapporto. «Ma c'è ancora qualche tipo di problema, presumo?»

«Uno degli uomini che si è presentato all'ultima battuta ha portato il proprio fucile.» Yvonne si agitò sulla sedia, abbassando lo sguardo.

Un silenzio seguì le sue parole, e lui lo lasciò continuare, desiderando che la donna rivelasse ciò che sembrava turbarla così tanto da essersi intrufolata nella centrale di polizia prima del lavoro.

Alla fine, lei sospirò. «Guardi, è solo che, e potrei sbagliarmi, forse l'ho confuso con qualcun altro che Royce ha menzionato, pensavo che avesse perso la licenza un po' di tempo fa. Non riuscivo a capire come avesse ottenuto quel fucile.»

«Ne ha parlato con suo marito?»

«No. Io... a lui piace organizzare queste battute di caccia, parole sue, si intende. Dice che gli permette di valutare potenziali investimenti prima del resto del mercato. Di solito mi estranio quando arrivano, mi dispiace; parlano solo di questo affare e quell'altro, e può essere noioso.» Mostrò un raro sorriso. «A patto che mi assicuri che il bollitore sia pronto e il brandy sia disponibile quando tornano a casa, non credo nemmeno che sappiano che sono lì.»

«Quando è successo?»

«Quattro settimane fa.»

«Conosce il nome dell'uomo?»

«Mi dispiace, no. Non credo che quest'uomo fosse coinvolto in quella sparatoria, ma... mi preoccupa che qualcuno possa girare con un'arma illegale. Ho pensato solo che dovreste saperlo. Voglio dire, dopo quello che è successo. È sulla mia coscienza, tutto qui.»

«Suo marito è a casa oggi?» chiese Kyle, alzando lo sguardo dal suo taccuino.

«Sì, è un day trader. Azioni e quote, quel genere di cose. Abbiamo trasformato la sala da pranzo formale in un ufficio per lui sei anni fa.» Yvonne si sedette un po' più dritta. «Gli sta andando davvero bene.»

«Va bene, signora Maxton, Yvonne. Grazie.» Barnes si alzò in piedi.

«Oh.» Raccolse la sua borsetta dal pavimento accanto a lei e lo raggiunse vicino alla porta, lanciando un'occhiata a Kyle da sopra la spalla. «È tutto?»

«Sì, e grazie per essere venuta. La contatteremo se avremo ulteriori domande.»

Attese finché Hughes non l'ebbe accompagnata fuori dalla reception fino alla porta d'ingresso, poi si girò per vedere Kyle che lo guardava, con un luccichio eccitato negli occhi.

«Pensi che l'amico di suo marito sia il nostro assassino, sergente?»

«Non lo so, ma sono sicuro che il capo vorrà interrogarlo.»

CAPITOLO 43

Kay passò lo sguardo sul piazzale di pietra davanti alla casa colonica in mattoni rossi dei Maxton, chiedendosi quanti soldi stesse guadagnando Royce con il day trading su base regolare.

Un nuovissimo fuoristrada brillava su un lato del vialetto, con la vernice macchiata da un recente acquazzone che aveva costretto Barnes ad azionare i tergicristalli durante il viaggio di ritorno da Maidstone.

«Quando è stata l'ultima volta che ha visto questo tizio?» gli chiese mentre si dirigevano verso la porta d'ingresso.

«Il mese scorso, il che coincide più o meno con quando i ragazzi del garage hanno detto che Dale Thorngrove ha provato a sparare per la prima volta. Una coincidenza troppo precisa per i miei gusti.»

«Ma lei non ha saputo dirti il nome dell'uomo?»

«No. A quanto pare suo marito non gliel'ha mai presentato.» Suonò il campanello, poi si strinse nelle spalle. «Ho pensato che valesse la pena tentare comunque.»

«Chi non risica...»

Sussultò quando un pannello di sicurezza dietro di lei si attivò emettendo un suono gracchiante e una voce tuonò dall'altoparlante.

«Chi è?»

Barnes indicò una piccola telecamera sopra la porta, e lei mostrò il suo tesserino.

«Ispettrice Kay Hunter, Polizia del Kent. Vorrei scambiare due parole con lei, signor Maxton.»

«A che proposito?»

«È più facile parlarne faccia a faccia, signor Max...»

«Sono nel bel mezzo di qualcosa.»

«Oppure possiamo farlo in centrale. Sta a lei.»

Lo sentì imprecare sottovoce, poi ci fu un rumore metallico all'altro capo prima che tornasse. «Venite sul lato della casa. L'ufficio ha un ingresso separato.»

Un rumore metallico concluse la chiamata, e lei si affrettò oltre le finestre anteriori verso un sentiero di ghiaia che correva lungo il fianco della casa.

«Queste pietre sono un ottimo deterrente per i ladri», mormorò Barnes con apprezzamento.

«Come quelle.» Indicò le telecamere di sicurezza a ciascuna estremità della casa, poi bussò su una spessa porta di legno sotto un arco di pietra sporgente. «Posto elegante.»

«Se la sta cavando bene con le azioni allora.»

La porta fu spalancata un istante dopo, e comparve Royce Maxton.

Una massa di capelli grigi incorniciava sopracciglia

cespugliose, sotto le quali occhi azzurri penetranti li fissavano con uno sguardo torvo.

«È davvero inopportuno», sbottò. «Il mercato americano sta per aprire, e c'è un'Offerta Pubblica Iniziale da accaparrarsi. Se non...»

«Prima risponde alle nostre domande, prima potrà tornare al suo computer», disse Kay.

«Va bene. Venite di qua. Almeno posso tenere d'occhio la situazione mentre parliamo.»

Varcarono la soglia entrando nella lavanderia della casa, con una lavatrice e un'asciugatrice affiancate accanto a un lavello e una serie di ciotole per cani e lettiera per gatti sparsa sulle piastrelle in un angolo accanto a una vaschetta che emanava un forte odore di urina.

«Scusate, la donna che fa le pulizie per noi è in ritardo.»

Una porta sulla sinistra conduceva a quello che si rivelò essere lo studio di Maxton, dove due grandi schermi di computer occupavano una scrivania, uno che mostrava un complicato foglio di calcolo che faceva male agli occhi di Kay solo a guardarlo, e l'altro che mostrava un sito web di trading azionario.

Maxton lanciò uno sguardo sconsolato agli schermi, poi incrociò le braccia e si girò verso di loro. «D'accordo, facciamo il più velocemente possibile.»

«Sappiamo che organizza regolarmente battute di tiro private nel bosco adiacente alla sua proprietà», disse Kay, dopo aver recitato l'avvertimento formale.

«Il bosco ci appartiene, Ispettrice. Possiamo farci quello che vogliamo.» Corrugò la fronte. «È stato quell'idiota di Tapper a fare di nuovo delle lamentele? Si rende conto che sono infondate? Il confine della sua proprietà non è nemmeno vicino alla nostra recinzione.»

«Niente del genere. Quando ha tenuto l'ultima battuta di tiro qui?»

«Circa quattro settimane fa, credo.»

«Può verificarlo?»

Estrasse un telefono cellulare dalla tasca dei pantaloni e toccò lo schermo. «Sì. Quattro settimane fa. Una domenica.»

«Quanti eravate?»

«I soliti tre. Io, Ambrose Weatherley e Mark Redding. Più un ospite di Mark, un certo Dale.» Abbassò il telefono. «Aspettate un attimo. Voi sapete già tutto questo. Ho parlato con qualcuno solo pochi giorni fa.»

«Sì, è vero. La ringraziamo per questo.» Kay attese che riponesse il telefono. «Chi di voi possiede un'arma da fuoco illegale?»

«Chiedo scusa?»

Le sopracciglia cespugliose scomparvero sotto la frangia arruffata mentre spalancava la bocca.

«Uno degli uomini che ha invitato qui quel giorno non ha un porto d'armi, eppure abbiamo motivo di credere che abbia portato con sé il proprio fucile. Chi era?»

«Io...»

«Faccia attenzione, signor Maxton.» Kay si avvicinò, provando una certa soddisfazione nel vedere il disagio dell'uomo. «Le ricordo che è stato ammonito e il mio collega qui ha la tendenza a prendere appunti estremamente precisi. Qualsiasi sua mancanza nel dire la verità in questo momento potrebbe comportare, come minimo, la perdita della sua licenza di porto d'armi.»

Maxton deglutì, poi arrossì. «Mi ero chiesto in quel momento... Non volevo mettere in imbarazzo Ambrose, tutto qui, e volevo chiedere informazioni ma non ne ho mai avuto l'opportunità. Mia moglie è uscita mentre ci stavamo preparando a partire, e temevo che ci avesse sentiti.»

«E non ha mai pensato di chiedergli dopo quel giorno?»

«No.» Il suo sguardo scivolò verso gli schermi del computer, poi tornò. «Guardi, mi dispiace terribilmente.»

«Questo Ambrose Weatherley, da quanto tempo lo conosce?»

«Anni. Siamo andati all'università insieme e siamo rimasti in contatto. È andato in pensione chiudendo il suo studio di architettura l'anno scorso e ha iniziato a sparare poco dopo. Tra l'altro, sono stato felice di garantire per lui quando ha fatto domanda per la sua licenza. Nessun problema.»

«Aspetti. Quale dei vostri ospiti di quel giorno non ha la licenza?» disse Kay, confusa. «Sta dicendo che Weatherley ha perso la sua licenza meno di un anno dopo che gli è stata approvata, oppure...»

«Santo cielo, no. Stavo parlando di Mark Redding, naturalmente. Non so, suppongo di aver pensato che fosse in buone mani, e quella *era* solo la prima volta che lo vedevo con la sua pistola. Altre volte, era sempre felice di usare la mia. Diceva di aver perso la licenza ma che sperava di riaverla. È per questo che non mi sono preoccupato troppo. Non sembrava affatto turbato, quindi ho supposto alla fine della giornata che avesse riavuto la sua licenza e che tutto fosse a posto...»

Kay tirò un sospiro di sollievo quando sentì Barnes chiudere di scatto il suo taccuino, e si diresse verso la porta. «La contatteremo, signor Maxton. Possiamo uscire da soli».

Lasciarono il day trader fermo in mezzo al suo studio, attonito.

«Cosa ne pensi, capo?» chiese Barnes mentre correvano verso l'auto. «È Redding il nostro assassino?»

«Non lo so», disse Kay, fissando attraverso il parabrezza mentre la tenda della finestra anteriore tornava a posto. «Non riesco ancora a capire quale potrebbe essere il suo movente».

Mise in marcia l'auto, guardando dietro di sé mentre faceva retromarcia per posizionarsi verso l'uscita, e poi schiacciò l'acceleratore.

«Dove stiamo andando, capo?» chiese Barnes, sistemandosi la cintura di sicurezza dopo la rapida manovra.

«A portare Mark Redding in centrale per un interrogatorio formale. Se c'è una cosa che *so* per certo, è che ha sempre mentito».

CAPITOLO 44

Quando Kay tornò alla centrale di polizia di Maidstone, trovò Gavin in attesa in cima alle scale, con un'espressione di costernazione sul volto.

«Ian, puoi assicurarti che gli agenti in divisa portino qui Mark Redding?» disse, mandando il sergente detective avanti. Dopo aver atteso che fosse scomparso nella sala operativa, si voltò verso il collega più giovane.

«Quali sono le novità?»

«Stavamo finendo le telefonate alle società di raccolta rifiuti commerciali della zona mentre eri via», iniziò, avvicinandosi a una parete di gesso che necessitava disperatamente di una riverniciatura e appoggiandovisi contro. «Avevamo concluso tutti gli interrogatori ho ricevuto una chiamata da una delle aziende più piccole: non solo avevano effettuato raccolte ieri mattina che poi sono state portate all'impianto di smaltimento, ma raccolgono anche dal pub White Hart».

«Cosa?» Kay sbatté le palpebre. «Davvero?»

Gavin sorrise. «Davvero».

«Interessante. Hai scoperto altro?»

«Sì. Ho parlato con l'autista che lavorava ieri. Ha detto che di solito non vede Len Simpson, probabilmente perché il suo orario di ritiro è intorno alle otto del mattino e immagino che Simpson sia ancora a letto, ma ieri era alla porta sul retro vicino ai bidoni, ad osservare. L'autista ha detto che pensava volesse parlare quindi stava per avvicinarsi per vedere cosa volesse dopo aver svuotato il bidone, ma a quel punto Simpson era già rientrato. L'ha menzionato alla sua responsabile supervisore quando è tornato al deposito, che a sua volta ha confermato di aver telefonato a Simpson per chiedergli se avesse domande o dubbi sul servizio di raccolta. Simpson, parole sue, è stato scortese, sessista e ha riattaccato prima che lei avesse avuto la possibilità di finire di parlare».

«Sembra proprio Simpson». Kay incrociò le braccia, riflettendo sulle nuove informazioni per un momento prima di parlare. «Penso che dovremmo interrogarlo formalmente prima di parlare con Mark Redding. Ti dispiace andarlo a prendere, Gav?»

Vide parte della preoccupazione lasciare i suoi occhi in risposta alla richiesta.

«Non mi dispiace affatto, capo».

Si staccò dal muro e la seguì verso la sala operativa. «Riguardo a quell'altra questione...»

«Porter MacFarlane?» Si fermò, con la mano su un pannello metallico della porta che era macchiato di impronte digitali. «Come è andata?»

«Ho ancora una pista che voglio seguire di persona, un tizio di nome Douglas Chilton. Ha riattaccato quando l'ho chiamato prima e non risponde a nessuno dei miei messaggi».

«È strano».

«Ho il suo indirizzo dalla Motorizzazione. Volevo passare da casa sua e vedere se potevo parlargli di persona».

«Va bene, puoi farlo dopo aver portato qui Len Simpson per me?»

«Nessun problema».

«E riguardo a Porter?»

«Niente da segnalare, capo. Nulla su nessuno dei nostri sistemi, almeno. Ho scoperto solo di una multa non pagata per divieto di sosta da un amico del comune, ma a MacFarlane è appena stato inviato il promemoria quindi...»

La porta cedette sotto il suo tocco e lei abbassò la mano mentre Barnes usciva, con un paio di cartelle di cartoncino sotto un braccio che le porse.

«Capo? Sono pronto a esaminare queste e preparare l'interrogatorio di Redding quando vuole».

«Arrivo tra un minuto». Si fece da parte per lasciarlo passare, poi si voltò di nuovo verso Gavin.

«Ti vedrò più tardi. Porta Laura con te quando andrai al White Hart a prendere Len Simpson, d'accordo? E niente eroismi».

«Capito. Buona fortuna, capo».

«Anche a te».

CAPITOLO 45

Laura si aggrappò alla maniglia sopra il finestrino del passeggero mentre Gavin sterzava bruscamente a sinistra e frenava per aggirare un bidone nero della spazzatura al bordo del parcheggio del White Hart.

Si fermò prima di fare retromarcia finché il veicolo non bloccò l'entrata e le rivolse un sorriso.

«Solo nel caso decidesse di darsela a gambe».

«Sapevo che Simpson nascondeva qualcosa», disse lei, scendendo e appoggiandosi al tetto dell'auto mentre guardava il pub. «Ma non può essere lui il tiratore, vero? Insomma, era dentro il pub quando Thorngrove è stato ucciso».

«Sì, ma è ovviamente coinvolto in qualche modo, altrimenti perché i pezzi del fucile sono stati trovati in un carico raccolto da quei bidoni di rifiuti commerciali laggiù?»

Lei si strinse nelle spalle, poi abbassò lo sguardo quando il suo telefono emise un suono. «Ho un messaggio dal capo».

«Che dice?»

«"Scoprite anche dove si trovava nei trenta minuti prima di chiamare il numero di emergenza"». Laura mise il telefono nella borsa e se la mise a tracolla. «Buona domanda».

«Non hai creduto alla sua storia sul tenere la testa bassa?» Gavin sbirciò dall'altra parte dell'auto e sorrise.

«Non lo so». Aggrottò la fronte, poi alzò la mano. «Senti anche tu?»

Entrambi si voltarono verso il pub, mentre il suono di voci concitate usciva dalla porta aperta.

Laura gettò la borsa dentro l'auto, afferrando un manganello telescopico. «Pensi che questo possa tornare utile?»

«Kay ha detto niente eroismi, ricordi?»

«Giusto».

Si affrettarono in avanti, fermandosi di colpo sulla superficie ghiaiosa quando prima Len Simpson e poi Lydia Terry emersero dall'edificio.

Lei sembrava apoplettica, con il viso rosso mentre inseguiva furiosamente il corpulento oste.

«Non osare, cazzo», urlò. «Non dopo tutte le maledette ore che ho lavorato per te e ti ho aiutato. Non puoi gestire questo posto senza di me».

«Te l'ho detto, sei licenziata», Len girò sui tacchi, torreggiando sulla minuta donna. «Non tollererò i pettegolezzi».

«Di solito non ti dà fastidio», sputò Lydia. «Stai sempre a chiedermi delle persone. Cosa fanno, chi va a letto con chi, chi...»

«Ehm, scusate?» chiamò Laura. «Tutto a posto qui?»

L'oste si voltò, con gli occhi spalancati.

Dietro di lui, Lydia iniziò a ridere. «Beh, questo sarà interessante».

«Cosa sta succedendo?» disse Gavin, avvicinandosi, tenendo il manganello abbassato. «Sta bene, signora Terry?»

«Oh, adesso sì», disse lei, ancora sorridendo. «Eravate qui per me o per Len?»

«Signor Simpson, una parola per favore», disse Laura. Gli fece cenno di avvicinarsi e abbassò la voce. «Cosa sta succedendo?»

«L'ho licenziata e lei non l'ha presa bene», rispose. «Cosa volete?»

«Parti di un fucile sono state scoperte nella raccolta dei vostri rifiuti commerciali. Vorremmo sapere perché».

Len impallidì. «Cosa?»

«Ha sentito bene. Parti di fucile. Le stiamo esaminando per scoprire se corrispondono all'arma usata per uccidere Dale Thorngrove qui la settimana scorsa. C'è qualcosa che vorrebbe dirci?»

«Come ad esempio dove si trovava davvero nei trenta minuti prima di chiamare il numero di emergenza», disse Gavin, avvicinandosi. «Vuole spiegarcelo?»

«Non ho niente da dire a voi».

«Signor Simpson, credo che lei sappia bene quanto noi che non è vero», disse Laura, dandogli il suo sorriso più dolce. «Riproviamo? Cosa ci facevano le parti del fucile nel suo bidone?»

«Non ne ho idea. Non possiedo un'arma. Mai avuta, da quando ho lasciato l'esercito, e anche allora quelle erano tenute sotto chiave quando non le usavamo per esercitazione. Ho portato un'arma solo quando ero di stanza all'estero, in pattuglia e cose simili».

«Quindi, cosa stava facendo in quei trenta minuti?»

«Io so cosa stava facendo», disse Lydia, alzando la voce per farsi sentire da dove si trovava ancora sulla porta.

Len si voltò, scagliandosi verso di lei prima che Gavin lo afferrasse e gli tirasse le braccia dietro la schiena.

«Calmo, signor Simpson», disse. «Non c'è bisogno di questo».

«Stronza bugiarda», sibilò Len.

Laura lo ignorò e si avvicinò a Lydia. «Lei lo sa, o sta solo cercando di creare problemi?»

«Oh, lo so. È di questo che stavamo litigando». Lydia le lanciò un sorriso malizioso. «Suppongo che non importi più. Non può licenziarmi due volte, vero?»

«Cosa ha combinato?»

«Distillava il suo gin».

Laura sbatté le palpebre. «Faceva cosa?»

Len si dimenò nella presa di Gavin, poi imprecò sottovoce quando il detective gli fece scivolare le manette sui polsi.

«Sì, lo so». Lydia cercò, ma non riuscì a contenere il suo divertimento per il disagio del suo ex capo, allargando il sorriso. «A quanto pare si è incazzato quando il cash and carry ha alzato i prezzi sei mesi fa e ha deciso di iniziare a farlo da solo. Aveva organizzato tutto nella camera sul retro sopra la cucina». Puntò il dito verso Simpson che stava accanto a Gavin, fissandola con rabbia. «Ha deciso di smontare l'alambicco prima di chiamare la polizia la settimana scorsa nel caso voi scopriste che non aveva pagato le accise. L'ha ficcato in soffitta mentre noi eravamo terrorizzati sdraiati sul pavimento invece di chiamare aiuto. Bastardo».

«È vero, signor Simpson?» disse Gavin. «Le va di farci un tour guidato?»

Len ghignò. «È solo la sua parola contro la mia, e lei è incazzata perché l'ho licenziata. Potete andarvene tutti a quel paese. Non avete niente contro di me».

«In realtà, signor Simpson, in base a quello che è stato raccolto dai suoi bidoni questa mattina, abbiamo qualcosa». Gavin infilò la mano in tasca, incapace di nascondere il suo sorriso. «E abbiamo un mandato di perquisizione».

«Non vi servirà», disse Lydia. «È tutto nel pickup laggiù».

Laura scambiò un'occhiata con Gavin, poi si affrettò verso un furgoncino grigio chiaro accanto ai tavoli da picnic di legno vuoti.

Un telone copriva il contenuto del cassone, la forma era cilindrica e ingombrante.

Sollevò il telone e sbatté le palpebre.

Un alambicco di rame sporco giaceva su un lato, con i tubi e gli accessori che ingombravano il fondo sottostante.

Tornando verso Gavin, sorrise. «Penso che l'Ufficio Metrico vorrà scambiare due parole con il signor Simpson dopo di noi. Probabilmente anche l'Agenzia delle Entrate e Dogane».

Len la fulminò con lo sguardo. «Non dirò niente finché non avrò un avvocato».

«Possiamo organizzarne uno per lei alla centrale», disse Gavin, conducendo l'oste verso la loro auto. «Nel frattempo, non è obbligato a dire nulla...»

CAPITOLO 46

«Quindi Redding è stato portato dentro perché ha nascosto informazioni sulla sua relazione con Dale Thorngrove e su un fucile posseduto illegalmente, e ho intenzione di parlare anche con sua moglie».

Kay si appoggiò alla parete del corridoio fuori dalle sale per gli interrogatori mentre osservava il proprietario del White Hart che veniva condotto alle celle da Hughes, poi passò il telefono cellulare all'altro orecchio. «E stiamo per parlare con Len Simpson».

«Cosa pensi di questo caso?» Sharp parlò con qualcuno in sottofondo prima di tornare a prestarle attenzione. «Scusa, cosa hai detto?»

«Ho detto che credo che Len debba essere coinvolto in qualche modo», ripeté. «Prima di tutto, non ha chiamato immediatamente il numero di emergenza quella notte perché era troppo occupato a cercare di nascondere un'operazione di distilleria illegale e secondo, abbiamo prove che suggeriscono che le parti di fucile scartate trovate nell'impianto di smaltimento rifiuti provenissero dal bidone fuori dal White Hart».

«Non ha precedenti penali però, vero?»

«Nulla a suo carico. Comunque, questo non significa che sia innocente, capo. Specialmente dopo ciò che Laura e Gavin l'hanno trovato a cercare di nascondere».

Sharp emise una risata senza allegria. «Quali sono i tuoi prossimi passi?»

«Barnes ed io stiamo per interrogarlo per vedere cosa ha da dire a sua discolpa». Alzò lo sguardo mentre il suo collega camminava verso di lei con una nuova serie di cartelline in mano e un'espressione determinata sul viso. «Forse essere interrogato qui piuttosto che al pub lo scuoterà abbastanza da fargli dare qualche risposta. È stato un po' troppo sicuro di sé per i miei gusti finora».

«Pensi che stia fornendo armi al mercato nero?»

«Saprebbe cosa sta facendo, ex militare e tutto il resto. Sarebbe una paga migliore di qualsiasi cosa stia guadagnando da quel pessimo locale che chiama pub, questo è certo, anche se sta vendendo alcolici illegalmente ed evadendo le accise».

«Vero. Va bene, grazie per l'aggiornamento. Ti lascio andare».

Terminando la chiamata, Kay prese la documentazione da Barnes con un sorriso riconoscente e iniziò a leggere.

«Quali sono i punti salienti qui dentro?»

«Ho fatto indagare a Laura sul passato di Simpson un po' di più mentre aspettavamo un avvocato d'ufficio. Ha contattato l'ultimo birrificio che ha assunto Simpson come gestore. Secondo lei, il tizio con cui ha parlato ha detto che non vedevano l'ora di liberarsi di lui, causava più problemi di quanto valesse, e apparentemente quando ha lasciato l'ultimo posto dove l'avevano messo, c'è stato bisogno di una ristrutturazione completa. Ci è voluto anche più di un anno per ricostruire la reputazione del locale».

Kay aggrottò la fronte, esaminando i rapporti. «Come diavolo ha messo le mani sul White Hart allora?»

«L'ha comprato a poco prezzo qualche anno fa quando il mercato è crollato». Tirò fuori un altro documento dalla cartellina, girandolo verso di lei. «Questa è una copia della domanda di licenza originale che ha presentato. Non c'era nulla di irregolare, e aveva i soldi, quindi è andato tutto liscio. Da quello che ho potuto capire, la società che possedeva il pub era ansiosa di liberarsene, quindi non è stato esattamente come se avessero controllato le referenze nei minimi dettagli».

Lei chiuse il fascicolo e glielo restituì. «Grazie, Ian. Sai cosa? Conduci tu questo interrogatorio. Vista la precedente conversazione di Simpson con noi, vorrei vedere come gestisce l'essere interrogato da un uomo».

Pochi minuti dopo, guardando le luci del registratore che lampeggiavano con la coda dell'occhio, Kay alzò lo sguardo dal suo taccuino per vedere Simpson che la fissava, con il solito ghigno lascivo sulle labbra mentre Barnes leggeva l'avvertimento formale.

I suoi doppi menti tremarono mentre confermava il suo nome e l'indirizzo del White Hart, e un opprimente fetore di sudore e vapori di birra si diffuse attraverso il tavolo fino a dove lei sedeva.

Barnes entrò subito nelle domande dopo aver stabilito i dettagli dell'avvocato d'ufficio, evidentemente soffrendo dello stesso sovraccarico sensoriale e desideroso di avviare l'interrogatorio il prima possibile.

«Vuole dirci perché parti di un'arma da fuoco illegale sono state trovate in una raccolta di rifiuti provenienti dal suo locale?»

«Non ne ho idea». Len scosse la testa. «Non ho mai avuto una licenza di porto d'armi, figuriamoci un'arma illegale. Potrei non sembrare granché a voi, ma credetemi, essere nell'esercito ti dà una valutazione completamente nuova delle armi e i danni che possono fare».

«Eppure un uomo è stato colpito fuori dal suo pub, con un fucile che corrisponde alle parti trovate nei rifiuti della sua cucina».

«Ispettore, trovo difficile credere che lei abbia prove a sostegno di un'accusa così infondata», disse l'avvocato. «A meno che l'impianto di smaltimento rifiuti possa provare categoricamente che quel carico proveniva dal bidone del signor Simpson, state perdendo il nostro tempo».

Barnes mantenne lo sguardo fisso su Simpson. «Lei è un ex militare. Congedato con disonore. Questo significa niente pensione, giusto? Deve esserci la tentazione di sottrarre un po' dai profitti ogni tanto, per non parlare di distillare il proprio alcol illegale».

Kay osservò mentre il viso di Simpson diventava di un rosso più scuro.

«Abbiamo trovato l'alambicco, Len. E sappiamo che proveniva dalla camera degli ospiti del pub perché abbiamo la dichiarazione di un testimone a tal proposito, e i nostri agenti hanno trovato bottiglie e tubi durante una perquisizione lì dopo il suo arresto. Dale Thorngrove l'ha scoperto? Ha organizzato il suo omicidio?»

«Non so chi gli abbia sparato».

«Ma lei sapeva che il suo assassino non sarebbe entrato nel pub, non è vero? Altrimenti, perché rischiare di perdere tempo a nascondere l'alambicco prima di chiamare il numero di emergenza?»

«Non volevo che nessuno lo trovasse», disse Len. «Quella maledetta Lydia è una pettegola. È tutta colpa sua se l'avete trovato comunque».

«Mi sembra che lei abbia le priorità confuse, signor Simpson», disse Kay. «Thorngrove l'ha messa in difficoltà? Ha litigato con lui come è stato visto litigare con Lydia questo pomeriggio?»

«Da quanto tempo ha iniziato a commerciare in armi nel mercato nero?» chiese Barnes. «Da dove le prende? O le ruba…»

«Detective, devo insistere…»

«Io non commercio in fottute pistole, e non sono un maledetto ladro», sputò Simpson, ignorando la mano di avvertimento che il suo avvocato gli mise sul braccio. Invece, la sua pancia premette contro il tavolo mentre si piegava verso Barnes, con un lampo pericoloso negli occhi. «Non ho neanche ucciso quel tizio fuori dal mio pub».

«Sa chi l'ha fatto?»

«No. Ve l'ho detto».

Barnes si mise gli occhiali da lettura e aprì una delle cartelline, estraendo una fotografia. «Riconosce quest'uomo?»

La girò verso Simpson, l'immagine mostrava una foto ritagliata di Mark Redding che era stata copiata dal suo profilo sui social media.

Simpson si sporse in avanti, ma non toccò la fotografia.

Aggrottò la fronte.

«È uno dei tizi che sono venuti mercoledì scorso?»

«Dimmelo tu, Len. Eri lì.»

«No. Non lo conosco.»

«Strano, perché lui dice di essere stato al White Hart la settimana prima. Lunedì all'ora di pranzo, per essere precisi.» Barnes si tolse gli occhiali e lanciò uno sguardo severo al proprietario del pub. «Considerando lo stato del tuo locale, non credo fosse pieno di clienti quel giorno. Lo riconosci adesso?»

Un sorriso malizioso si fece strada sul viso di Simpson, che poi si voltò e sorrise al suo avvocato. «Non lavoro il lunedì a pranzo. È quando vado al cash and carry per prendere tutto ciò che ci serve per la cucina e altre cose.»

«Chi gestiva il locale mentre eri via?»

«Il cuoco, Tom. Un tipo grosso. Lo avreste visto quando siete stati lì sabato.» Scrollò le spalle. «Come ha detto lei, il lunedì non c'è molto movimento, quindi è l'unico momento in cui posso uscire e sbrigare le mie cose.»

«Qual è il suo nome completo?» disse Kay, poi scrisse la risposta di Len e si affrettò verso la porta, consegnando il foglietto a Hughes, che attendeva fuori.

Lui lo prese con un leggero cenno del capo, e lei tornò soddisfatta al suo posto, sicura che Tom avrebbe ricevuto una telefonata da lui entro pochi secondi.

Dopo altri cinque minuti di domande, Barnes aveva esaurito la loro strategia, e congedò Simpson ricordandogli che era ancora una persona d'interesse nell'indagine.

Mentre il proprietario del pub lasciava la stanza seguito dal suo avvocato, il sergente detective si rivolse a Kay con un sospiro esasperato.

«Non è lui, vero?» disse mentre Hughes spuntava dalla porta.

«E non è nemmeno il cuoco, capo», disse l'agente in uniforme. «Quel Tom dice che non ricorda neanche Redding dopo che gli ho mandato la foto via messaggino. So che Simpson ha detto che di solito il lunedì è tranquillo, ma Tom ha raccontato che è entrato un gruppo di escursionisti e lui era indaffarato a servire cibo oltre a gestire il bar.» Indicò con il pollice dietro di sé. «È appena arrivato anche l'avvocato di Redding, capo.»

Kay chiuse il suo taccuino, si assicurò che il sistema di registrazione fosse spento e spinse indietro la sedia.

«Allora chi ha gettato i pezzi del fucile nel bidone di Simpson?» disse. «Insomma, va bene, quel bidone sarebbe stato raccolto insieme ad un paio di altri quel giorno, ma quelli non erano affatto vicini al luogo della sparatoria.»

«Mi chiedo *perché*.» Barnes raccolse le fotografie e le rimise nella cartellina mentre si alzava. «Voglio dire, Simpson non è un personaggio piacevole, ma se non ha sparato a Thorngrove, chi è stato e perché hanno cercato di incastrarlo per essersi liberato dell'arma del delitto?»

«Dio solo lo sa, Ian. Andiamo, vediamo cosa ha da dire Mark Redding.»

CAPITOLO 47

Kyle Walker era in piedi fuori dalla sala interrogatori quando Kay e Barnes arrivarono al piano di sotto, il giovane agente fissava la porta con sguardo torvo prima di rivolgere la sua attenzione a loro.

«Va tutto bene?» chiese Kay, mantenendo la voce bassa.

Lui fece una smorfia, indicando col mento il cartello "Occupato" visibile sul pannello argentato a tre quarti della porta.

«Redding stava uscendo in auto da casa sua quando l'abbiamo trovato», rispose. «L'abbiamo fermato nella stradina poco oltre il suo vialetto e abbiamo trovato una valigia nel bagagliaio. Sostiene che stava partendo per un viaggio d'affari improvviso nei Paesi Bassi».

«Davvero?»

«Peccato che non abbia saputo dirci su quale volo fosse prenotato, né su quale traghetto». Un lampo di malizia brillò negli occhi di Kyle, con un sorrisetto. «Ed era piuttosto seccato quando gli ho sequestrato il passaporto».

«Dov'è ora?»

«Qui dentro». Barnes indicò una delle cartelline che aveva in mano, e attese mentre lei sfogliava il modesto contenuto.

«Sua moglie era a conoscenza del viaggio?» chiese Kay.

«Non era in casa quando siamo arrivati. Abbiamo provato a bussare nel caso stesse mentendo, ma non ha risposto nessuno. Era fuori, a fare shopping, ha detto lui». Kyle controllò l'orologio. «Probabilmente l'abbiamo mancata solo di mezz'ora, ma ho pensato fosse meglio portarlo subito indietro viste le sue istruzioni».

«Le ha detto con chi si sarebbe dovuto incontrare nei Paesi Bassi?»

«Solo che era una questione privata. Ho immaginato che lei preferisse aspettare di averlo qui dentro per metterlo alle strette».

«Grazie». Kay chiuse la cartellina. «Avete avuto fortuna nel rintracciare la moglie di Redding?»

«Non risponde, capo, continua ad andare alla segreteria».

«Va bene. Continua a provare. Dai un altro quarto d'ora. Se non funziona, porta Phillip con te e scopri dove diavolo si trova».

«Lo farò, capo».

Kyle si allontanò di corsa, poi Barnes le aprì la porta della sala interrogatori numero tre.

Kay aggrottò la fronte quando notò l'avvocato di

Redding; l'uomo si staccò dal suo cliente con un cenno sicuro.

Andrew Gillow si schiarì la gola, sbottonandosi la giacca. «Spero che abbiate un buon motivo per trascinare qui il mio cliente».

Ignorandolo, si accomodò sulla sedia e attese che Barnes avesse avviato il registratore e letto l'avvertimento formale.

«Mi dica perché possiede un'arma da fuoco illegale, signor Redding», iniziò.

«Io...» tentò, poi strinse le labbra. «Non sono sicuro di capire cosa intende».

«Bene, se è così che vuole giocare». Estrasse dalla cartellina preparata da Barnes la dichiarazione frettolosamente fotocopiata rilasciata da Royce Maxton, e la fece scivolare sul tavolo. «Secondo il signor Maxton, l'ultima volta che ha organizzato una battuta di caccia nella sua proprietà, lei si è presentato con il suo fucile invece di prenderne in prestito uno da lui come faceva di solito».

Redding impallidì. «Era un evento privato. Mi aveva assicurato che non avrebbe...»

«Le persone possono cambiare idea sul mantenere i segreti quando si rendono conto che qualcuno è stato assassinato», disse Barnes. «Quindi le suggeriamo di iniziare a raccontarci qualcuno dei suoi».

«L'ho usato solo quel giorno», disse Redding, guardando disperatamente prima lui e poi Kay.

«Perché?» chiese lei.

«Perché avevo portato un ospite con me. Non sapevo se Royce avesse un altro fucile di riserva».

«Molto premuroso da parte sua». Kay scrutò l'uomo di

fronte a lei mentre abbassava lo sguardo, l'atteggiamento indignato che aveva mostrato durante il precedente interrogatorio stava svanendo rapidamente. «Perché ha ucciso Dale Thorngrove?»

Redding alzò di scatto la testa. «Non l'ho ucciso io!»

«Perché ha portato Thorngrove alla battuta di caccia privata?»

«Perché ci siamo messi a parlare mentre mi cambiava le gomme dell'auto il mese scorso. Voleva provare, ma non poteva perché non conosceva nessuno che potesse dargliene la possibilità». Redding sbuffò. «Quella stupida stronza della sua ex-moglie si era assicurata che non ottenesse mai una licenza, mentendo spudoratamente sul fatto che lui la picchiasse».

«Quindi ha avuto pietà di lui?»

«Sì». Scrollò le spalle. «Sembrava un tipo abbastanza a posto».

«Dove ha preso il fucile illegale?» chiese Barnes.

«Non posso dirlo». Redding scosse la testa.

«Signor Redding... Mark. Perché ha procurato un fucile illegale per portarlo alla battuta di caccia?» insistette Kay.

«Io... Suppongo di aver voluto fare bella figura. Fargli vedere che avevo delle conoscenze». Le spalle di Redding si afflosciarono. «Ego, suppongo. Mi sono reso conto del mio errore non appena ho aperto la bocca per invitarlo. Di solito usavo la riserva di Royce quando andavo a casa sua, e sapevo che non ne aveva un altro. Sarei sembrato uno stupido se avessi portato un ospite a una battuta di caccia dove non c'era un fucile per lui, non è vero?»

Kay attese un momento mentre Redding si mordeva il labbro, il suo viso era l'immagine dell'infelicità.

«Mark… Thorngrove sapeva che il fucile che stava usando era stato ottenuto illegalmente?»

«Alla fine, sì. Non il giorno della battuta però». Alzò lo sguardo. «Nemmeno Royce, quindi non lo biasimi. Gli ho detto che l'avevo preso in prestito per quel giorno».

Kay scrisse la stessa cosa su una pagina nuova del suo taccuino, senza rispondere.

Come titolare di porto d'armi, Royce aveva comunque l'obbligo di assicurarsi che tutti i suoi ospiti rispettassero la legge, indipendentemente dalle circostanze. Avrebbe dovuto denunciare Redding settimane fa.

«Mi parli di mercoledì sera scorso», disse alla fine. «Perché il White Hart?»

Redding si tenne la testa tra le mani e fissò il tavolo. «Sono andato in panico».

«Continui».

«Dale si era divertito quella giornata fuori, continuava a telefonarmi, chiedendomi quando saremmo potuti andare di nuovo, chi altro conoscevo che avesse terreni dove potesse sparare senza licenza». Agitò la mano davanti al viso, con gli occhi che si arrossavano. «Non la smetteva di parlarne, e io ero preoccupato che qualcuno potesse scoprire del fucile».

«Quello illegale».

«Sì».

«Cosa è successo?»

«Sono stato stupido, ecco cosa. Dopo la battuta quel giorno, potrei aver bevuto un sorso di brandy più grande di quanto pensassi...»

Kay prese un'altra nota. «Guida in stato di ebbrezza oltre al possesso di un'arma da fuoco illegale, signor Redding. È stata proprio una bella giornata la sua».

Redding sospirò. «Devo aver lasciato intendere di conoscere qualcuno che commerciasse in armi da fuoco sul mercato nero».

«Chi ha la lingua lunga...» mormorò Barnes.

«Mi ha minacciato, detective. Mi ha telefonato tre settimane fa e ha detto che se non gli avessi rivelato da dove l'avevo presa, lo avrebbe detto ai vostri. Naturalmente, mi sono rifiutato. Non potevo permettergli di dirlo a nessun altro se l'avesse scoperto. Voglio dire, non si può mai sapere cosa farebbe quel tipo di persona con un'arma da fuoco del genere, no?»

«Cosa è successo?» chiese Kay.

«Continuava a tormentarmi, e alla fine ho ignorato le telefonate. È allora che le cose sono precipitate», mormorò. «Ha iniziato a ricattarmi. Soldi, non solo la minaccia di dirlo alla polizia.»

«Quanto?»

«Cinquemila. Il bastardo ha indirizzato la lettera a me e mia moglie. Sono stato dannatamente fortunato che lei fosse fuori la mattina in cui è arrivata la posta.»

«Ha pagato?»

«La prima volta, sì. E poi ha chiesto di più.»

«Per quanto tempo è andata avanti questa storia?»

«Ho ricevuto un'altra richiesta lunedì scorso. Così l'ho chiamato e gli ho detto che dovevo vederlo. Gli ho detto di incontrarci al White Hart. Nessuno ci conosceva lì.»

«Ci parli di questo», disse Barnes, estraendo delicatamente la cartellina di cartoncino da sotto il braccio di Kay e aprendola. «Quando l'abbiamo intervistata per la prima volta, ha detto che l'unica volta che era stato al White Hart era durante una pausa pranzo e che non era lì mercoledì scorso. Ha mentito, signor Redding. Lei *era* lì.»

Andrew Gillow guardò il suo cliente, poi si rivolse all'Investigatrice più anziana. «A meno che non abbiate delle prove per...»

In risposta, Barnes estrasse una fotografia ingrandita di un fuoristrada malconcio, il cui sfondo era chiaramente il vialetto dei Redding.

«Sapeva che quella sua auto sportiva sarebbe stata troppo facilmente riconoscibile, così ha guidato il veicolo di sua moglie fino al pub, non è vero? Parleremo anche con lei, signor Redding. Mentire dopo essere stati avvertiti formalmente non sarà un bene per nessuno di voi due.»

Kay trattenne il respiro, rimproverandosi per non essersi presa il tempo di leggere correttamente le note informative nella fretta di iniziare l'interrogatorio, poi fece un cenno di apprezzamento alla collega.

«Trish non vi ha mentito», disse Redding. «Mi ha portato la cena alle nove come vi ho detto. Sapeva che avevo una riunione programmata a tarda notte. Non sapeva che l'avevo cancellata all'ultimo minuto. S…sono riuscito a riprogrammarla per questa settimana. Lei ha detto che sarebbe andata a guardare un film di sopra e magari a leggere il suo libro finché non fossi andato a letto. Benji è salito con lei, quindi ho pensato che con il rumore della TV non avrebbe abbaiato quando sono uscito.»

Fece un respiro profondo di continuare. «Dovevo parlare con Dale. Ero disperato. Ho lasciato la casa attraverso le porte finestre del mio studio e... mio Dio, stavo quasi per prendere l'auto sportiva. Poi ho visto il fuoristrada di Patricia e ho pensato perché no? Era di colore scuro, ce ne sono molti da queste parti... non sarebbe stato riconosciuto.»

«Cosa è successo quando è arrivato al White Hart?» disse Barnes.

Redding si asciugò gli occhi con la manica della giacca. «Volevo incontrarlo in un luogo pubblico nel caso diventasse irragionevole. So che la gente dirà che Dale era la persona più tranquilla che conoscevano, ma fidatevi di me: aveva un caratteraccio. Era solo bravo a nasconderlo. Questo è stato evidente una volta che siamo tornati fuori quella sera.»

«Cosa è successo?» disse Kay.

«Gli avevo detto che l'avrei messo in contatto con il venditore. Gli avevo detto che saremmo stati al White Hart. Dale è diventato sempre più agitato mentre aspettavamo che fosse stabilito il contatto, e ho capito allora che avevo commesso un errore. Non era il tipo di persona a cui si dovrebbe dare un'arma, di qualsiasi tipo. Gli ho detto mentre stavamo uscendo che l'affare era saltato e che avrei telefonato al venditore per dirglielo. Sapevo che era un rischio, ma pensavo di poter smascherare il bluff di Dale. Avevo smesso di credere che mi avrebbe mai denunciato alla polizia nel caso gli si ritorcesse contro. Potevo denunciarlo per estorsione dopotutto, non è vero?»

Kay trattenne il respiro, in attesa.

«Siamo usciti, ormai era stata chiamata l'ultima ordinazione, e volevo solo portare Dale abbastanza lontano dalla porta da non essere uditi. Ha iniziato a dire che avrebbe scoperto il nome del venditore e che gli avrebbe detto che io avevo raccontato alla polizia tutto sul suo piano di mercato nero, e che ero un uomo morto. Siamo arrivati alla mia auto... ho visto il fucile sul sedile posteriore.»

«L'ha messo nell'auto di sua moglie prima di guidare fino al pub?» disse Kay. Si girò verso Barnes, che aveva un'espressione altrettanto scioccata. «Ma cosa diavolo stava pensando?»

«Non lo so. I...io non lo so. Ho avuto un attacco di panico, suppongo.»

«Ha pianificato di uccidere Thorngrove.»

«No, lo giuro.» Redding allargò le mani. «Ho cercato di ragionare con lui, Ispettrice Hunter, davvero. Ma non voleva ascoltare.»

«Così gli ha sparato.»

«No!» La saliva schizzò dalle labbra di Redding, spruzzando il tavolo, e Kay si ritrasse disgustata. «Non l'ho nemmeno preso in mano. Ho chiuso la porta e stavo per dirgli che avrei corso il rischio con voi quando... quando... Oh, mio Dio. Un minuto eravamo da soli, e un attimo dopo è apparso dal nulla con un fucile. Deve essere stato nascosto nell'ombra, ad aspettarci.»

«Chi?»

Redding scosse la testa miseramente in risposta.

«Mark, se non è stato lei a sparare a Dale Thorngrove, allora chi è stato?»

Lui emise un profondo sospiro, mentre il suo viso diventava grigio. «È uno psicopatico. Mi ucciderà se ve lo dico.»

Lo sguardo di Kay passò da Redding al suo avvocato.

«Signor Gillow, attualmente il suo cliente è il nostro unico sospettato e il suo alibi è, nel migliore dei casi, debole. Non chiederò alla Procura della Corona un'accusa di omicidio colposo. Questa è stata un'esecuzione. Chiederemo alla Procura della Corona di richiedere la pena massima quando questo caso arriverà in tribunale.»

«Signor Redding, se posso?» L'avvocato si chinò e mormorò all'orecchio del suo cliente.

Kay osservò mentre il volto di Redding passava dal grigio al paonazzo mentre ascoltava, e quando Gillow ebbe finito poté vedere le mani dell'uomo tremare.

Non provava alcuna pietà per lui.

«Allora? Cosa sarà?»

«Io... ve lo dirò. Ma non finché non potrete garantire la mia sicurezza. Come ho detto, se scopre che ho parlato con voi, ucciderà anche me...»

CAPITOLO 48

Gavin fissava attraverso il parabrezza il blocco di stalle ristrutturate e cercava di leggere i piccoli cartelli fuori da ciascuna porta.

Gli edifici a forma di U erano accessibili tramite uno stretto vialetto che si snodava intorno al retro di una fattoria, il cui ingresso portava il nome del centro di arti e un elenco delle attività che ora prosperavano dove un tempo venivano tenuti i cavalli.

Spinse lentamente l'auto in avanti, sicuro che quella che cercava fosse la struttura più grande all'estremità, e trovò un posto auto tra un pickup malconcio e una due volumi che sembrava aver conosciuto giorni migliori.

Alcune persone si aggiravano per il luogo, un piccolo caffè più vicino alla fattoria faceva ottimi affari con bevande calde e dolci, e lui gemette sottovoce quando lo stomaco brontolò.

Controllando ancora una volta i dettagli sul telefono, camminò verso l'edificio, gettando lo sguardo sulle vasche di pietra recuperata piene di lavanda e fiori vivaci posizionate fuori dalla porta aperta.

Vari oggetti adornavano una rastrelliera di legno, alcuni con cartellini del prezzo che riflettevano la reputazione dell'artigiano come falegname, e il rassicurante aroma di segatura fresca ricordò a Gavin le lezioni di falegnameria a scuola.

Il suono della carta vetrata che raschiava contro il legno giungeva attraverso la porta aperta, e lui batté le palpebre per contrastare la penombra prima di bussare sul pannello di vetro sopra la maniglia.

«Salve? Signor Chilton?»

Entrando, sentì che la carteggiatura si fermava, e poi una figura apparve dal retro del laboratorio in una nuvola di particelle di segatura.

«Sono io.»

L'uomo si avvicinò e posò un blocco di carta vetrata su un mobile dietro il bancone prima di voltarsi verso di lui, con occhi blu inquisitori.

«Posso aiutarla?»

In risposta, Gavin mostrò il suo tesserino. «Detective Piper, Polizia del Kent. Ho cercato di chiamarla.»

La curiosità si trasformò in paura, e Chilton si affrettò a girare intorno al bancone prima di chiudere la porta. Lanciò un'occhiataccia a Gavin.

«Che diavolo pensa di fare?»

«Sto cercando di portare avanti un'indagine per omicidio. Non ha risposto a nessuno dei miei messaggi in segreteria.»

«Non posso parlare con lei.»

Chilton tornò al mobile, poi prese la carta vetrata,

girandola tra le mani mentre si ritirava sul retro del laboratorio.

«Ho solo alcune domande.» Gavin indicò con un cenno un tornio e altri macchinari che stavano in silenzio, in attesa che l'artigiano riprendesse il lavoro. «Da quanto tempo fa il falegname?»

«Da quando ho lasciato la scuola.»

«Mi risulta che sia stato coinvolto nell'industria cinematografica per un po'.»

Chilton spostò i piedi, tracciando un sentiero nella segatura che cospargeva il pavimento di cemento. «È stato molto tempo fa.»

«Cosa faceva?»

«Ero uno scenografo. Poi ho avviato una società di produzione indipendente con un mio amico.»

Gavin si guardò intorno osservando i vari oggetti appesi alle pareti: taglieri, targhe per case, portacoltelli. «Perché ha smesso?»

«Preferirei non parlarne.» Chilton si voltò e si occupò di quello che Gavin capì essere una culla, carteggiando delicatamente la superficie.

La lavorazione era incredibile, con intagli intricati che decoravano l'esterno delle sponde e sagome di animali nelle assi.

«Quando ha iniziato questa attività?»

«Circa due mesi fa.»

«Sembra che le stia andando bene.»

Un'alzata di spalle. «Va bene. Mi tiene lontano dai guai.»

«Che tipo di guai?»

In risposta, Chilton si girò e gettò il blocco di carta

vetrata su un banco da lavoro, poi incrociò le braccia sul petto.

«Intendevo quello che ho detto. Non sono disposto a parlarne.»

«Mi lasci mettere la cosa in prospettiva,» disse Gavin, passando le dita sulla superficie liscia della struttura in legno. «Abbiamo già intervistato Porter MacFarlane e suo figlio in relazione a un omicidio a nord di Bearsted la settimana scorsa...»

«L'ho visto al telegiornale.»

«Quello che non avrà visto è che due fucili sono stati rubati ai MacFarlane in un momento successivo alla fine di giugno. Crediamo che uno di quei fucili sia stato usato nella sparatoria. Tra tutte le società di produzione che abbiamo intervistato e che avevano accesso al loro magazzino, lei è l'unico che resta. E ha evitato le nostre chiamate. Perché?»

Lo vide allora, il leggero tremore nelle mani di Chilton, le labbra tremanti mentre alzava lo sguardo al soffitto come se cercasse una guida divina.

«Signor Chilton?»

«Non può dirgli che ha parlato con me,» disse infine l'artigiano. «Mi ucciderà se lo scopre.»

Gavin fece un passo avanti, il cuore che batteva forte. «Chi? Porter MacFarlane?»

«No.» Chilton scattò. «Quel suo figlio. Roman.»

CAPITOLO 49

«Come mai il falegname ha litigato con Roman MacFarlane?»

Barnes si aggrappò alla maniglia sopra il finestrino del passeggero, stringendo i glutei mentre Kay affrontava una curva stretta senza togliere il piede dall'acceleratore.

«Gavin dice che Chilton era stato incaricato da una delle compagnie di streaming di realizzare una serie documentaristica sui crimini reali, e avevano bisogno di noleggiare alcune copie delle armi per alcune scene in uno degli episodi. Avevano un budget limitato e non volevano noleggiare quelle vere». Kay rallentò fino a procedere a passo d'uomo mentre si avvicinava a un incrocio, poi ripartì di scatto, sterzando per evitare un fagiano. «Mentre era nel capannone con Roman, ha notato che una delle pistole che aveva preso dal banco di lavoro non aveva contrassegni di prova validi...»

«Quindi era stata importata nel Regno Unito e poi venduta illegalmente».

«Esattamente. E Roman si è reso conto che lui l'aveva

capito. Chilton non ha insistito sulla questione, ha detto che Roman aveva uno sguardo strano, come se lo stesse sfidando a dire qualcosa. Si è preoccupato, soprattutto perché quel giorno era da solo, quindi ha semplicemente preso le armi che aveva noleggiato per la produzione ed è andato via il più velocemente possibile. Ha chiesto a uno dei suoi assistenti di riportare le pistole il giorno dopo e gli ha detto di non trattenersi: dice che aveva troppa paura per tornare lui stesso».

Barnes aggrottò la fronte. «Cosa l'ha spaventato?»

Le labbra di Kay si assottigliarono. «Il fatto che Roman l'abbia chiamato all'una di notte minacciandolo su cosa gli avrebbe fatto se l'avesse detto a qualcuno. Chilton ha chiuso la società di produzione non appena hanno terminato il documentario».

«Merda». Attese fino a quando l'auto sobbalzò sulla griglia per il bestiame alla fine del vialetto dei MacFarlane, con i pensieri in subbuglio. «Credi che anche Porter faccia parte di questa storia?»

«Non lo so, Ian. Vivono in mezzo al nulla e nessuno dei due è mai stato segnalato per un'infrazione o qualsiasi altra cosa che potesse destare preoccupazione nella squadra di Daniel. Ma chi sa cosa combinano quei due?»

Allentò la presa sulla maniglia quando lei rallentò fino a fermarsi davanti alla casa, poi alzò la mano. «Aspetta qui. Vado a vedere prima se c'è qualcuno».

Chiudendo la portiera dell'auto, mettendo a tacere le sue proteste, attraversò a grandi passi la ghiaia, lo sguardo che vagava sulle finestre che davano sul vialetto.

Nessuno stava guardando fuori, e non una singola tenda si mosse.

Con la gola secca, si sforzò di rilassare le spalle e salì i gradini fino alla porta con un balzo, nel caso uno dei MacFarlane stesse osservando da lontano, non volendo metterli in allarme sul motivo della sua presenza.

Solo una visita di routine, pensò con un sorriso tetro.

Suonò il campanello e fece un passo indietro.

Nessuna risposta.

Premette di nuovo il campanello, i rintocchi risuonavano fino a dove si trovava.

Girandosi, scosse la testa e tornò rapidamente verso l'auto mentre Kay abbassava il finestrino.

«Non c'è nessuno».

Lei scese, indicando un sentiero che correva lungo il fianco della proprietà. «Vediamo se la porta sul retro è aperta. Se Porter è in giardino o qualcosa del genere...»

«Aspetta». Barnes andò sul retro dell'auto, aprì il bagagliaio e tirò fuori due manganelli telescopici prima di passarne uno a lei.

«Grazie», disse lei, con il viso teso.

Nessuno dei due espresse ad alta voce il timore che i manganelli sarebbero stati inutili contro una pistola, ma quando Barnes aprì il suo con un colpo secco, si sentì leggermente meglio essendo armato con qualcosa.

Si fermò, sentendo delle sirene portate dal vento.

«Ci sono due pattuglie in arrivo», disse Kay. «Ho chiesto rinforzi prima di lasciare Maidstone».

«Ma non vuoi aspettare».

Lei fece un profondo sospiro, e lui vide la tensione che la opprimeva.

«Potremmo solo dare un'occhiata», azzardò lui. «Saranno qui tra un minuto».

«Andiamo, allora».

Strisciò lungo il lato della casa, cercando di posare i piedi il più lentamente possibile per evitare che il rumore della ghiaia calpestata allertasse Porter o Roman, poi alzò la mano e sbirciò dietro l'angolo.

«La porta sul retro è aperta», sussurrò alle sue spalle.

«C'è qualcuno in giardino?»

Guardò lungo la distesa di prato ondulato che si allontanava da una graziosa area con patio, strizzando gli occhi mentre cercava di individuare figure vestite di scuro in agguato tra gli alberi in fondo al giardino che formavano un confine tra la casa e le parti esterne, poi scosse la testa.

«Il fianco è libero».

«Lentamente, allora».

Controllò dietro di sé mentre la prima delle auto di pattuglia frenava accanto alla loro, poi si accovacciò e si spostò lungo il retro della casa.

Passando sotto una finestra che si affacciava sul giardino, si fermò e sollevò la testa quanto bastava per vedere oltre il davanzale.

Al di là dei vetri c'era una sala da pranzo vuota, con un grande tavolo allungato al centro apparecchiato per dodici persone, ma non c'era nessuno.

Nessuno che gli puntasse contro una pistola.

Si abbassò e si affrettò verso la porta aperta, poi si fermò e sbirciò oltre lo stipite.

«Vuota», mormorò. «È la cucina».

«Forse sono usciti», disse Kay.

«Huhmmph».

«Cos'è stato?» Kay gli afferrò la manica della giacca. «Hai sentito?»

«Resta qui».

Dopo aver fatto un paio di respiri profondi per cercare di calmare il battito frenetico del cuore, Barnes entrò in cucina, con il manganello sollevato.

«Aiutatemi...» disse una voce debole.

Proveniva da una porta aperta sul lato della cucina principale, e avvicinandosi vide scaffali carichi di sacchi di farina, patate e zucchero, mentre mazzi di erbe fresche erano sistemati in barattoli su un ripiano sottostante.

Sentì delle voci fuori e si rese conto che la pattuglia in uniforme aveva raggiunto Kay.

Poi vide due piedi che spuntavano da dietro una lavatrice e un'asciugatrice accanto ad un'altra porta esterna.

Lasciando cadere il manganello sul bancone, si precipitò in avanti.

Porter MacFarlane giaceva disteso sulle piastrelle, con la fronte insanguinata e gli occhi chiusi.

«Kay? Qui!» Barnes chiamò dietro di sé mentre si abbassava sul pavimento.

Passi di corsa seguirono le sue parole, e poi: «Dove sei?»

«Qui... nella dispensa». Allungò la mano e diede dei colpetti delicati sulla guancia dell'uomo. «Porter? Sono Ian Barnes, Polizia del Kent. Mi sente?»

Gli occhi di MacFarlane si aprirono con un tremolio. «Mi ha colpito. Mio figlio...»

«Dov'è Roman, Porter? Dov'è suo figlio?»

L'uomo borbottò a bassa voce, mentre gli occhi si chiudevano.

«È in stato di commozione cerebrale, capo». Barnes si raddrizzò e fece un cenno al giovane agente che sbirciava dietro di lei, con la radio già alle labbra. «Chiama un'ambulanza».

Kay si inginocchiò sul pavimento accanto a lui e si avvicinò a MacFarlane. «Porter, resti con me. Pensiamo che Roman potrebbe far del male a qualcuno. Dove è andato?»

«Ha detto... Ha detto che doveva prendere l'altro fucile. Ha detto che l'avrebbe fatta pagare a Redding...» MacFarlane aggrottò la fronte, poi si passò la lingua sulle labbra. «Non so chi sia Redding. Non sapevo che ci dovesse dei soldi».

«Non è quel tipo di pagamento che mi preoccupa», mormorò Kay, poi fece un cenno a uno degli agenti in uniforme che stazionavano sulla porta. «Rimani con lui».

Barnes la seguì fuori dalla cucina lungo il corridoio, aprendo la porta d'ingresso in attesa dell'arrivo dei paramedici dell'ambulanza. «Roman sarà armato, capo. Abbiamo bisogno che la squadra di Disher ci raggiunga là, o qualcuno potrebbe farsi male».

«Cristo». Kay inciampò sullo scalino d'ingresso, mentre il viso impallidiva. «Ho detto a Kyle di andare a casa di Redding e di prendere Patricia se non fosse riuscito a contattarla al telefono».

Tirò fuori il telefono e premette la chiamata rapida per il numero del cellulare dell'agente.

«Cazzo, non risponde», disse a denti stretti. «Chi è con lui?»

«Phillip».

Scosse la testa. «Nessuna risposta neanche dal suo telefono».

Notando un altro agente sul sentiero accanto alla casa

che camminava avanti e indietro mentre ascoltava la sua radio, alzò la voce. «Dì alla centrale che avremo bisogno della squadra tattica all'indirizzo di Mark Redding. Voglio che tu e un'altra auto ci seguiate là, capito? Dì loro che è urgente... ci sono due agenti sul posto e devono stabilire un contatto radio con loro. Potrebbero essere in pericolo».

Il giovane agente rimase immobile, troppo scioccato per muoversi per una frazione di secondo, e poi partì di corsa verso il suo veicolo, trasmettendo le istruzioni di Barnes mentre correva.

«Andiamo». Kay si voltò verso la loro auto.

«Aspetta... dobbiamo controllare il capannone per vedere se manca qualcos'altro», disse Barnes. «Almeno così potremo dare a Disher informazioni in anticipo su ciò che lui e la sua squadra potrebbero trovarsi davanti».

«Sali. Guido io».

CAPITOLO 50

«Accidenti. Dev'essere pieno di soldi».

Kyle scese dall'auto di pattuglia, distendendo le sue lunghe gambe intorpidite mentre osservava la casa di Mark Redding e poi fissò l'auto sportiva parcheggiata su un lato del vialetto, elegantemente posizionata per assicurare che la sua carrozzeria lucente potesse essere ammirata da tutti.

Accanto era stato parcheggiato un malconcio fuoristrada, in netto contrasto con l'auto di Redding. I suoi fianchi erano ricoperti di fango secco che si aggrappava alla vernice, con vari segni di graffi visibili sul paraurti e sul parafango anteriore.

«Dev'essere quello con cui è andato al pub», disse Phillip. «Qualche notizia da Hunter su come sta andando la visita ai MacFarlane?»

«Non c'è segnale telefonico qui». Kyle gettò il cellulare nel vano piedi, disgustato. «Come diavolo può gestire un'attività senza segnale telefonico?»

Phillip indicò una scatola di plastica sporgente dal lato

della proprietà accanto a una porta finestra. «Hunter ha detto che dipende dalla linea fissa».

«Immagino che il XXI secolo non sia ancora arrivato qui», mormorò Kyle, infilando la radio nel giubbotto e sbattendo la portiera dell'auto. «D'accordo, vediamo di scoprire dove si trova la signora Redding».

«Quello è il suo fuoristrada, no?»

«Allora perché non ha risposto al telefono? O almeno non mi ha richiamato quando è tornata dalla spesa?» Accennò con il mento alle tende tirate sulle finestre del piano inferiore, con sprazzi di luce che filtravano dai bordi. «È in casa».

«O è uscita a portare il cane a spasso».

Kyle sbuffò, maledicendo la scarsa luce che ormai avvolgeva la casa e gli alberi circostanti, gettando nell'ombra l'uscita dal vialetto.

Le sue viscere si contorcevano, ma non riusciva a trovare una spiegazione razionale per il disagio che gli stava invadendo le spalle.

Con la mano che si spostava verso la radio agganciata al giubbotto, ne picchiettò la parte superiore con l'indice, chiedendosi se chiamare la centrale, oppure...

Un furioso abbaiare esplose dall'interno della casa.

Affrettandosi ad attraversare il vialetto verso la porta d'ingresso, rallentò mentre il suo cervello cercava di elaborare ciò che stava vedendo.

Phillip si allontanò pesantemente dall'auto e lo seguì, poi emise le parole che lentamente stavano facendo strada dal cervello di Kyle alle sue labbra mentre fissava il telaio di legno scheggiato e la catena di sicurezza che pendeva.

«Merda».

Un segno di sfregamento sporco di fango era graffiato sulla parte inferiore della porta.

I due agenti si guardarono per un momento, poi automaticamente presero i loro manganelli telescopici dai giubbotti.

«Spray al peperoncino?» sussurrò Phillip.

«Va bene, ma per l'amor di Dio non colpire il cane. Non la smetteremmo mai di sentire Hunter lamentarsi».

Il collega annuì in risposta, e Kyle spinse delicatamente la porta.

Fece un respiro profondo quando si aprì senza cigolare e lentamente si infilò nell'ingresso, con il suono dell'abbaiare proveniente da una porta chiusa alla sua sinistra.

Frenetici graffi la artigliavano, poi l'abbaiare si fermò e il cane guaì mentre annusava lungo la fessura sottostante.

Kyle allungò la mano verso la maniglia.

«Lasciala stare», disse Phillip sottovoce. «Prima dobbiamo perlustrare il resto della casa».

Annuì, lasciando che l'agente più esperto prendesse il comando.

Si avviarono furtivamente verso quella che il padre di Kyle avrebbe definito una cucina ben arredata, con una serie di faretti nel soffitto che illuminavano il piano di lavoro centrale.

Un tagliere era coperto di fette di carota e cimette di broccoli. Kyle poteva sentire l'odore di cipolle bruciate provenire dal grande fornello appoggiato contro la parete di fondo.

Si avvicinò, trovò il cibo già rovinato e bruciato, e spense il gas prima di lanciare uno sguardo al collega.

«Dove andiamo adesso?»

Il suono di un oggetto pesante che cadeva a terra risuonò attraverso il muro, e tendendo le orecchie gli parve di sentire una voce soffocata.

Phillip accennò con la testa verso la porta. «Andiamo».

Il cane continuava a grattare quella che Kyle presumeva fosse la porta del soggiorno, e mentre passavano ai piedi della scala, notò che non era stata completamente chiusa.

Ogni volta che l'animale grattava il telaio, la porta si apriva leggermente prima di richiudersi di nuovo.

«Ehi».

Rivolse l'attenzione a Phillip, che stava aspettando accanto a un'altra porta chiusa, e si affrettò a raggiungerlo.

«L'ufficio di Redding credo sia da questa parte», sussurrò.

«È proprio accanto alla cucina. È da lì che veniva il rumore».

L'altro agente ripartì, con il manganello alzato.

Con un rapido controllo alle spalle per assicurarsi che non stessero per essere attaccati da dietro, Kyle lo seguì, con il cuore che batteva forte.

Oltre un'anticamera, la porta dello studio di Redding era aperta, un bagliore soffuso che filtrava attraverso la fessura illuminava la forma robusta di Phillip mentre avanzava lentamente.

«Signora Redding? È la polizia. Sta bene?» chiamò.

Kyle sentì un gemito soffocato, e poi il collega guardò dietro di sé e annuì una volta prima di irrompere nella stanza.

Kyle gli stava correndo dietro prima ancora di avere il tempo di pensare.

Qualcosa di duro, metallico, colpì il braccio di Phillip, si sentì il gemito di dolore dell'uomo insieme al rumore dell'osso che si rompeva e cadde a terra, mentre il suo manganello rimbalzava sul folto tappeto spesso.

Kyle si girò, pronto a combattere.

«Non credo proprio», disse una voce calma. «Fallo cadere».

Roman MacFarlane era in piedi accanto alla porta, con una pistola premuta contro la fronte di Patricia Redding.

Lasciò cadere l'attizzatoio accanto al camino con un rumore metallico poi trascinò Patricia verso la scrivania di suo marito.

Lei stava sanguinando, aveva un brutto taglio sopra l'occhio destro, di colore rosso vivo contro il suo viso pallido.

«Sta bene, signora Redding?» riuscì a dire Kyle, con lo sguardo che si spostava verso Phillip inginocchiato sul tappeto che si teneva il polso rotto.

«La porta mi ha colpita quando l'ha sfondata a calci». Patricia tremò mentre Roman la spingeva nella poltrona di pelle e premeva più forte la pistola contro la sua tempia. «L'ho aperta solo perché ha detto che era della polizia. Vi prego, fate come dice».

Kyle alzò la mano, poi si accovacciò e posò il manganello sul pavimento, mantenendo gli occhi fissi su Roman. «Possiamo parlarne, Roman. Non c'è bisogno di farle del male.»

«Dammi la tua radio». La pistola si spostò verso di lui,

poi verso Phillip. «E anche la sua. Lo spray al peperoncino e i vostri manganelli. Lentamente.»

Avvicinandosi al collega, Kyle prese la radio che gli porgeva, notando la rabbia nei suoi occhi per la situazione in cui si trovavano ora.

Scosse leggermente la testa, afferrò la radio e camminò verso la scrivania.

«Posali. Accanto alla tastiera», disse Roman.

Non c'era traccia di paura nella voce dell'uomo.

Invece, una fredda calma emanava da lui mentre osservava l'equipaggiamento.

Un brusio di codici e istruzioni veniva scambiato dai centralinisti al comando, e mentre ascoltava il chiacchiericcio serale tra i suoi colleghi ignari, Kyle represse il panico crescente nel petto.

«Tutti e due, sedetevi sulle sedie laggiù dove posso vedervi.»

Muovendosi attraverso il tappeto e aiutando Phillip ad alzarsi, Kyle notò l'attizzatoio di ottone con cui era stato colpito, ora disteso su un tappeto ornato dove Roman l'aveva lasciato cadere, e si fermò per esaminare il polso del collega.

Un piccolo osso sporgeva attraverso la pelle, e l'altro uomo imprecò a bassa voce quando la manica della camicia lo sfiorò.

«Ho detto sedetevi!»

Kyle guardò oltre la spalla. «Credo che abbia bisogno di un medico. Anche la signora Redding.»

«Non m'importa cosa pensi. Siediti. Ora.»

Roman fece un passo indietro da Patricia, con la

mascella tesa mentre la pistola oscillava pericolosamente tra i due uomini.

Prendendo la poltrona più vicina alla scrivania, Kyle mantenne gli occhi fissi sull'uomo mentre Phillip si sedeva su una delle altre sedie, con il respiro affannoso.

Poi la radio crepitò, e il suo cuore sobbalzò quando risuonò la voce di Kay.

«Kyle, Phillip? La centrale ha cercato di contattarvi. Ascoltatemi, non entrate nella casa dei Redding. Mi sentite? Crediamo che Roman MacFarlane sia armato e...»

Roman allungò la mano e spense le radio una dopo l'altra.

Aveva un brutto sorriso quando si voltò verso di loro.

«È un po' tardi per dirvelo, non è vero, agenti?»

CAPITOLO 51

Kay si trovava a lato della stretta stradina oltre il vialetto dei Redding, con la bocca secca mentre osservava due ambulanze avanzare lentamente fino a fermarsi accanto a un veicolo della squadra tattica.

Ordini gridati provenivano dal cordone esterno mentre gli agenti della Stradale bloccavano l'accesso lungo la stradina e reindirizzavano i residenti, i loro volti impassibili mentre lavoravano.

Una leggera pioggerellina nebulizzava l'aria, bagnando lentamente i suoi capelli e i vestiti e lasciando un pungente odore di ozono sui cigli e sulle siepi. Si scostò la frangia dagli occhi mentre un brivido le percorreva la schiena.

Non può essere vero, pensò.

La squadra di Paul Disher era in controluce, illuminata dai fari delle auto radunate, i loro veicoli di emergenza come ombre massicce dietro gli uomini vestiti di scuro, e le loro voci basse mentre ascoltavano il suo briefing.

Erano già in viaggio quando le radio di Kyle e Phillip erano ammutolite, e nonostante il modo brusco con cui lo sciame di agenti in uniforme lavorava all'interno del cordone, sapeva che ognuno di loro stava pensando la stessa cosa.

Vi prego, fate che siano vivi.

«Quanto possiamo avvicinarci?» chiese uno della squadra tattica, con la voce che si distingueva sopra le teste dei colleghi. «Qualcuno è riuscito a vederli?»

«Kay, cosa può dirci della casa?» disse Disher, facendole cenno di avvicinarsi. «Lei c'è stata dentro. Abbiamo bisogno di sapere tutto quello che riesce a ricordare.»

«La stanza che Redding usa come studio è qui, sul lato destro della casa guardandola di fronte» disse, tracciando col dito sullo schema disegnato in modo approssimativo. «Ci sono delle porte finestre che danno sul vialetto, è così che Redding dice di essere riuscito a sgattaiolare fuori per andare al White Hart a incontrare Thorngrove senza che sua moglie lo sapesse. Il soggiorno è dall'altra parte della casa, e c'è un'anticamera tra lo studio e l'ingresso.»

Disher aggrottò la fronte. «Mi chiedo perché Roman non sia entrato in casa attraverso quelle, voglio dire, se stava cercando Redding...»

«Forse non lo sapeva» suggerì Kay. «Se non era mai stato in quella casa prima, non avrebbe saputo di quell'accesso laterale.»

«È riuscita a ottenere altre informazioni da Redding su ciò che è successo tra lui e Roman?»

«Beh, ha confermato di aver nascosto il fucile che ha ricevuto da Roman, è identico a quello usato per uccidere Thorngrove. Si è reso conto in seguito di quanto Roman fosse pericoloso, e ha detto a Gavin e Laura che voleva assicurarsi di avere una qualche forma di protezione a casa per sé e sua moglie se fosse apparso all'improvviso...»

Disher sbuffò. «Peccato che non ci abbia detto tutto questo prima...»

«Non posso darle torto. Pensiamo anche che Roman abbia gettato i pezzi dell'arma nel bidone dietro il pub per incolpare Len Simpson e spostare l'attenzione da sé, soprattutto dopo che Porter aveva scoperto che mancava parte del suo stock di armi.»

«E così Roman è andato a cercare Redding, non sapendo che lo avevamo già in custodia, e poi ha preso in ostaggio la moglie. Cristo.» Disher si passò una mano sui capelli rasati, poi consegnò lo schema a uno dei suoi subordinati e si mise il casco protettivo. «Okay, grazie, detective. Ci pensiamo noi da qui in avanti.»

«Ma...»

«Capo!»

Si voltò e vide Barnes che correva verso di loro, le braccia cariche di giubbotti antiproiettile.

Fece un cenno a Disher prima di spingere uno dei giubbotti verso di lei e di consegnare il resto a Harry Davis.

«Capo, abbiamo Porter MacFarlane in custodia, e Gavin e Laura gli stanno parlando adesso» disse, senza fiato. «Quali sono le ultime novità qui?»

«Non buone.» Lo condusse lontano dal veicolo di Disher fino a quando si trovarono al limite estremo della piazzola, poi respirò profondamente.

«Kyle e Phillip sono lì dentro, così come Patricia Redding. Roman ha il controllo delle radio di entrambi e non c'è segnale per i cellulari vicino alla casa.» Le sue mani tremavano mentre abbottonava l'ingombrante giubbotto antiproiettile. «Non sono riuscita a raggiungerli in tempo, Ian. Ho cercato di avvertirli...»

«Capo... Kay...» Barnes allungò le mani e strinse le sue, la sua pelle era calda e ruvida. «Disher e la sua squadra faranno tutto il possibile per farli uscire vivi. Non è colpa tua se sono in questa situazione. Roman...»

«...è un pazzo, e vende armi al mercato nero, e quel maledetto di suo padre avrebbe dovuto rendersene conto e dircelo, e...»

«Lo so. Ma ora siamo qui, e collaboreremo con Disher per salvarli. D'accordo?»

«D'accordo.» Gli rivolse un debole sorriso. «Buon discorso motivazionale. Grazie.»

Le sue mani si spostarono sulle spalle di lei, dandole una leggera stretta. «Ce la puoi fare.»

Kay annuì, mordendosi il labbro.

«Hunter?»

Si voltò al richiamo e vide Sharp che avanzava verso di lei, con il volto teso.

«Sono arrivato il più velocemente possibile. Avete sentito qualcosa da quando le radio sono ammutolite?»

«No.»

Abbassò la voce. «Come comandante *gold* di questa indagine, prenderò il controllo come responsabile delle indagini una volta che Disher cederà il comando.»

Lei annuì, accettando che la catena di comando fosse fluida in tali situazioni, e sollevata che qualcuno con l'esperienza di Sharp fosse al suo fianco.

«Qualsiasi cosa le serva, capo» disse. «Mark Redding è

ancora in custodia a Maidstone, e ho dato a Paul tutte le informazioni che potevo sulla disposizione della casa.»

«E Roman?» disse Sharp, guardando Barnes tornare verso il cordone. «Qualcuno è riuscito a scoprire cosa potrebbe aver dato inizio al commercio illegale di armi?»

«Non ancora... Porter è sotto shock, credo. Laura mi ha mandato un messaggio poco prima che lei arrivasse per dirmi che lui non riesce a capire cosa abbia combinato suo figlio. Laura ha scoperto che ha avuto problemi da adolescente, ma non c'è alcuna fedina penale giovanile e Porter le assicura che non era nulla di violento. È stato sorpreso a borseggiare.» Scosse la testa. «La loro è un'azienda da milioni di sterline, Devon. Perché diavolo Roman rischierebbe di commerciare armi illegali? Voglio dire, quanti soldi può volere una persona?»

«Penso che...»

La risposta di Sharp fu interrotta da un grido di Disher.

«Aspetti.» Kay corse verso il punto in cui l'agente tattico armato stava guidando la sua squadra verso l'ingresso del vialetto dei Redding. «Devo venire con voi. Ho due agenti là dentro.»

Disher fece segno ai suoi uomini di proseguire prima di voltarsi verso di lei, i suoi occhi erano freddi come la pietra.

«Con rispetto, Ispettrice, lei non andrà da nessuna parte finché la mia squadra non avrà valutato la situazione e neutralizzato la minaccia.» Fece una smorfia. «E se ha ragione su questo tizio, non abbiamo tempo di stare qui a discutere.»

CAPITOLO 52

Kyle lentamente alzò la mano e si asciugò il sudore che gli pungeva gli occhi.

Era passata mezz'ora dal messaggio disperato di Kay, e da allora Roman MacFarlane aveva trascorso il tempo borbottando sottovoce e camminando avanti e indietro sul tappeto davanti alla scrivania dove Patricia Redding sedeva, con il terrore negli occhi.

Accanto a lui, Phillip era caduto in silenzio mentre cullava il suo polso rotto e fissava con rabbia il loro rapitore.

Il cane aveva smesso di abbaiare dopo lo sfogo iniziale di Roman, con l'occasionale suono di graffi che ancora arrivava fino a dove era seduto lui, accompagnato da un guaito che faceva aggrottare la fronte di Patricia ogni volta.

«Ha bisogno d'acqua», sussurrò lei. «Per favore, avrà sete.»

«Sarà morto se non chiudi il becco». Roman si fermò nel suo camminare e puntò la pistola verso di lei. «Potrei mettergli una di queste nel cranio. Lo terrebbe zitto, non credi?»

La donna gemette, scosse la testa e abbassò lo sguardo sui documenti sparpagliati sulla scrivania.

Un armadio a muro era aperto, il suo contenuto copriva il tappeto intorno ai suoi piedi espandendosi fino ai bordi del tappeto ornamentale davanti al camino. I libri erano stati strappati dagli scaffali, e mentre Kyle osservava Roman fare a pezzi la stanza, tratteneva il respiro.

L'uomo era come in trance nei suoi movimenti, ma il giovane agente non era disposto a correre rischi.

Non aveva dubbi che Roman sapesse usare la pistola che teneva in mano, e l'avrebbe fatto se uno dei due agenti avesse commesso un errore.

«Perché sei venuto qui?» disse, cercando di mantenere la voce calma.

Roman si girò di scatto. «Per parlare con Mark.»

«Di cosa?»

L'altro uomo increspò il labbro superiore. «Ha qualcosa che mi appartiene. Lo rivoglio indietro.»

Kyle indicò con un cenno del mento gli oggetti scartati che ingombravano la stanza. «Ecco il perché della ricerca.»

Ricevette un grugnito in risposta.

«Forse se ci dicessi cosa stai cercando, potremmo aiutarti», suggerì, alzandosi in piedi.

La pistola si girò verso di lui. «Resta dove sei.»

Alzando le mani, Kyle si sforzò di rilassarsi tornando nella poltrona. «Nessun problema. Pensavo solo che potrebbe velocizzare le cose un po'. Aiutarti a proseguire.»

«Non sono affari tuoi.»

Kyle sorrise. «Sfortunatamente, li hai resi affari nostri quando ci hai presi in ostaggio.»

Roman improvvisamente si fermò nella sua distruzione dello studio di Mark Redding, e poi si diresse verso le porte finestre e scrutò nella notte.

Per favore, qualcuno gli spari, pensò Kyle, prima di rendersi conto di quanto sarebbe stato difficile ottenere un colpo pulito attraverso il doppio vetro senza uccidere Patricia nel frattempo.

Un bisogno di autoconservazione sembrò attraversare la mente di Roman nello stesso momento.

Si allontanò dalle finestre, poi allungò la mano e chiuse le tende spesse, nascondendo gli occupanti da chiunque stesse osservando con attenzione la casa dall'esterno, e si voltò verso Kyle con un sorriso trionfante.

Cercando di nascondere la sua delusione, l'agente lanciò un'occhiata al suo collega, che era diventato più pallido.

«Resisti, amico», mormorò. «Sono sicuro che la cavalleria non è lontana.»

«Smettila di parlare», sbottò Roman. «Cosa gli stai dicendo?»

«Solo che mi fa male il sedere. Come te la passi?»

L'uomo armato improvvisamente si mosse intorno alla scrivania e si affrettò attraverso il tappeto verso di loro, con gli occhi determinati.

Kyle si ritrasse istintivamente.

«Dammi il tuo giubbotto.»

«Cosa?»

«Il tuo giubbotto. Alzati. Toglitelo. Lentamente.»

La pistola ondeggiava avanti e indietro, e Kyle scoprì

che non riusciva a distogliere lo sguardo dalla bocca aperta della canna.

Non era come nei film.

E di certo non era quello che si aspettava quando aveva timbrato il cartellino per il suo turno quella mattina.

Si alzò dalla sedia e strappò via le cinghie che tenevano il giubbotto in posizione, se lo sfilò dalle spalle e lo tese verso l'uomo.

«Ecco.»

«E anche il suo. Toglilo a lui.»

«Roman... lascialo stare. Sta male. Non può farti del male.»

«Toglilo. Subito.»

Phillip digrignò i denti mentre Kyle manovrava le sue braccia per sfilare il giubbotto e lo consegnava prima di accasciarsi con chiazze di sudore sotto le ascelle.

Soddisfatto, Roman si infilò uno dei giubbotti sopra la testa e gettò l'altro sul pavimento accanto al focolare vuoto, con la schiena rivolta ai due agenti.

Kyle fece un respiro profondo, prendendo un momento per cercare nella stanza qualcosa, qualsiasi cosa, che potesse usare per disarmare l'uomo.

Il suo sguardo passò sull'insieme di attrezzi in ottone appesi in un supporto accanto al camino. Sebbene l'attizzatoio sembrasse promettente, sapeva che non l'avrebbe raggiunto in tempo.

Roman avrebbe sparato prima che fosse arrivato a metà dello studio, e dove avrebbe lasciato Patricia e Phillip?

I suoi pensieri si rivolsero a ciò che doveva star accadendo oltre le quattro mura; sicuramente Kay e i suoi colleghi avrebbero capito cosa stesse succedendo, e dato l'addestramento che tutti avevano ricevuto, immaginò che un'unità di risposta tattica fosse ora da qualche parte nelle vicinanze.

Lo sperava.

Roman continuò a camminare avanti e indietro sul pavimento, borbottando sottovoce, e Kyle si rese conto che l'uomo stava rapidamente perdendo quel misero controllo che poteva aver avuto.

I suoi occhi si spostarono verso dove sedeva Patricia, terrorizzata, dietro la scrivania del marito, e si rese conto che non avrebbe importato quali piani avesse la squadra tattica.

Se non avessero fatto qualcosa presto, Roman avrebbe potuto farsi prendere dal panico.

Un suono di graffi proveniente da oltre l'anticamera lo raggiunse, e tese le orecchie.

Eccolo di nuovo.

C'era qualcuno alla porta d'ingresso?

Roman girò sui tacchi, la sua attenzione scattò verso la porta aperta dello studio.

Kyle si schiarì la gola, aggrappandosi a un'idea e sperando che la sua intuizione fosse corretta.

«Cosa stai cercando qui, Roman? Forse potrei aiutarti a cercarlo?»

«Cosa?»

Indicò gli armadi aperti. «Stavi ovviamente cercando qualcosa quando siamo arrivati. L'hai trovato?»

Roman fece un passo avanti, la pistola nuovamente alzata. «Stai zitto. Non puoi aiutarmi. Non puoi...»

Il fruscio di artigli sulle piastrelle di parquet echeggiò attraverso l'anticamera e poi una macchia nera si precipitò nello studio, con un feroce ringhio che emanava dalle sue profondità.

Con i denti scoperti, il cane si lanciò contro Roman, la massa dell'animale fece perdere l'equilibrio all'uomo mentre i suoi occhi si spalancavano per il terrore.

«Cazzo», riuscì a dire.

Kyle si rannicchiò nella poltrona, cercando di farsi più piccolo possibile mentre l'animale affondava i denti nella coscia di Roman; una parte del suo cervello si aggrappò al suono delle grida provenienti dalla direzione del corridoio.

Pesanti passi rimbombarono verso lo studio, seguiti da una raffica di ordini urlati, e Patricia urlò mentre si gettava a terra al suono di un singolo sparo.

Poi scoppiò l'inferno.

CAPITOLO 53

Un colpo di pistola, un urlo di donna, un guaito...

Kay spalancò la bocca al subitaneo assalto di rumori che esplose dalla radio nella mano di Sharp, mentre un brivido freddo le attanagliava le spalle e il collo.

Prima che uno di loro potesse pronunciare una parola, la voce di Disher si propagò attraverso le onde radio.

«A terra! A terra! Tutti a terra!»

Guardò verso il punto in cui Barnes stava in piedi accanto a uno dei veicoli di pattuglia, con la mascella serrata mentre ascoltava la radio appartenente al sergente accanto a lui; il bagliore blu delle luci gettava nell'ombra un lato del suo volto.

Con il cuore che le batteva all'impazzata, si chiese se anche lei avesse la stessa espressione inorridita, e si voltò verso Sharp.

Ci fu uno scoppio di voci confuse, statiche, un lamento e un uomo che gridava di dolore, poi...

«Tutto libero».

Un sospiro strozzato di sollievo filtrò tra gli agenti

radunati al cordone, e Sharp abbassò il volume della sua radio.

«Grazie a Dio».

Poi un'altra radio sibilò più vicino alle auto di pattuglia e la voce di Disher si propagò da dove Barnes stava ora camminando verso di lei.

Il suo collega si immobilizzò, con la radio sollevata.

«Abbiamo bisogno di assistenza medica urgente. Veloce. Anche un veterinario, se qualcuno ne conosce uno».

«Ma che diavolo...?»

Kay non sentì le parole successive di Sharp.

Si fece strada a gomitate tra due giovani agenti, sentendo i motori delle ambulanze rombare mentre i suoi piedi trovavano la superficie ghiaiosa del vialetto, e partì in una corsa sfrenata.

«Kay, aspetta».

Non c'era illuminazione all'ingresso del vialetto, nessuna lampada accogliente sopra l'insegna di legno della proprietà dei Redding, e mentre superava la curva dolce che portava in vista la casa, emise un gemito soffocato.

Le luci del piano inferiore si riversavano dalle finestre, e si rese conto che la squadra di Disher aveva tirato indietro tutte le tende per rivelare le conseguenze della loro operazione e mostrare ai soccorritori in arrivo che la situazione era ora sotto controllo.

Le porte finestra che conducevano dallo studio di Mark Redding erano spalancate, e due uomini di Disher stavano accanto all'auto sportiva, con i fucili abbassati mentre la osservavano avvicinarsi.

Altri due uomini facevano da guardia alla porta d'ingresso, uno con il mento abbassato verso la sua radio.

Rallentò, sentendo Sharp chiamarla per nome, ma rifiutò di guardarsi indietro.

Kyle e Phillip facevano parte della sua squadra.

Doveva sapere.

Doveva stare con loro.

Estraendo il suo tesserino dalla tasca, lo agitò verso il più basso dei due agenti tattici mentre si avvicinava.

«Devo...»

Lui si girò, bloccandole l'accesso. «Non abbiamo ancora liberato la stanza».

Kay vide Disher a metà strada attraverso lo studio con la schiena rivolta verso di lei.

«Paul».

Lui guardò dietro di sé. «Fatela entrare. Passerò il comando all'Ispettore capo investigativo Sharp tra un secondo».

Annuendo in segno di ringraziamento ai due uomini che si fecero da parte per lasciarla passare, Kay attraversò la soglia ed entrò in una scena infernale.

Roman MacFarlane giaceva a pancia in giù, mani ammanettate dietro la schiena mentre si dimenava sotto le mani di uno dei colleghi di Disher che lo trattenevano, nonostante il sangue che si raccoglieva sotto le sue gambe.

«È lui che dovreste arrestare, non me», urlò. «È tutta colpa sua».

«Stai fermo», venne la brusca risposta. «Altrimenti ti farai male».

Kay spostò lo sguardo oltre lui verso dove Patricia Redding sedeva stordita su una sedia dietro la scrivania di suo marito, con un'espressione attonita sul viso, sangue che scorreva da un profondo taglio sulla fronte mentre un altro membro della squadra tattica cercava di fermare il flusso con i fazzoletti che strappava da una scatola accanto allo schermo del computer.

«Signora Redding, sta bene?» disse, inghiottendo respiri profondi e cercando di calmare il proprio battito cardiaco.

La donna annuì, il suo sguardo che vagava verso dove Disher e i suoi quattro colleghi rimanenti si radunavano intorno alle poltrone accanto al camino, tre di loro che schermavano una delle poltrone dalla vista.

Disher si girò al suono della sua voce, poi le fece cenno, con il viso grigio.

Affrettandosi, Kay deglutì alla vista del cane sdraiato sul tappeto, con una brutta ferita aperta nella spalla. Stava guaendo.

Uno degli uomini di Disher si staccò dal gruppo e si inginocchiò accanto a lui, accarezzandogli la testa e mormorandogli qualcosa.

Mentre si univa all'agente tattico principale, le domande nella sua testa si accavallavano l'una sull'altra.

Cosa era successo?

Di chi era l'arma che aveva sparato?

Perché il cane era ferito?

Non ebbe la possibilità di porle.

Invece, Disher si fece da parte, e lei vide allora su cosa si era concentrato mentre valutava i danni alla stanza nei pochi passi che le erano serviti per camminare dalle porte aperte a dove lui si trovava.

Una forma accasciata era distesa nel morbido tessuto

della poltrona, la tappezzeria color ruggine non faceva nulla per nascondere la pozza di sangue che copriva il sedile e accentuava i lineamenti pallidi di Phillip Parker.

Kyle era accovacciato accanto a lui, con il volto stravolto mentre la guardava.

«Dov'è quel cazzo di ambulanza?» gridò. «Abbiamo bisogno di un'ambulanza, dannazione».

Kay si voltò verso le porte finestra avvertendo un rumore e vide il primo dei paramedici irrompere nella stanza, con borse di tela strette nelle mani.

«Qui», disse Disher, facendo segno ai suoi uomini di farsi da parte. «Il proiettile sparato dal nostro sospetto è rimbalzato, l'ha colpito alla gamba. Non ha un bell'aspetto».

Facendosi indietro per lasciar prendere il comando ai due paramedici, Kay tirò Disher da parte. «Cosa è successo, Paul?»

«Il cane è scappato dal soggiorno giusto prima che entrassimo dalla porta principale», disse a bassa voce. «È andato dritto verso MacFarlane e gli ha azzannato la gamba, anche lui è in pessime condizioni, ma può fottutamente aspettare la seconda squadra di paramedici. Ha sparato con la pistola che aveva in mano, ma tra l'attacco del cane e il rinculo, ha sparato a distanza, ha mancato i tuoi due agenti, ma il proiettile è rimbalzato su quel tavolino. Walker dice che le schegge hanno colpito il cane nello stesso momento in cui hanno colpito Phillip, siamo entrati nella stanza mentre Kyle si lanciava contro Roman che stava prendendo la mira per un secondo colpo».

«Merda», mormorò Kay, guardando i pezzi mancanti dal tavolo che ora erano sparsi sul tappeto.

Nonostante i due paramedici, si avvicinò alla sedia e afferrò delicatamente la manica di Kyle. «Kyle, dai. Dobbiamo portarti via di qui».

«Sta morendo, capo», disse lui con voce rauca, i suoi occhi scuri si arrossavano mentre si alzava. «Non possiamo lasciarlo».

«Morendo?»

«C'è una notevole perdita di sangue», disse la paramedica. «Sembra che un grosso pezzo di legno scheggiato gli abbia reciso l'arteria femorale. Stiamo cercando di fermare l'emorragia...»

Kay barcollò, poi si mise davanti a Kyle e si lasciò cadere in ginocchio, allungando la mano verso quella di Phillip.

«Phil? Sono qui. Stiamo facendo tutto il possibile, mi senti? Andrà tutto bene». Osservò i paramedici al lavoro. «Non dovreste portarlo in ospedale?»

«Non possiamo rischiare di spostarlo finché non abbiamo fermato l'emorragia», fu la risposta brusca. «Ora se non le dispiace...»

Una mano grande le coprì la spalla e strinse.

«Kay...»

Lei scosse la testa e avvolse le dita attorno a quelle di Sharp, cercando forza dalla presenza del suo amico e mentore, ma vide la disperazione negli occhi dei paramedici mentre cercavano di salvare l'uomo che conosceva dai tempi in cui era un agente tirocinante.

Allora, era un individuo magro e nervoso, affiancato da colleghi più anziani e con più esperienza che gradualmente lo avevano trasformato nell'ufficiale su cui aveva imparato a contare, ed era diventato parte integrante della sua squadra investigativa.

«Lo stiamo perdendo...»

Kyle emise un gemito angosciato e si voltò, con le spalle tremanti.

«Phil...», riuscì a dire, sperando in un segno a dimostrazione che l'uomo avrebbe battuto le probabilità, cercando un barlume di vita sotto le sue palpebre chiuse.

Il petto di Phillip emise un ultimo sospiro tremolante, e un silenzio scioccato avvolse il piccolo gruppo.

Dopo un momento, Kay appoggiò la mano sul braccio di Kyle. «Dobbiamo portarti in ospedale. Hai un brutto taglio sulla guancia».

«Resterò qui», mormorò lui, con le lacrime che brillavano. «Andrò quando lo porteranno via, e poi mi farò controllare».

Incapace di discutere con lui, riluttante a usare il suo grado per costringerlo a fare ciò che gli veniva detto in quelle circostanze scioccanti, Kay si alzò in piedi e si girò.

«Kay». Sharp si mosse finché non fu in piedi davanti a lei, i suoi occhi grigi turbati. «Kay, ascoltami. Dobbiamo tornare alla centrale. Dobbiamo interrogare di nuovo Porter MacFarlane prima di occuparci di Roman».

Osservò, troppo stordita per rispondere, mentre Barnes barcollava in piedi con il cane tra le braccia e scompariva attraverso le porte finestre, urlando a uno dei giovani agenti fuori di portarlo all'ambulatorio veterinario di Adam.

«Kay».

Scosse la testa per cercare di contrastare il dolore che

le colpiva il cuore e si voltò al richiamo di Sharp. «Scusa, cosa, capo?»

«Dobbiamo parlare con Porter MacFarlane. Ho bisogno di te. Adesso».

«Va bene». Raddrizzando le spalle, determinata a trovare delle risposte per il suo collega morto e sapendo che il resto della sua squadra si sarebbe rivolta a lei per guidarli attraverso il proprio dolore, si asciugò le lacrime e fece un breve cenno al suo mentore.

«Sono pronta».

CAPITOLO 54

Kay prese la cartellina del briefing da Gavin con un ringraziamento mormorato e si fermò per leggere le note aggiuntive che il detective aveva inserito durante la sua assenza.

Sia lui che Laura avevano alzato lo sguardo dalle loro scrivanie quando era entrata nella sala operativa mezz'ora prima, con i volti pallidi mentre la notizia della morte di Phillip si diffondeva dalla sala di controllo.

Passò i venti minuti successivi a consolare la sua squadra, assicurando loro che il giovane agente non era stato solo quando era morto, e che Kyle era stato visitato da uno dei paramedici dell'ambulanza.

Si era opposta alla sua insistenza nel voler tornare alla centrale, e dopo essersi assicurata che avrebbe seguito gli ordini del medico e sarebbe rimasto in ospedale per la notte, aveva telefonato a uno degli psichiatri incaricati dalla polizia del Kent.

Essendo lei stessa sopravvissuta a un incidente quasi fatale e avendo ignorato in passato i sintomi di forte stress mentale sulla sua salute, era determinata a non lasciare Kyle affrontare da solo le conseguenze della morte del suo collega.

Gavin si schiarì la gola, e lei batté le palpebre, concentrandosi sulle parole sfocate davanti a lei.

«Come può vedere, capo, i MacFarlane hanno avuto difficoltà a sbarcare il lunario. C'è molta concorrenza sul mercato, e non si sono esattamente evoluti con i tempi». Si spostò vicino alla sua spalla, poi girò alla pagina successiva della cartellina. «Alcuni dei loro rivali offrono anche costumi oltre alle armi da fuoco, e si offrono di sbrigare tutte le pratiche richieste dal Ministero dell'Interno per l'uso di armi da fuoco nelle produzioni».

«Hai trovato i bilanci online?» disse Kay, con interesse.

«Sì, eccoli qui». Laura tirò su col naso, poi prese un fascio di documenti e si avvicinò. Si asciugò gli occhi e tirò su col naso di nuovo. «D'accordo, questo è tutto ciò che era sul sito del Registro delle Imprese. Si può vedere che se la sono cavati abbastanza bene fino a circa tre anni fa, e poi due anni fa, quando sono apparse quelle aziende rivali che Gavin ha trovato, hanno iniziato a perdere lavoro a favore dei concorrenti. L'utile dell'anno scorso è calato di quasi centottantamila sterline».

Kay emise un leggero fischio. «E la casa? Sappiamo se è di proprietà o ipotecata?»

«Ipotecata», disse Gavin. «E re-ipotecata otto mesi fa».

«Non è tutto, capo». Laura le consegnò una serie di quattro grandi fotografie. «Queste sono state scattate nella proprietà dei MacFarlane un'ora fa».

Gli occhi di Kay si sgranarono alla vista di una botola

che era stata scoperta sotto il banco di lavoro nel capannone, e poi alla scorta di armi nascoste sotto le assi di legno del pavimento. «Merda. Quanto c'era là sotto?»

«Se tutto ciò che hanno trovato fosse venduto sul mercato nero, pensiamo che ci sia un valore di circa quarantamila sterline», disse Gavin. «La maggior parte di quel materiale non è stato certificato».

«Pensi che Porter sapesse della vendita illegale di armi da fuoco?» disse Kay, facendo scivolare le fotografie nella cartella del briefing.

«Non ne sono sicura», disse Laura. «Abbiamo entrambi riletto le loro precedenti dichiarazioni, e nulla di ciò che hanno detto suggerisce che ne fosse a conoscenza».

«Detto questo, è interessante che sia stato Roman a suggerire l'inventario», aggiunse Gavin.

«A meno che non stesse coprendo le sue tracce e cercando di dare la colpa a suo padre». Kay chiuse la cartellina. «Buon lavoro, ad entrambi. Gavin, vuoi accompagnarmi all'interrogatorio? Barnes è ancora nella clinica di Adam».

Lui annuì, poi corse alla sua scrivania e prese la giacca e il taccuino.

«Come sta il cane?» chiese Laura. «Mi chiedevo... insomma, non volevo chiedere a causa di Phillip e tutto quanto, ma...»

«Non lo so. Non ho avuto notizie da nessuno dei due». Kay aggrottò la fronte. «Ascolta, se hai bisogno di parlare in qualsiasi momento, dimmelo, d'accordo? So che tu e Phil lavoravate a stretto contatto, e...»

Laura asciugò nuove lacrime. «Grazie, capo. Potrei approfittarne».

«Sono pronto». Gavin tornò, con lo sguardo attento nonostante l'ora tarda.

Kay gli consegnò la cartellina e prese il taccuino da lui. «Conduci tu questo interrogatorio. Te lo sei guadagnato».

CAPITOLO 55

L'avvocato di Porter MacFarlane si alzò in piedi quando Kay entrò nella sala interrogatori, si tirò su in tutta la sua altezza e si abbottonò la giacca.

«Ispettrice Hunter, il mio cliente vorrebbe vedere suo figlio».

«Si sieda».

Ignorò la grande figura sudata di MacFarlane dall'altro lato del tavolo, il suo viso coperto da un brutto livido giallastro su un lato e diversi tagli sulla guancia.

Invece, si diresse verso il registratore, ringraziò con un cenno Gavin mentre le tirava fuori una sedia, e recitò l'avvertimento formale.

Gavin si sistemò sulla sua sedia, e lei si prese un momento per guardarlo mentre lui disponeva il contenuto della cartellina a suo piacimento e ignorava lo sbuffo impaziente dell'avvocato che aspettava l'inizio dell'interrogatorio.

Il suo protetto emanava una crescente sicurezza, che lei aveva nutrito e incoraggiato da quando avevano perso un membro della squadra per un altro corpo di polizia, e l'orgoglio la pervase.

Fu spazzato via un attimo dopo al ricordo di Phillip che moriva nell'adempimento del dovere, e che aveva dovuto lasciarlo per interrogare l'uomo che ora si asciugava la fronte con un fazzoletto di cotone e si agitava sotto gli occhi indagatori di Gavin.

Abbassando lo sguardo sul tavolo, aprì il taccuino e preparò la penna.

«Signor MacFarlane, da quanto tempo lei e suo figlio commerciate armi da fuoco illegali?» iniziò Gavin.

I lineamenti già pallidi di Porter impallidirono ulteriormente, e alzò una mano tremante alla fronte. «Non ne avevo idea... Mi dispiace tanto...»

«Risponda alla domanda, per favore».

«Non lo so». Porter abbassò la mano. «Non l'ho mai saputo».

«Signor MacFarlane, quell'attività è sua. Le licenze per il porto d'armi sono a suo nome. È sua responsabilità saperlo».

«Lui... ultimamente, io...»

Gavin attese, e Kay si congratulò silenziosamente con lui per la tattica.

Il silenzio era spesso il nemico di un sospettato.

L'uomo davanti a loro fece un respiro profondo. «Non sono stato bene, negli ultimi due anni. Sapevo che avrei dovuto ascoltare il mio medico, ma è più facile a dirsi che a farsi, non è vero?»

Sia Kay che Gavin rimasero impassibili.

«Sono in sovrappeso, mi piace bere... È iniziato con il diabete di tipo 2, e ora è il mio cuore. Soffro di stress, e...

beh, suppongo che Roman stesse assumendo sempre più del carico di lavoro al posto mio». Porter si agitò sulla sedia come per accentuare le sue parole, la camicia e la giacca tese sulla pancia. «Sono stato uno sciocco. Stavamo perdendo soldi ma mi illudevo che le cose sarebbero migliorate, che sarebbero tornate come prima. Prima che quei due concorrenti iniziassero a tagliare i prezzi per accaparrarsi il lavoro. Non potevamo permetterci di fare lo stesso. Devo troppo...»

«Il commercio illegale di armi da fuoco?» lo incalzò Gavin.

Porter scosse la testa. «Non ne avevo idea. Ho lasciato che Roman gestisse l'attività dalla fine dell'anno scorso. Ho perso interesse, ad essere onesto».

«Sembrava piuttosto interessato quando mi stava mostrando la proprietà la settimana scorsa», disse Kay.

L'uomo fece un sorriso tirato. «Non ho mai perso il piacere di mettermi in mostra. Suppongo che, in fondo, sia un performer frustrato. Inoltre, quella parte dell'attività è divertente».

«Perché continuava a ritardare la verifica dell'inventario?» disse Gavin.

«I...io...»

«Vede, Porter, questo mi fa pensare che lei sapesse delle vendite illegali e abbia chiuso un occhio. Finché il denaro affluiva nell'attività e vi teneva a galla, non le importava da dove provenisse».

«Non è vero. Le ho detto... che non ne avevo idea».

Gavin mise ciascuna delle fotografie scattate quel pomeriggio davanti all'uomo, la cui bocca tremò alla vista della botola. «Ne è sicuro?»

Un sospiro tremante fuoriuscì dall'uomo, il suo alito stantio attraversò il tavolo fino a dove sedeva Kay. «Io... speravo di sbagliarmi».

«Ma...?»

«Mi chiedevo cosa stesse succedendo...» Porter guardò il suo avvocato, che fece un cenno quasi impercettibile, poi tornò ai due detective. «Abbiamo iniziato a ricevere appuntamenti tardivi per visionare armi da fuoco. Questi giorni mi stanco troppo nei pomeriggi quindi lasciavo sempre che fosse Roman a occuparsene. Solo che nessuno di questi si trasformava mai in ordini concreti, e a Roman non veniva mai chiesto di assistere ai set di produzione per svolgere alcuna responsabilità di armiere in seguito. Gli ho chiesto, forse un paio di mesi fa, perché perdesse tempo con queste persone, ma lui ha detto che era per mostrarsi disponibile. Ha detto che stava cercando di sottrarre clienti ai nostri concorrenti, così l'ho lasciato fare».

«Abbiamo bisogno di nomi».

«Non posso. È questo il punto, vede. Lui... Roman non li ha mai messi nell'agenda degli appuntamenti. Scriveva solo le loro iniziali su un post-it accanto al suo computer per ricordarsi quando sarebbero arrivati».

«Ha visto qualcuna di queste persone?»

«No». Porter arrossì. «Di solito faccio un pisolino pomeridiano».

Gavin fece una pausa, controllando i documenti davanti a lui, poi incontrò lo sguardo di Porter. «Un testimone ci informa di aver visto una pistola con i contrassegni di prova mancanti, e che Roman lo ha minacciato se l'avesse detto a qualcuno. È quello che le è successo questo pomeriggio? Ha scoperto cosa stava realmente facendo?»

L'uomo istintivamente alzò la mano e toccò il cerotto che copriva uno dei tagli più profondi sul viso. «Volevo sapere cosa stesse succedendo. L'ho sentito al telefono lunedì sera, che litigava».

«Con chi?»

«Non lo so. Ma è diventata brutta, però. L'ho sentito dire a chiunque fosse che se non avesse restituito qualunque cosa Roman gli avesse venduto, sarebbe stato il prossimo».

L'attenzione di Kay si staccò dai suoi appunti. «Erano queste le sue parole esatte?»

«Sì. Lo ricordo chiaramente perché ero così scioccato. Non l'avevo mai sentito parlare in quel modo». Le lacrime scesero sulle guance dell'uomo. «Ero troppo turbato da ciò che avevo sentito per affrontarlo subito, ma non sono riuscito a dormire quella notte per la preoccupazione. Mi chiedevo in cosa si fosse cacciato. Sono andato al capannone presto martedì mattina prima che Roman si alzasse, ed è allora che ho scoperto che ci mancavano i due fucili. Sono tornato di corsa a casa per denunciarlo, e Roman è sceso mentre arrivava la polizia».

«Non ha detto nulla della sua telefonata di lunedì sera quando l'abbiamo interrogata quel giorno», disse Kay.

«Volevo dargli la possibilità di spiegarsi.» Porter emise un sospiro. «Suppongo che mi rifiutassi ancora di credere che ciò che gli avevo sentito dire avesse qualcosa a che fare con i fucili scomparsi, figuriamoci con la morte di quel povero uomo.»

«La morte di due uomini,» scattò Kay. «Uno dei nostri

agenti è stato ucciso stasera a causa delle azioni di suo figlio. A causa della sua negligenza.»

«L'ha fatto solo perché teneva a me.»

Gavin chiuse di colpo la cartellina e spinse indietro la sedia, fulminando con lo sguardo l'uomo che si rannicchiava davanti a lui.

«Lo dica alle famiglie delle vittime, Porter.»

CAPITOLO 56

Sharp stava aspettando Kay quando lei uscì dalla sala interrogatori, con le braccia incrociate mentre si appoggiava al muro e fissava il soffitto basso.

Sembrava esausto e dopo che lei aveva rimandato Gavin nella sala operativa con un mormorio di ringraziamento, si chiese se anche i suoi occhi mostrassero lo stesso shock affaticato.

«Come è andata?» chiese lui, stirandosi la schiena e facendo scrocchiare il collo.

«Beh, gli darò dieci su dieci per la stupidità.»

«Dov'è Roman?»

«Dovrebbe essere qui a momenti. Secondo il medico curante dell'ospedale di Maidstone, ha avuto bisogno di punti alla gamba, ma è tutto medicato e avrà solo bisogno di antidolorifici e antibiotici per la prossima settimana.»

«Che peccato.»

Si voltarono al suono della porta di sicurezza che si apriva alla fine del corridoio per vedere Roman MacFarlane condotto verso di loro da Harry Davis.

La presa dell'agente sul braccio dell'uomo non era affatto delicata, e Kay ricordò come Phillip fosse stato sotto la tutela dell'agente più anziano durante i suoi primi turni alla centrale.

Vedendo il dolore sul volto di Harry mentre guidava Roman nella sala interrogatori successiva, si ripromise di parlare con lui prima del cambio turno all'alba per presentargli le sue condoglianze.

Sharp si passò una mano sul viso mentre la porta si chiudeva dietro di loro. «Sei in grado di condurre questo interrogatorio o preferisci che lo faccia io?»

«Lo farò io.» Kay guardò la pila di cartelline sul pavimento accanto ai suoi piedi, poi si accovacciò per prenderle. «C'è tutto qui?»

«Inclusi i filmati delle telecamere di sorveglianza di una fattoria all'incrocio con la strada principale e il sentiero che porta alla proprietà dei MacFarlane.» Sharp fece una smorfia. «Ho fatto venire Aaron Stewart e Dave Morrison per esaminarli prima. Hanno già identificato due auto che hanno viaggiato in direzione della casa di Porter da giugno, registrate a nome di criminali noti, uno con una condanna per rapina a mano armata di quindici anni fa.»

«Cristo.» Kay si scompigliò i capelli con le dita, poi si abbottonò la giacca e si voltò verso la sala interrogatori mentre Harry ne usciva.

Quando entrò, lanciò uno sguardo severo ai due uomini seduti l'uno accanto all'altro su un lato del tavolo, il suo sguardo cadde sulle bende che avvolgevano la coscia di Roman MacFarlane.

Nonostante i blandi antidolorifici somministrati in

ospedale, sembrava ancora provare molto malessere, e lei represse l'impulso di prenderlo a calci mentre si sedeva.

L'avvocato, che Kay riconobbe come un navigato avvocato d'ufficio di Tonbridge, mantenne un'espressione impassibile mentre lei e Sharp sistemavano i loro fascicoli e iniziavano la registrazione con l'avvertimento formale.

«Quando ha iniziato a spacciare armi illegali, Roman?»

Kay osservò l'uomo di fronte a lei, con scure ombre sotto gli occhi e una linea tesa sulla fronte, mentre si mordicchiava un'unghia del pollice e teneva lo sguardo basso.

«Le ho fatto una domanda,» sbottò.

Lui sobbalzò sulla sedia quando la sua mano colpì il tavolo.

«Quando ha iniziato a vendere le armi?»

«Un po' di tempo fa.»

La sua voce era bassa, e lei si sporse in avanti per sentirlo.

«Quando?»

Lui alzò le spalle, poi abbassò le dita dalla bocca prima di sputare il residuo d'unghia sul pavimento. «Forse luglio dell'anno scorso.»

«Perché?»

«Perché l'attività è fottuta.» Ora alzò lo sguardo, i suoi occhi che fissavano i suoi. «Sono l'unico che fa qualcosa per assicurarsi che sopravviva. Ha visto le condizioni di Porter?»

«Suo padre?»

Lui sbuffò. «Come vuole. È tanto incapace come padre quanto lo è nel tentare di gestire un'attività del cazzo. Ha sperperato via tutti i profitti anni fa. Bella eredità che mi lascerà.»

«Suo padre sta morendo?» Kay non riuscì a nascondere la sorpresa nella sua voce.

Porter sembrava sovrappeso, sì, ma…

«È solo questione di tempo,» disse Roman. «E se se ne andrà prima che il mutuo sia pagato, perderò tutto. Non posso nemmeno vendere l'attività, nello stato in cui si trova attualmente.»

«Se stava vendendo armi illegali, perché sollecitava suo padre a fare l'inventario delle scorte?»

«Perché potevo aggiungere la nuova roba senza destare sospetti, ovviamente.» Sogghignò. «Nasconderla in bella vista.»

«Ci parli di Dale Thorngrove.»

«È tutta colpa di Mark Redding. Lo chieda a lui.»

«Lo sto chiedendo a lei.»

Roman si accigliò. «Non lo conoscevo personalmente. Thorngrove, intendo. Redding mi ha comprato un fucile un po' di tempo fa, ha detto che aveva perso la licenza dopo una condanna per guida in stato di ebbrezza e che l'avrebbe usato solo su terreni privati. Di solito non vendo a persone come lui, ma un affare è un affare, no? E avevamo bisogno di soldi. Poi viene da me e dice che ha un amico, vuole comprare un'arma anche lui e io faccio tipo, chi cazzo è che stai informando sulla mia attività?»

«Ma gliela ha venduta comunque.»

«No. Non l'ho fatto. Gli ho detto di andarsene a quel paese. E gli ho detto che doveva smettere di parlare di dove aveva preso il suo maledetto fucile. Gli ho detto di dire al suo amico di andare da uno dei rivenditori locali autorizzati. Di fare le cose per bene. È stato allora che ha detto che non poteva, la sua ex-moglie stava inventando cose su di lui così non sarebbe mai stato approvato.»

«E quindi, cosa è successo?»

«Redding dice a questo Thorngrove che io ho detto di no, ed è allora che lui inizia a cercare di ricattarci entrambi.»

«Redding ha detto a Thorngrove il suo nome?»

«Sì.» Roman emise uno sbuffo incredulo. «Dimostra solo che tipo di idiota è, giusto?»

«Giusto,» disse Kay, intuendo l'opportunità di schierarsi con l'uomo di fronte a lei. Represse il disgusto. «Cosa è successo dopo?»

«Redding ha organizzato un incontro con lui per cercare di fargli entrare un po' di buon senso in testa. Gli ho detto che era meglio che lo facesse, altrimenti mi sarei occupato di entrambi. Ecco perché sono andato, capisce? Non mi fidavo che risolvesse la situazione.»

«Quando abbiamo parlato con lei l'ultima volta, ci ha detto che stava pulendo una carrozza che doveva essere noleggiata.»

«Ci sono volute solo un paio d'ore».

«Quindi è andato al White Hart?»

«Sì. Ho parcheggiato a più di un chilometro di distanza e ho camminato fino a lì. Ho aspettato finché non sono usciti». Roman sogghignò. «Avevo ragione. Stavano litigando mentre tornavano alla macchina di Redding».

«Quale?»

«Quel catorcio di fuoristrada che guida sua moglie». Sorrise con malizia. «Ho pensato che non volesse essere riconosciuto. Il resto del tempo, se ne va in giro con quella sua auto sportiva».

«Di cosa stavano discutendo?»

«Pensavo davvero che Thorngrove avrebbe avuto più buon senso e si sarebbe tirato indietro una volta che Redding gli avesse parlato, ma era abbastanza evidente che non sarebbe successo. Così me ne sono occupato io».

Kay si appoggiò allo schienale, scioccata dal modo pragmatico in cui quell'uomo parlava di un omicidio a sangue freddo.

Roman fece un sorriso maligno. «Come si dice? Prendere due piccioni con una fava, giusto? Ho pensato che Redding non avrebbe raccontato a nessun altro da dove aveva preso quel fucile dopo aver visto quello».

«Quale fucile hai usato per uccidere Thorngrove?» chiese Kay, riprendendosi. «Quello che hai venduto a Redding?»

«No… quello era un altro problema. Ne ho preso uno identico dal nostro stock. Ho pensato che se voi credeste che ne fossero stati rubati due, vi avrebbe rallentato un po'».

«Ecco perché l'hai distrutto e hai gettato i pezzi nel bidone fuori dal White Hart!»

«Sì, beh. Quel Len stava cominciando a ficcare il naso di nascosto. Ho sentito che chiedeva ai suoi clienti abituali se sapessero cosa stesse succedendo. Ho pensato che se avessi fatto sembrare che fosse coinvolto, avrebbe perso alcuni clienti e avrebbe tenuto la bocca chiusa».

«Perché hai preso in ostaggio Patricia Redding?»

Roman fece una pausa, rivolgendosi al suo avvocato.

«Il mio cliente vorrebbe che venisse annotato agli atti

che non intendeva uccidere il giovane agente di polizia», disse l'uomo. «È stato un incidente».

Il cuore di Kay le martellò nel petto, e fece scivolare le mani sul bordo del tavolo, stringendolo finché le dita non diventarono bianche.

«Continua», disse Sharp. «Cosa è successo?»

«Sono andato lì per parlare con Redding».

«Parlare con lui o ucciderlo?»

«Detective!» L'avvocato si sporse in avanti.

Sharp lo ignorò e fissò Roman. «Rispondi alla domanda».

«Per parlargli. Volevo indietro l'altro fucile, ed ero pronto a pagarlo».

«Perché?»

«Non volevo che cercasse di ricattarmi successivamente. Mi aveva già telefonato in preda all'agitazione perché voi gli stavate facendo tutte quelle domande, e sapevo che era solo questione di tempo prima che lasciasse trapelare il mio nome». Roman fece una pausa, si mordicchiò l'unghia per un momento, poi lasciò cadere la mano. «Troppo tardi ormai, vero? I vostri due ragazzi sono arrivati cinque minuti dopo il mio arrivo. Sono andato nel panico, suppongo».

Diede un'altra scrollata di spalle. «Mi dispiace».

«Hai azzeccato una cosa», disse Kay, con la voce poco più di un rantolo. «Erano entrambi solo ragazzi. E uno di loro è morto a causa tua».

CAPITOLO 57

Una debole luce pomeridiana cercava di penetrare attraverso le veneziane delle finestre della sala operativa quando Kay e Sharp varcarono la porta, accentuando l'atmosfera cupa che permeava l'aria.

La maggior parte della sua squadra era andata a casa dopo il debriefing di Barnes, lasciando pochi ritardatari che sedevano alle scrivanie con espressioni attonite mentre cercavano di finire il loro lavoro.

Kay passò accanto alla scrivania di Laura, stringendo la spalla della giovane agente e mormorando che doveva andare a casa, prima di spostarsi verso la lavagna all'estremità opposta della stanza.

Il suo sguardo vagò distrattamente sugli appunti, le fotografie e i post-it che coprivano la superficie mentre stringeva al petto la cartellina con il verbale dell'interrogatorio di Roman.

Passi leggeri si avvicinarono sulle piastrelle di moquette fino a dove si trovava, e lei riconobbe la presenza del suo mentore al suo fianco con un leggero cenno verso la lavagna.

«Dove abbiamo sbagliato?»

«Devi smettere di preoccuparti di aver tralasciato qualcosa», mormorò Sharp.

«Ma è così, Devon». Si voltò verso di lui, con la gola che si stringeva. «Abbiamo parlato con lui e Porter, persino prima dell'effrazione. Porter ha mentito sulle condizioni dell'azienda, e ha mentito a se stesso su ciò che combinava suo figlio».

«Non credi alla sua versione di non averne avuto idea?»

«Lei ci crede?»

Non rispose, e invece rivolse la sua attenzione all'alta figura che era entrata nella stanza e ora camminava verso di loro, con i suoi ingombranti indumenti protettivi sostituiti da jeans e una felpa.

Paul Disher fece un cenno di saluto a entrambi. «Ho pensato di passare dopo aver depositato il mio rapporto. Ne riceverete una copia via email».

«Come sta, Paul?» disse Kay.

«Starò bene, non appena tornerò in servizio attivo. Ho ricevuto una chiamata dal mio ispettore che mi ha detto che sono sospeso in attesa dell'inchiesta ufficiale».

«Niente di cui preoccuparsi, Paul», disse Sharp. «Sarà solo una formalità».

«Lo so. Non è la prima volta, capo… e purtroppo nel mio lavoro, non sarà l'ultima», fu la risposta stoica. «Volevo solo incontrarvi prima che ve ne andaste per farvi sapere che se avete bisogno di qualcosa, potete chiamarmi».

«Grazie», disse Kay, stringendogli la mano. Mentre lui se ne andava, vide Gavin dirigersi verso di loro. «Stai andando nella direzione sbagliata. Dovresti andare a casa, Piper».

«Tra un minuto, davvero. Volevo solo darvi un breve aggiornamento», disse. «Ho inviato una copia dei file d'inventario dei MacFarlane ad Andy Grey al quartier generale con una richiesta di elaborare i dati con urgenza. Ho pensato di tornare da loro domattina e fare un inventario completo con l'aiuto di Laura, se va bene? Ero comunque di turno questo fine settimana».

Kay sorrise. «Penso che sia un ottimo piano».

«Grazie, capo».

«In realtà, Piper, volevamo scambiare due parole con te», disse Sharp, con gli angoli degli occhi che si increspavano alla vista dell'espressione preoccupata di Gavin.

«Oh?»

«Sì, in effetti hai già anticipato parte di ciò che avevamo in mente. Viste le armi da fuoco illegali trovate sotto il capannone, e le informazioni che speriamo di ottenere da Andy a breve, vorremmo che tu guidassi una nuova indagine per rintracciare le armi che Roman MacFarlane ha venduto da quando ha iniziato la sua impresa nel mercato nero. Sicuramente aggiungerebbe peso al nostro caso contro di lui. Pensi di potercela fare?»

L'agente annuì, incapace di parlare.

«Quello che pensiamo è che hai già due sospetti, gli uomini che Aaron e Dave hanno trovato nelle riprese delle telecamere di sorveglianza», aggiunse Kay. «Potresti iniziare con quelli e vedere dove ti porta».

«Giusto. Sì», disse Gavin, riprendendosi dallo shock. «Ho già rintracciato gli indirizzi attuali di entrambi tramite la Motorizzazione mentre stavate parlando con Roman».

«Speriamo che quando Roman capirà quanto profonda sia la merda in cui si trova, offrirà anche altri nomi», disse Sharp. «Perché senza i contrassegni di prova su quelle armi, non sarà facile».

«Questo dovrebbe tenerti fuori dai guai per un po'», disse Kay, «e ti darà un assaggio di come si gestisce una tua indagine importante».

«Capo, è fantastico». Gavin tentò, poi fallì nel trattenere un sorriso. «Non la deluderò».

«Lo so. Sii solo prudente, d'accordo? Conosci il tipo di persone con cui abbiamo a che fare».

«Capito».

Sharp si voltò verso di lei mentre Gavin tornava alla sua scrivania, e le rivolse un sorriso amaro. «Pensi che questo gli impedirà di essere portato via dal quartier generale?»

«Per un po', forse». Osservò mentre l'agente parlava con Laura, con le mani animate mentre le dava la notizia, e nonostante la sua tristezza lei gli diede un pugno di congratulazioni sul braccio. Kay sorrise. «In ogni caso, lo preparerà bene per una promozione a sergente».

«Pensi di avere posto per due nella squadra?»

La sua attenzione tornò rapidamente all'Ispettore Capo investigativo. «Non lascerò andare nessuno dei due. Non così facilmente. Ho già fatto questo errore una volta».

«Preso nota». Raccolse la sua giacca e trattenne uno sbadiglio. «Bene, ci vediamo domani a Northfleet così possiamo informare il Commissario Capo e il Vice-

Commissario Capo. Il mio consiglio: stai lontana dalle notizie stasera. Sai come sarà. Spegni anche il telefono quando arrivi a casa. Non sei in servizio fino a lunedì».

«Grazie, capo. Per tutto», disse lei, seguendolo verso la sua scrivania.

Lui si diresse verso la porta, poi si fermò. «Sei sicura di non volere che venga con te a Cranbrook?»

«Lei ha già dovuto essere il portatore della notizia. Vada a casa. Starò bene».

Lasciò cadere la cartellina accanto alla sua tastiera, lo sguardo che si spostava verso la sedia vuota di Phillip, il suo spazio di lavoro ingombro di post-it e lattine vuote di bevande.

Dietro la sua sedia, il muro era adornato di meme che aveva stampato e appeso, in competizione per lo spazio con vignette e fotografie di lui che scherzava con gli amici.

Tutto ciò strideva con il dolore che le faceva male al petto e le pungeva gli occhi.

Barnes alzò lo sguardo mentre spingeva indietro la sua sedia, con le chiavi dell'auto in mano.

«Ho finito, capo. Penso che avrò bisogno di un drink forte quando arrivo a casa. Va via anche lei?»

«No, non ancora». Fece un sospiro stanco. «C'è ancora una cosa che devo fare prima».

CAPITOLO 58

Kay imprecò sottovoce, lanciò un'occhiataccia al minuscolo taglio di carta sul dito, sfidandolo a sanguinare, e poi rivolse nuovamente l'attenzione al contenuto del cassetto profondo dell'archivio'.

All'interno c'erano scatole semiaperte di penne nere, i quaderni neri che lei e i suoi colleghi preferivano e, per qualche inspiegabile motivo, due forchette di acciaio inossidabile.

La sua ricerca era ostacolata dal fatto che i portalampade nell'ufficio che era stato di Sharp erano stati saccheggiati negli anni da quando lui era partito per Northfleet, con le lampadine LED che venivano prese dai membri della sua squadra per sostituire quelle rotte nella sala operativa piuttosto che combattere con il processo di approvvigionamento.

«So che sei qui dentro» mormorò, frugando tra un decennio di cancelleria dimenticata e avanzi di materiale per feste.

Aveva' già rimosso cinque bicchieri di carta schiacciati,

una bobina semiusata di nastro blu e bianco per le scene del crimine, e una pinzatrice rotta che sospettava fosse appartenuta una volta a Barnes, ma non aveva ancora trovato ciò che cercava.

In realtà non lo voleva davvero, se doveva essere onesta.

Aveva semplicemente bisogno di fare qualcosa.

Qualcosa che allontanasse i suoi pensieri dai volti affranti e straziati dal dolore dei genitori di Phillip Parker quando le avevano aperto la porta di casa due ore prima.

Sapeva che sarebbe dovuta andare direttamente a casa dopo, ma mentre attraversava Maidstone, aveva automaticamente svoltato nel vialetto della centrale di polizia ed era salita alla sala operativa.

Era vuota, naturalmente.

Persino gli addetti alle pulizie erano già passati e stavano lavorando lungo il piano superiore, con il rumore degli aspirapolveri che rombava attraverso l'edificio e qualsiasi superficie non coperta dai detriti di un'indagine alla sua conclusione emanava un aroma di limone che arrivava fino al vecchio ufficio di Sharp.

Dopo aver trascorso un'ora alla scrivania di Phillip, mettendo lentamente i suoi effetti personali in una scatola di conservazione che aveva preso dall'ufficio di un altro ispettore più avanti lungo il corridoio, una terribile stanchezza l'aveva colta e si era accasciata sulla sua sedia, girandosi avanti e indietro per un momento, persa nei pensieri prima di tornare all'ufficio di Sharp.

«Ti ho preso.»

Trionfante, tirò verso di sé la bottiglia di bourbon

mezza vuota, arricciando il naso per il residuo appiccicoso intorno al collo.

Era sicura che l'ultima volta che l'aveva vista fosse stata a una festa di Natale due anni prima.

Sicuramente prima che Sharp si trasferisse a Northfleet.

Alzandosi in piedi e spolverandosi i pantaloni, svitò il tappo e versò una dose decente in una tazza di caffè pulita prima di rimettere la bottiglia nel cassetto.

Vagando verso la finestra, con la silhouette incorniciata dalle luci della sala operativa alle sue spalle, bevve un sorso e fece una smorfia.

«Dio, è terribile.»

Non c'erano tende qui, ma sperava che il vetro scuro le desse un po' di privacy mentre contemplava il panorama della città e cercava di raccogliere i suoi pensieri.

Un'ombra si allungò sulla porta dietro di lei, e annusò un profumo familiare.

«Hughes ha detto che ti avrei probabilmente trovata qui sopra.» Adam camminò fino alla finestra e le avvolse le braccia intorno, appoggiando il mento sulla sua spalla. «Come stai reggendo?»

«Non troppo bene.» Bevve un altro sorso di bourbon. «Scusa, volevo chiamarti... il tempo mi è sfuggito di mano.»

«Lo immaginavo.»

«Come sta il cane? È...»

«Riposa. È un fortunato, devo ammetterlo. Guarirà completamente.»

«È una buona notizia.»

Le baciò i capelli. «Stai pensando a Phillip?»

«Uhm. Non era solo un bravo agente, Adam. Era il figlio di qualcuno. Oggi sono andata a trovare i suoi genitori, e io...»

Si interruppe, incapace di finire la frase mentre le lacrime le rigavano le guance. «Ho dovuto dire loro che... io... io non sono riuscita a salvarlo. Ora Sharp ed io abbiamo incaricato Gavin di localizzare il resto delle armi illegali.» Si passò le dita tra i capelli e si allontanò dalla finestra. «Ho deliberatamente messo in pericolo un altro membro della mia squadra.»

«No, non è vero.» Adam agitò il dito, con sguardo severo. «Ha supporto, ha esperienza e ha te. Gavin ha imparato a non precipitarsi in situazioni pericolose senza rinforzi.»

«Kyle e Phillip lo hanno fatto.»

«Non sapevano che Roman tenesse Patricia in ostaggio, giusto? E tu non lo sapevi quando hai chiesto loro di andare lì. Sharp me l'ha raccontato. Roman aveva già puntato una pistola contro di loro quando l'hai scoperto e hai cercato di contattarli via radio.» Le sollevò delicatamente il mento. «Hai ripetuto alla tua squadra innumerevoli volte di non tormentarsi così, allora perché lo stai facendo tu?»

«Perché sto facendo cosa?»

«Giocare a "cosa sarebbe successo se" e mettere in discussione ogni decisione che hai preso nell'ultima settimana.» Non attese una risposta, e le baciò il naso. «Smettila.»

Il labbro le tremò, e rispose con un singhiozzo.

«Dai. Andiamo via di qui.» Adam le tolse

delicatamente il bicchiere dalle dita. «Non possiamo lasciarti diventare un cliché, no?»

Lei sbuffò. «Ho bevuto solo due piccoli sorsi.»

«E a casa ho un ottimo Tempranillo già aperto. Molto meglio per l'anima.»

«Ah sì?» Nonostante la tristezza, sorrise.

«Sì.» Le infilò il braccio sotto il suo, conducendola fuori dall'ufficio fino alla sua scrivania, afferrando la giacca dallo schienale della sedia mentre lei raccoglieva la borsa. «E poi, sono sicuro che Phillip non vorrebbe vederti qui a piangerti addosso. Vorrebbe che ti prendessi un momento per riflettere sul fatto che hai catturato il tuo uomo, e che andrà in prigione per molto tempo.»

La gola di Kay si strinse. «Sì, lo vorrebbe.»

Camminarono verso la porta, e lei allungò la mano verso l'interruttore della luce, posando lo sguardo ancora una volta sulla sedia vuota di Phillip.

Ci sarebbe stata un'inchiesta nelle prossime settimane, e tempo per ulteriori riflessioni, ma per ora, sapeva che Adam aveva ragione.

«Mi mancherai, Phillip,» sussurrò, poi si appoggiò nelle braccia di Adam e chiuse la porta.

FINE

L'AUTRICE

Prima di dedicarsi alla scrittura, Rachel Amphlett, autrice di romanzi polizieschi tra i più venduti di USA Today, ha suonato la chitarra in una band, ha lavorato come comparsa in TV, al cinema e nell'editoria come assistente editoriale.

Ora impugna una penna al posto del plettro e scrive polizieschi. Ha oltre 30 romanzi e racconti all'attivo che vedono come protagonisti spie, detective, giustizieri e assassini.

Appassionata di viaggi e investigatrice privata per caso, Rachel ha la cittadinanza australiana e britannica.